講談社文庫

逸脱刑事

前川 裕

講談社

目次

逸脱刑事

プロローグ

無紋大介《むもんだいすけ》は明け方、久しぶりに姉の佳江《よしえ》の夢を見て目を覚ました。目覚める寸前、薄闇の中に、〈タ・ス・ケ・テ〉という口形《こうけい》を伝えようとしている佳江の顔が浮かんだ。音声は一切聞こえなかった。

無紋はベッドの上にゆっくりと体を起こし、軽いため息を吐《つ》いた。佳江の悲しげな顔と、その口の動きだけが無声の記録映画のストップモーションのように、鮮明に無紋の網膜に残っている。

佳江は軽度の聴覚障害者だったため、手話を学んでいた。〈タ・ス・ケ・テ〉は、無紋が佳江から、初めて教えてもらった連続音の口形だったのだ。無紋が後に警察官となって、読唇術《どくしんじゅつ》に興味を持ち始めたのは、それがきっかけだった。

佳江はおよそ二十五年前、自殺に近い交通事故死を遂《と》げていた。夜の十一時過ぎ、会社から帰宅する際、信号もない交通量の多い国道を横断しようとして、大型トラックに撥《は》ねられたのである。無紋は、事故から一ヵ月後、会社の上司と共に謝罪に来た若いトラック運転手の言葉を長い間忘れることができなかった。

「大変申し訳なかったです。でも、こんなこと言っていいかどうか分からないけど、避けようがなかったんです。人が通るはずのないところに、あの人が幽霊のように突然現れて、ブレーキを踏む間もなかったから――」

言い訳するな。姉は死んだんだぞ。無紋は、けっして人が悪そうには見えない、間延びしたその若い男の顔を見つめながら、心の中で呻《うめ》くようにつぶやいていた。

それにしても、幽霊のように、か。その言葉は、死ぬ直前の姉の姿を的確に表しているように思われた。姉は生きながらにして、死んでいたのかも知れない。無紋がそのまま沈黙していたのは、姉の死が実際に、自殺に近いと感じていたからである。

その夜は、雨がかなり強く降っていたにも拘《かか》わらず、佳江は傘さえ差していなかった。それに、行政解剖の結果、普段はほとんど酒を飲まない佳江の体から、相当量のアルコールが検出されていた。無紋と一緒に男の話を聞いていた両親も、結局、何も言えなかったのは、その話に反論の余地を見いだせなかったからに違いない。

佳江は子供の頃から勉強はできたが、聴覚に障害があるため、他人《ひと》とのコミュニケーションが苦手だった。その結果、勤めていた大手の人材派遣会社で、一人ではとうてい処理できない仕事を引き受けてしまい、そのことで悩み続けていたのだ。

「私、気が弱いから、『分かりました』って言うのが、気持ち的に一番楽なの。断るときは、それなりの説明が必要でしょ」

佳江はたまにこんなことを言った。「ダメだよ。いやなときはイヤだって言わなきゃ」と無紋は諭《さと》した。だが、身内はともかく、赤の他人《たにん》との会話では、内気で自己主張ができない、それでいて責任感が人一倍強い性格の佳江に、そんなことが言えるはずがないことは分かっていた。

事故に遭《あ》う一週間くらい前から、佳江はひどくふさぎ込んでいた。普段とは明らかに違い、無紋にもほとんど話しかけてこなかった。二人だけの姉弟《きょうだい》で、昔から仲が良かった姉が、弟にも話しかけてこなくなったのだから、それはきわめて危険な緊急信号と受け止めるべきだったのだ。

だが、無紋は姉に声を掛けることを躊躇《ちゅうちょ》した。むしろ、帰宅時間をあえて遅くして、姉と顔を合わせる時間を少なくしていた。つまり、目の前にあからさまに存在する問題を回避することを選んだのだ。

そういう態度を取った後ろめたさが、姉の死のショックを一層増幅させたのは間違いない。佳江が死んだのは、無紋が大学の三年生のときだったが、無紋はそれ以降自律神経に変調を来《きた》し、二年間の休学を余儀なくされた。そして、休学中、無紋の脳裏で執拗《しつよう》に反復されていた画像が、〈タ・ス・ケ・テ〉という口形を教えてくれたときの姉の表情だったのだ。

ようやく心身の健康を取り戻して大学に復学したあと、警察に入ることを決意したのが、姉の死と関係があったのか、無紋にも分からない。ただ、最後の一週間に、一言声を掛けていたら、姉の死を防げたかも知れないという後悔の念は、長い間無紋の心に付き纏《まと》って離れなかった。

問題の回避。姉の死以来、それこそが無紋にとって、人生における最悪の選択であるように思われたのだ。その悟りが、どんな問題にも正面から取り組み、分からないことは徹底的に調べ上げるという、後に培《つちか》われた警察官としての矜持《きょうじ》と無関係ではないことは確かだった。

無紋の脳裏から〈タ・ス・ケ・テ〉という口形を伝える姉の表情が消えたのは、姉の死から長い歳月が流れ、無紋が中年と呼ばれる歳になってからである。今や無紋にとって、姉はようやく、懐古《かいこ》の対象になりつつあった。だからこそ、その日、目覚める寸前に久しぶりに夢の中で見た姉の悲しげな表情と口形は、何か不吉なことが起こる予兆のように思われたのだ。

第一章　出向者

1

「昨日は、大きな事件はなかったの？」

「あるわけないですよ。せこい事件ばかりで、セイアンカは大繁盛です。クズのオヤジは、相変わらず文句ばかり言ってますけど」

弁天代《べんてんだい》警察署二階の生活安全課のデスクで、無紋は隣に座る中山剣《なかやまけん》と話していた。中山の軽口には慣れている。無紋は、軽く苦笑しただけだ。前日、無紋は別の署で行われた行政的な連絡会議に出席していて、一日中、自分の署を空けていた。

「クズのオヤジ」というのは、無紋と中山の間の符丁《ふちょう》のようなもので、生活安全課長の葛切良平《くずきりりょうへい》を指していた。無紋が中山に対して葛切を「クズのオヤジ」と表現することはないが、中山は一貫してそう呼び続けていた。

その「クズのオヤジ」は、そこから十メートルほど離れた課長席でのんきにスポーツ新聞の競馬欄を読んでいる。若干、頭頂部が禿げ上がり、黒縁の眼鏡《めがね》が鼻からずり落ちかかっているため、どこか滑稽な雰囲気を漂わせていた。

無紋は、東大文学部歴史文化学科出身のノンキャリア警察官という変わり種だった。警察に勤務する東大出身者は、ほとんどが国家公務員I種試験に合格した警察庁採用のキャリア警察官で、二十代後半で警視になるのが普通である。ところが、無紋はノンキャリアの地元採用の上に、昇任試験も受けたがらないため、四十六歳になっても未だに警部補で、所轄署の係長だった。

大学時代は、アナール学派を研究していたというが、警察でアナール学派と言っても、通じるはずもない。アナール学派とは、歴史を戦争や大きな事件、あるいは著名な政治家などの視点から見るのではなく、一般の人々の生活史を中心に見る、フランスで起こった歴史学の一派だった。しかし、無紋の捜査がやたらに細かいことにこだわるため、弁天代署内では、アナール学派＝細部にこだわる捜査という、学問的には若干問題のある定説ができあがっていた。

葛切など、かつて、無紋がある痴漢冤罪《ちかんえんざい》事件について、研究論文と間違えるような、二十枚にも及ぶ詳細な捜査報告書を提出したとき、めまいを起こして、悶絶《もんぜつ》したくらいである。

この事件で無紋は、車内の防犯カメラに映る乗客の位置関係を徹底的に分析・調査し、目撃証言を買って出た男の位置から痴漢行為をはっきりと見ることは不可能なことを科学的に実証した。さらに、被害者の女性とその男が痴漢冤罪ビジネスの常習犯であることを突き止め、逆にその男女二人を逮捕していた。

この事件以来、気になり出すと他の仕事を放ったらかしにして、徹底的に調べ上げる無紋のこだわり捜査は、署内で知れ渡っていた。ただ、無紋の飄々《ひょうひょう》とした言動のせいか、冗談めかしたからかいの声はたまに聞かれるものの、深刻な批判の声はほとんどなかった。

「こっちが忙しい分、刑事課は閑古鳥《かんこどり》が鳴いているらしいですよ」

中山は、デスクワークをしている他の刑事を気にすることもなく、高らかに歌い上げるように言った。室内には、警視庁の通信指令センターの無線と、署内の独自無線が交錯するように流れているため、二人の会話がことさら注目を浴びることもなかった。それでも、午前十時過ぎというのは、生活安全課にとっては、一番暇で平和な時間帯である。

東京《とうきょう》の下町に位置する弁天代警察署の管内では、殺人事件などの重要事件はめったに起きず、一番忙しいのは、振り込め詐欺《さぎ》の防止、夫婦喧嘩《げんか》、行方不明者発見活動、少年非行、違法風俗店の摘発、痴漢や盗撮などの性犯罪、違法訪問販売、ゴミの不法投棄など、雑多な事件を取り扱う生活安全課だった。特に、午前零時を過ぎると、管内最大の繁華街「赤尻地区《あかしりちく》」では、風俗店や飲食店での客と店側のトラブルが頻発し、生活安全課の取調室はごった返すことがあった。

「でも、無紋さん、不思議だと思いません？　あのプライドの高い刑事課の連中が、万引き事件だけは絶対に手放さないでしょ」

課内では無紋は「係長」もしくは「無紋係長」と呼ばれることが多いが、中山は「さん付け」だった。歳は離れているものの、無紋と一番親しく、無紋のことを大いに尊敬しているのが、中山なのだ。

中山は三十歳で、階級的には巡査部長、役職は主任だった。長身細マッチョのイケメンで、性格もいい。しかも、全日本空手道選手権大会で準優勝したことのある空手の達人だったから、若い女性からもてないわけがなかった。

それなのに、中山自身は肥満女性が好みで、そういう体形の女性を見つけて、せっせと風俗店に通っているという噂《うわさ》があるため、中山に気のある若い女性たちはやきもきしているらしい。最初は保安係の風俗担当だったが、それでは自分が風俗店にいけなくなると思ったのか、自ら強引に志願して、犯罪抑止担当に入り込んだのだ。

「まあ、万引きも窃盗罪だから、昔から刑事課の領分《りょうぶん》と決まっているみたいだね。明確な理由があるわけじゃないだろ」

「万引きの仕事がなくなったら、連中の仕事もゼロになっちゃうでしょ。その意味じゃあ、万引き犯に感謝すべきでしょ。殺人事件なんて、ここ二十年一度も起きていないんだから」

刑事課は一階上の三階にある。どういうわけか、生活安全課と刑事課は、昔からあまり仲がよくなかった。

無紋も中山も、そんなことはまったく気にしていなかったが、課長の葛切は対抗意識を剝き出しにして、刑事課の悪口をしょっちゅう言っている。刑事課の刑事たちが、生活安全課をセイアンカと呼んで、見下していることを知っているからだろう。そのくせ、いざとなると、すぐに相手の言いなりになるのが、葛切の特徴だった。

「そうそう、一つだけ面白い事件がありましたよ。歴史上希《まれ》に見るせこい事件です」

中山が相変わらずおどけた口調で言った。せこい事件か。無紋はせこいことをけっして嫌いではなかった。せこいことが、思わぬ真実をあぶり出すことがあるのだ。

管内の「区立弁天代公園」で、その事件は発生した。夕暮れ時、公園のベンチでコンビニ弁当を食べていたホームレスが、横に座ってやはり弁当を食べていた見知らぬ男に、のりシャケ弁の上にのっているシャケを一切れ、盗み食われたというのだ。その取り調べが、中山のところに回ってきたらしい。

「これも窃盗と言えば、窃盗だから、本来、万引きと同じで刑事課が引き受けるべき事案でしょ。でも、刑事課の連中がうちの課に押しつけてきて、クズのオヤジが受けちゃったんですよ。それにしても、どうせなら、弁当全部を盗めばいいのに、シャケの切り身一枚にするところが、奥ゆかしいじゃありませんか。説諭《せつゆ》で済ますつもりが、クズのオヤジが、例によって小心ぶりを発揮して一応検事に訊《き》けっていうもんだから、仕方なく担当検事に電話して確認したんです」

さすがに、中山はここでは課長席を意識して、極端に声を落としていた。葛切は相変わらずスポーツ新聞を読んでいて、無紋と中山の会話が聞こえているようには見えない。かなり間隔を置いた横のデスクには、やはり中年の課長代理がいて、生真面目《きまじめ》な表情でパソコン画面を見つめている。

中山の予想通り、担当の若い女性検事は「シャケの切り身一枚では、違法性が低すぎます」と言って、失笑したという。ただ、一円を拾って着服しても、遺失物等横領罪や窃盗罪に問えない事案に近いと、丁寧に説明してくれた。そのシャケ泥棒の被疑者の男は、橋詰耕三《はしづめこうぞう》といい、長髪の上、全身毛むくじゃらで、短パンと半袖Tシャツの、いかにも不潔な印象の小男だった。

「まったくどっちがホームレスか分からなかったですよ。ホームレスの男のほうが、妙にこざっぱりした格好をしているんです。それにしても、あの男の職業を聞いて、驚きましたよ。タトゥーの彫師《ほりし》だと言うんだから。あんなバッチイ男に、渋谷《しぶや》辺りの若い女の子がタトゥーを彫ってもらうのかと思うと、不思議な気持ちになりますよ」

「ちょっと待って！　どうして若い女の子なの？」

ここで早くも、こだわり無紋の性格が顔を出した。

「だって、タトゥーを入れるのは、普通、若い女の子でしょ」

中山は、当然の表情で言い放った。

「そういうもんか」

無紋は、つぶやくように言うと、若干、体を反らせた。納得のいかない発言に対して、憮然としたとき、無紋が取る姿勢だ。

「あっ、分かった。無紋さんは、タトゥーという言葉を聞くと、すぐに反社《はんしゃ》を連想する世代なんでしょ」

「そこまで古くないよ。それにしても、タトゥーって、若い女の子の世界では、ごく普通のことなの？」

「そうだと思います。せいぜいヘソピアスと同じです。ドイツでも、若い女性の五人に四人がペインティングじゃない、本物のタトゥーを入れているらしいですよ」

中山は、大学へは空手のスポーツ推薦枠で合格しているので、高校・大学を通じて、勉強など一度もしたことがないと豪語していた。その割に、雑多な知識を持っていて、しゃべり方にも才気がある。けっして頭も悪くないというのが、無紋の率直な印象だった。

「でも、痛くないのかね」

「女性のほうが痛みに強いんじゃありませんか。あっ、ちょうどいいのが来ましたよ」

中山の声に無紋が階段に近い出入り口のほうを見た。一階の総務課に書類を取りに行っていた、境《さかい》なたねが戻って来たのだ。なたねは、二十五歳で、生活安全課の中では、最年少の女性警察官だった。

階級は巡査で、やはり無紋が係長を務める犯罪抑止担当のシマに入っているが、女性警察官は少ないので、風営法違反の捜索や少年事件の取り調べなどに駆り出されることもある。

「ねえ、なたねちゃん、ちょっと」

中山が手招きした。なたねの顔が一気に明るくなるのが、傍目《はため》にも分かった。なたねが中山にあこがれているのは、誰もが知っていることだった。

素直で性格がいい分、すぐに顔に出るタイプらしい。なたね自身、かわいらしく、課内ではアイドル的存在だったが、そのなたねも、中山に掛かっては、形無しなのだ。

「何でしょうか?」

なたねはいかにも嬉しそうな、しかし、若干、緊張した表情で無紋と中山の席に近づいてきた。上下ともに、黒のパンツスーツに白いブラウスというフォーマルな格好だった。脇にB4判の茶封筒を抱えている。

背丈は一六〇センチ前後に見えるが、適度に痩《や》せていて、スタイルもけっして悪くない。ただ、中山が太めの女性が好みと知って、過食によって必死で太ろうとしているという噂が流れていた。

「タトゥーって、今どきの若い女の子にとって、どうなの？」

なたねは当惑の表情を浮かべた。いきなり、タトゥーの話をされたのだから、それも無理はない。

「つまり、タトゥーを入れるなんて、ただのファッションって意識で、抵抗なんか、まったくないんでしょ」

中山が説明を加えるように言った。

「ええ、そうですね。私は少し抵抗があるけど、抵抗がない子もいるかも知れません。大学の友達でも、タトゥーを入れている子はたまにいましたよね。腕とかすぐに見えるところは、会社の就職面接のときなんかにまずいから、太股とか脇腹とかおへその辺りに入れてるんです」

「まあ、耳のピアスよりは少し抵抗があるけど、せいぜいヘソのピアス程度ってことかな」

　中山の言葉に、なたねは微妙に首を捻った。

「私は、むしろ、ヘソピーのほうがもっと抵抗ありますね。あれって、タトゥーと同じくらい痛いらしいですよ。どちらかを入れろと言われたら、タトゥーを選ぶかも知れません」

「君もそうなんだ！」

　無紋が思わず口を挟んだ。タトゥーに対する意識は、若い女性の間では、無紋が想像している以上に進化しているように思われたのだ。

「もちろん、私は実際にはタトゥーもヘソピーも入れていませんよ。そんなのしてたら、警視庁の採用試験で落ちちゃいますから」

　なたねは笑いながら、無紋の顔を見て言った。無紋は微笑んだ。中山はクールな表情で、何も言わなかった。

　無紋は自分が受けた警視庁の採用試験を思い出していた。特に体力測定と身体検査が記憶に残っていた。

　何しろ、体力測定では、下着のパンツ一枚と上半身裸で、腕立て伏せをやらされたのだ。身体検査では、痔疾《じしつ》の検査という名目で、肛門まで覗《のぞ》かれていた。まるで刑務所並みだった。

女性の場合がまったく同じとは思わなかったが、それでも相当厳しい検査に晒されるだろう。確かに、タトゥーやヘソピアスをしている女性が合格するとは思えない。

「おい、中山君、いつまでぺちゃくちゃしゃべっているんだ。いいかげんに仕事を始めなさい。すぐに昼休みになっちゃうじゃないか」

不意に、葛切の大声が飛んだ。なたねが慌てたように、無紋と中山の席とは反対側の並びにある自席に戻った。実際に、そのときしゃべっていたのは、無紋となたねだったが、こういう場合も葛切は必ず、中山を注意するのだ。

無紋が視線を向けると、葛切は再びスポーツ新聞を読み始めていた。その姿を見ると、まったく身勝手な男に見えるが、その身勝手さが自ずと課内の緊張を和らげているというのが、無紋の特異な見解だった。無紋にとって、葛切はけっしてそれほど人柄の悪い男ではなかった。

2

六月十四日(水)、赤尻地区午前零時過ぎ。何かの事件が発生しているようだった。近隣では、これから現場に駆けつけようとしているパトカーなどのサイレンが鳴り響き、騒然とした雰囲気だった。

すでに、赤色灯《せきしよくとう》を点《つ》けた二台のパトカーと黒色の警察車両が、「ホテルニューキャッスル」の入り口前に到着している。狭い路地で、三台の車が停車していると、通行人一人がようやく通り抜けられる程度の隙間《すきま》しかなかった。

これから先も、続々と到着する警察車両は、その路地を抜けた大通りで待機することになるだろう。その時間帯には、近くの飲食店から帰る客も多く、停車するパトカー周辺に立ち止まって、ホテルの玄関を覗き込む通行人も出始めていた。

「係長、ガイシャと一緒にチェックインした女が、一人でホテルの外に出て行く姿が防犯カメラに映っています」

弁天代署刑事課の刑事、徳松良樹《とくまつよしき》は三階にある三〇一号室の事件現場で、一階のフロントから戻ってきた若い部下の報告を受けていた。鑑識の写真撮影は、男の死体から壁の血痕に移っていたので、徳松たちは至近距離から、死体を見ることができた。すでに初動捜査を担当する機動捜査隊が到着していて、今頃はホテルの周辺地域に設置されている防犯カメラのチェックを行っているはずである。

「その女、若いのか？」

徳松は、ダブルベッドの上に仰向けに倒れている男の死体を凝視しながら、ぞんざいな口調で訊いた。死亡しているのは、四十代半ばに見える男だ。

コバルトブルーのシャツの胸元が濁った赤色に染まり、傷口は何ヵ所にも及んでいる。顔にも五ヵ所鋭利な刃物で付けたような傷痕《きずあと》があり、目は見開かれたまま、口は半開きの状態だった。

その部屋には、鑑識課員五名と刑事課の捜査員四名が入り込んでいたから、かなり窮屈だった。

「若いみたいです。でも、防犯カメラでは、はっきり分かりません。ただ、このホテルはタッチパネルじゃなくて、対面でチェックインする形式ですので、従業員が女の顔を見ているんです。二十代前半に見えたと証言しています。ただ、女が出て行くのは気づかなかったそうです」

「返り血は？」

「それもちらっと防犯カメラの画像を見ただけですので、私には分かりませんでした。それほど鮮明な画像ではありません。あとで、係長もチェックをお願いします」

「ああ、そうする」

久しぶりの殺人事件捜査になりそうだった。徳松にとって、殺人事件の捜査はこれで二度目である。

上野《うえの》署にいたとき、ホームレス同士の喧嘩で起こった殺人事件を一度、経験していた。しかし、それは捜査本部が立つ前に、たった二日で解決した。だから、殺人事件の捜査を経験したと言えるようなものではない。

弁天代署の刑事課には、この程度の殺人事件の捜査経験を持つ者さえ、ろくにいないだろう。治安のいい日本では、所轄署の刑事課に三十年勤めても、殺人事件の捜査など一度も経験せずに退職してしまう刑事がいることも珍しくはないのだ。

被害者の身元が割れていない現段階では断言はできないが、事件現場の状況から考えて、それほど捜査が長引く事件とも思えなかった。被害者の体に過剰に多い刺し傷が認められることから、体力的に勝る加害者が一方的に被害者を攻撃したと思われがちだが、刑事学の常識では、必ずしもそうとは言えないだろう。

こういう場合、逆に体力的に劣る女が男を刺した可能性も排除できないのだ。男の反撃を恐れ過ぎて、パニックに陥《おちい》っている女が不必要な攻撃、例えば、相手が死んでいるのにさらに刺し続けるような行為に及ぶことが、統計上もしばしば見られる現象らしい。

被害者がこれだけ大量に出血している以上、犯人がかなりの返り血を浴びているのは、当然に予想されることだった。防犯カメラに映っている若い女性の衣服に、血痕を視認できるかも知れない。

凶器は犯人が持ち去ったようだが、その防犯カメラに映る若い女が犯人だとすれば、凶器の特定・発見前に女を逮捕することも不可能ではないだろう。

外では相変わらずひっきりなしに、パトカーなどのサイレンが聞こえている。ぞくぞくと警察車両が到着しているのだ。

やがて、警視庁捜査一課の刑事たちが臨場してくるはずである。殺人の場合、本庁の捜査一課長、さらには刑事部長も現場に顔を出すのが普通だった。そして、事件が今日、明日にでも早期解決しない限り、所轄である弁天代署の五階会議室に、この事件の特別捜査本部が設置されることになるだろう。

その場合、所轄刑事課の係長である徳松が捜査本部要員になることは確実だった。忙しくなるぞ。徳松はこれまでの無聊《ぶりょう》を振り返りながら、心の中でつぶやいていた。

3

「六階は妙なことになっているらしいですよ」

中山は自分の席に戻ってくると、間髪《かんはつ》を容《い》れずに言った。

「六階？　五階じゃなくて」

五階には殺人事件の捜査本部が立ち上がっており、六階は捜査本部とは無関係な警備課だったので、無紋はこう訊いたのである。

「五階は殺人事件というだけで、たいした事件じゃありませんよ。パパ活のもつれによる犯行の線が強いらしいですよ」

殺された男の氏名は田所仁《たどころじん》で、衆議院議員黛《まゆずみ》仲輔《しんすけ》の公設秘書だった。黛は保守党の中でも特に右寄りの思想で知られ、夫婦別姓や同性婚に強く反対していたが、首相にも影響力を持つ大物政治家だった。

しかし現在、黛は慈孝学院《じこうがくいん》大学の入学試験漏洩の件で、窮地に立たされていた。三年前の入試で英語の問題が事前に漏れた可能性があり、その漏洩に大学の評議員でもあった黛の圧力があったのではないかという記事を一部の週刊誌が書きたてていた。

ただ、中山が捜査本部の刑事から、小耳に挟んだところによれば、田所は女子学生とパパ活していたことが明らかになっていた。従って、現場からいなくなった若い女のことを合わせて考えると、そんな政治的背景とは無関係な、痴情のもつれか援助額のトラブルによる犯行の可能性が高いというのだ。

「だから、五階の話より、六階のほうがよっぽど面白そうなんです」

中山は六階の警備課で何が起きているのかを言いたくて、うずうずしているようだった。

「要するに、警備課で何が起きたの?」

無紋は熱意もなく質問した。

「本庁の公安部から、若い女のキャリア警察官が出向《しゅっこう》してきたんですよ」

「へえ、そんなことがあるのかね」

無紋は予想以上の驚きを覚えていた。キャリア警察官が、弁天代署のような所轄署に出向してくることなど、これまで一度もなかった。そもそも、弁天代署の中には、トップの署長を含めて、警察庁採用のキャリア警察官など一人もいない。

「それがあるんですよ」

中山は嬉しそうに答えた。中山によれば、これはその年から警視庁が実施することに決めていた新しい人事制度に基づくもので、一年間の期間限定で本庁から所轄署に若いキャリア警察官を派遣し、相互に情報交換することによって、キャリア警察官とノンキャリア警察官の連携を強化するという趣旨で設立された制度だという。

出向してきた女性キャリア警察官は、本庁の公安部第四課に所属していた。その課は捜査資料作成の部署だったので、資料の活用を現場の捜査員に促すと同時に、自分自身も捜査の現場を知るというのが、この出向の目的らしい。

「桐谷杏華《きりたにきょうか》という女性で、歳は二十八歳、東大の法学部出身ですよ。すでに警視で、管理官って話です」

その情報は、無紋にとって特に驚くべきものではなかった。キャリアのエリート警察官がそれくらいの年齢で、それくらいの階級と役職を得るのは、警察の世界ではごく普通のことである。

「本部もキャリアとノンキャリアの壁を取り払うなんて、調子のいいこと言ってますが、本当はそういう若い女性キャリアにさせる仕事がないので、所轄のどうでもいい署に送り込んで、お茶を濁したんじゃないかっていう自虐的な噂が、署内では流れてますよ」

「それで、君はそのキャリア警察官を見たの？」

「俺は見てないけど、見たヤツの話では大変な美人で、スタイルも抜群だそうです。そのファッションがスゴいんです」

午後四時過ぎで、席を外している者も多いが、課長席では葛切が各捜査員から提出された捜査報告書に目を通している。

「どんな服装なんだい？」

「ロングのデニムパンツに長袖のシャツだそうです」

「何だ、普通じゃないか」

無紋はがっかりしたように言った。

「確かにぱっと見はフツーだけど、シャツの丈が微妙に短く、デニムパンツをローライズ気味に穿《は》いているものだから、ヘソがちらちらと見え、それが何とも色っぽいらしいですよ。彼女が来てから、用もないのに六階に行く男性署員が続出ですって」

「それは、いかんな。警備課長は注意しないのかね？」

そう訊いたのは、無紋ではなく、葛切だった。課長席から口を挟んできたのだ。

「さあ、どうでしょう。警備課長も、美人には弱いんじゃないですか」

中山はさもめんどくさそうに返事をした。だが、葛切は特に気を悪くした様子もなく、何となくにやついた表情で、立ち上がった。それから、何も言わずに部屋の外に出て行った。

「おいおい、クズのオヤジ、まさか六階に彼女を見に行ったんじゃないでしょうね」

中山は特に声を落として言ったわけでもなかったので、一部の課員にはその声が聞こえているようで、笑いをかみ殺している者もいる。なたねはたまたま少年事件の応援で駆り出されており、その場にはいなかった。

「いや、トイレに行っただけだろ」

無紋は苦笑しながら言った。葛切にそんな度胸はない。

「しかし、クズのオヤジ、ヘソ出しパブの常連だという噂がありますからね」

無紋はさすがに噴き出しそうになっていた。葛切の表情は、外見的にはいかにも謹厳実直そうに見えるから、そのギャップがおかしかったのだ。

「そんなパブがあるの？」

無紋も風俗関係の保安を担当したことがあるので、そういう業種については、一般の人々よりは詳しいはずである。だが、ヘソ出しパブのことなど、聞いたことがなかった。

「俺は行ったことはないけど、池袋《いけぶくろ》やアキバに数軒あるらしいですよ。ショーパンやミニスカの女の子がヘソを出して、酒を運んでくるだけで、どうってことはない場所ですよ。あの人、それ以前は、日本に一軒しかない、鶯谷《うぐいすだに》のふんどしパブに通っていたんだけど、そこがつぶれたんで、最近はもっぱらヘソ出しパブ専門って話です」

他のシマの課員たちの中には、ついに我慢できなくなって、声に出して笑っている者さえいる。無紋も、相変わらず込み上げてくる笑いをかみ殺すのに苦労していた。

ただ、無紋は、その女性管理官が六階の警備課に来たことと、五階に殺人事件の捜査本部ができたことが、関係ないはずはないと睨んでいた。そもそも、警視庁の公安部が、意味のない特例人事を行うはずがないのだ。

4

徳松が生活安全課に入って来るのが見えた。徳松が無紋を訪ねてくることは珍しいことではない。プライドの高い刑事課の刑事の中では、徳松はよく言えば、ざっくばらんな、悪く言えば柄の悪い男だった。

その眼鏡を掛けない角張った顔は、ヤクザ風にさえ見える。無紋とは仲がよく、署内無線の運営に関しても、協力しあう関係にあった。

警察無線には、大きく分けて二種類ある。警視庁の通信指令センターの無線以外に、所轄独自の無線があり、それは通信指令センターの無線を聞いて、地域課のパトカーや管内の交番などに、所管署としての指令を出すための無線だった。

平日の午後五時までは、地域課の係長がこの独自無線連絡を担当するのが普通だが、夜間体制に移行すると、各課の係長が持ち回りでこの独自無線連絡を行うのが弁天代署のルールだった。無線連絡はかなり総合的な判断力と責任が生じる仕事なので、やはり各課の係長クラスが担当する必要があるのだ。

従って、各課にいる複数の係長は、この独自無線の運用の円滑化を図るために、日頃から互いに交流していることが多い。

「無紋さん、ちょっと教えて欲しいことがあるんだがね――」

徳松は階級も役職も無紋とまったく同じだったが、年齢は四十五歳で無紋より一歳だけ若い。無紋のことを呼ぶとき、「無紋係長」というような形式張った呼びかけはせずに、中山と同じように「さん付け」だった。だが、丁寧語はほとんど使わなかった。

無紋は立ち上がり、通路の奥にある壁際の簡易なソファまで案内した。

「無線連絡の件じゃないの？」

互いに、正面に座ると、無紋がすぐに訊いた。

「いや、橋詰耕三のことで、ちょっと訊きたいことがあるんだ」

「橋詰耕三？」

無紋はその氏名を聞いても、すぐには誰のことか分からなかった。だが、やがて中山の話を思い出した。

「ああ、中山君が言っていたシャケ泥棒の、タトゥーの彫師のことか」

「そうなんだ。実は、殺しの事案にも進展があってね。直接的な関係とは言えねえんだが、その男が重要な証言者になっているんでね」

徳松はここで、捜査本部の捜査状況をかいつまんで話した。

捜査本部が立ち上がった翌日、「国会議員秘書殺人事件」の捜査本部は、地取り捜査で殺された秘書の田所とパパ活関係にあったと推定される女子学生の身元を早くも割り出していた。

田所は銀座《ぎんざ》にあるラウンジ「トレド」の常連であり、そこのキャスト谷島《やじま》依織《いおり》が田所のパパ活の相手であることが判明したのだ。依織は二十一歳で、慈考学院大学文学部の四年生だった。

依織は左乳房下にJという大文字のレタリングタトゥーを入れていたらしい。それを何人かのキャストが更衣室で目撃しており、Jが恋人の名前の頭文字ではないかという噂が流れていた。

だとすれば、田所仁のＪＩＮと符合するのだ。都内のタトゥースタジオを、捜査員が当たったところ、国道二四六号線沿いの池尻大橋《いけじりおおはし》で「The Second and Fifth 7318」というスタジオを開く彫師が昨年の八月にＪの形をしたタトゥーを女子学生に入れたと証言しており、その彫師が何と橋詰だったのだ。

「じゃあ、中山君にも来てもらったほうがいいね。その男を直接に取り調べたのは、中山君だから」

無紋は立ち上がり、手振りで中山に合図を送った。中山はすぐに気づき、無紋たちのほうに足を向けた。

「実は橋詰は、タトゥー業界では、レタリングタトゥーの名人と呼ばれていて、ファッション感覚でタトゥーを入れたいと思っている、渋谷などで屯《たむろ》する若い女の間では、知らぬ者がいないほどの存在だというんだ」

レタリングタトゥーというのは、文字のタトゥーのことを言うらしい。

「あの汚《きたな》らしいシャケ泥棒が？――」

中山は唖然《あぜん》としていた。

現在、大学の事務課も依織と連絡が取れない状況だという。依織が田所を刺したあと、逃走した可能性が高かった。防犯カメラに映っていた女の容姿も依織に似ているらしい。

捜査本部はすでに依織を、重要参考人として全国に指名手配していた。

「夜の十時過ぎに、その女子学生が一人でやって来て、Jというタトゥーを入れて欲しいと頼まれたと証言しているんだが、それ以外のことは何も知らないって言ってる。それで、念のためにこっちの取り調べのことも訊いておこうと思ってね」

「取り調べと言っても、あまりにもせこい事件だったから、たいした取り調べもしませんでしたよ」

中山はソファに座ることなく、話し出した。

「本人もそのシャケが実に美味《うま》そうだったから、思わず横から食ってしまったと認めていて、否認事件でもありませんでしたからね。そんなの、検事に持っていったって、まともには取りあってくれませんよ。実際、電話で担当検事に意見を求めましたが、ただの説諭でいいということになりました」

「おまえの印象はどうだった？」

徳松は無紋に会いに来るとき、中山ともよく顔を合わせるため、中山ともそれなりに親しかった。

「百パーセント変なヤツですよ。でも、こっちが説教しても、にこにこ笑っているだけで、妙に人なつっこいところがありましたね」

「そんなに裏のある男には見えなかったか？」

「裏ですか？　そういうの、俺、得意じゃないんです。無紋さんが取り調べていたら、きっとあの男の本心を見抜いていたかも知れないけど。無紋さんが唇を読むほうの読唇術の達人なのはみんな知っていますが、心を読むほうの読心術もできますからね」

中山の言葉に、徳松は意味不明だと言わんばかりの表情を浮かべた。徳松はおよそ知的な話が嫌いで、そういう話が出ても、まったく聞く耳を持たなかった。おそらく、ドクシンジュツに二種類の漢字表記があることも分かっていないだろう。

しかし、無紋にしてみれば、中山の発言に冷や汗が出る思いだった。心を読むほうの読心術はともかく、署内でも知れ渡っている、唇を読むほうの読唇術の能力を、中山に大げさに言われるのは、ありがた迷惑だった。

いや、本音を言えば、無紋は心を読むほうが遥かに簡単だと思っていた。中山に限らず、唇の動きだけで会話内容を知るという異能《いのう》に過剰な期待を寄せる者も多いが、実際は当たらないほうが普通なのだ。

無紋はリチャード・マーシュの『ジュディス・リーの冒険』や江戸《えど》川乱歩《がわらんぽ》の『妖虫』など、読唇術が登場する昔の探偵小説を読んだことがあった。そういう作品の中では、読唇術の能力が万能の鏡であるかのように描かれがちだが、現実の世界では、読唇術のプロと呼ばれる人々でも、的中率は四十パーセント以下というのが、定説だった。〈キ・シ・ジ・チ・ニ・リ〉など、同じ口の形で異音になっているものもあるし、機器と獅子やタマゴとタバコのように口形では区別できない単語もある。

　そのため、口の動きは理解を助ける補助的な意味程度しかなく、文脈による推測に多くの部分を頼っているのが、読唇術の実態だった。無紋も酒の入る席などで中山にそんな話をして、読唇術に対する過大な評価を否定することがあったが、中山は無紋の読唇術に対する礼賛《らいさん》をいっこうにやめようとしなかった。

「その男の証言に、不審な点でもあるの?」

　無紋が、幾分早口に徳松に訊いた。こんなところで、ドクシンジュツの話題を長引かせたくはなかった。

「いや、不審というほどでもないんだがな。大学で聞き込みをした地取り班の話では、谷島依織は、パパ活なんてやってた割に意外にまじめな学生で、どうにも橋詰なとというタトゥーの彫師との接点が見えにくいんだよ」

　徳松は、そのあとは言葉を濁した。無紋は、同じ刑事として、徳松の心境は何となく分かった。事件捜査で気になることがあっても、何か具体的な証拠が出てこない限り、同僚に対しても、しゃべりたくないことがあるのだ。

　無紋自身、その女子大生が、黛という大物政治家が現在、入試漏洩の件で話題になっている慈考学院大学の学生であることが、引っかかっていた。

ひょっとしたら、徳松はこの事件を単純なパパ活関係のもつれによる殺人とは見ていないのかも知れない。そうでなければ、どうでもいいとしか思えないシャケ泥棒の一件をわざわざ無紋たちのところに、聞きに来るはずがないのだ。徳松は柄の悪い単細胞の男に思われがちだが、捜査に関してはかなりプロ意識の高い、侮れない存在であるのは、無紋にも分かっていた。

その日の夕方、無紋と中山は赤尻地区に巡回に出るとき、一階の階段の踊り場で桐谷杏華の姿を見かけた。横顔と背中が見えただけで、正面からはっきりと顔を見たわけではない。

それだけでも、話題になるのは当然と思われるほど容姿の整った女性だった。ただ、きりっとしたいかにも気の強そうな表情で、無紋がもっとも苦手とするタイプだった。

服装はロングのデニムパンツに白いTシャツだったが、無紋たちに背を向けて、正面玄関から出て行くとき、その短いTシャツからちらりと背中の白い肌が見えていた。

無紋と中山がそのあとを追うように正面玄関の外に出た。六月にしては、蒸し暑い夕暮れ時だった。未だにぐずぐずと居残る、西に傾いた陽射しが足元に微妙な陰を残している。

「間違いなく、桐谷杏華ですよ。挨拶しますか？」

中山が、さすがに声を抑えて言った。まさか、本気ではないだろう。

「俺たちとは方向が違うよ」

無紋は、右方向に遠ざかる女の背中を見ながら言った。その方向にはＪＲの駅があり、無紋と中山が向かおうとしている赤尻地区は、反対方向にあるのだ。

「さすが、若いけど、お偉いさんですよね。定時通りのご帰宅ですね」

中山の皮肉な口調に、無紋は思わず腕時計を見た。時刻は、午後六時を十分ほど回っている。

5

無紋は、東京競馬場のパドックで、メインの十一レースを前にして周回する馬を眺めていた。競馬場に来るのは久しぶりだった。葛切のように毎週、スポーツ新聞の競馬欄を読むほど熱心ではないが、たまに競馬場に来て賭ける場合は、徹底的な情報収集をしてから、馬券を買う。確実に馬券を当てるためには、その情報を分析するだけでなく、最終的にパドックで馬の状態をチェックすることも重要だった。

土日に限定されて開催される中央競馬は、土曜日の場合、メインレースと言っても、通常、大きなレースはない。そのため、パドック周辺の人だかりは、それほど多くない。無紋は人混みが嫌いだったので、競馬場に来るときは、土曜日を選ぶようにしていた。

一瞬、驚いた。隣に立つ、競馬新聞を持つ若い長身の女が、無紋に向かって微笑みかけたように思えたのだ。

「無紋さんですよね」

無紋は唖然としながらも、思わずうなずいてしまった。その飛び抜けた容姿のため、一目で、前日に署内で目撃した桐谷杏華と分かったのだ。ただ、杏華が何故無紋の顔と名前を知っているのか、分からなかった。

杏華の服装はまったく普通だった。紺のデニムパンツに、白い長袖のワイシャツだったが、パンツの中にしっかりとシャツを入れていて、肌などまったく見えていない。弁天代署の中では、わざと人目を惹く着こなしをしているのかも知れないと、無紋はふと思った。

「階段のところで、ときおり、お見かけするんです。私、六階の桐谷と申します」

杏華は華やかな笑みを湛《たた》えて言った。弁天代署という言葉も警備課という言葉も使わなかった。

無紋は、卑屈な気分に陥っていた。その遠回しな表現によって、休日に公営ギャンブルである競馬に来ていることを、何となく咎《とが》められたように感じたのである。杏華がここにいること自体が信じられなかった。

「そうですか。私は二階で仕事をしています」

無紋も杏華に合わせるように、生活安全課を建物の階数で表現した。杏華と話すときの言葉遣いは難しかった。年齢的には無紋がかなり上だが、警察の世界では、年齢より階級や役職が物を言う。

警視で管理官であることがすでに分かっており、少なくとも無紋が部下と話すような口の利き方ができる相手ではない。だが、悩ましいのは、互いに初対面なのだから、杏華の階級や役職が分かっていないという前提で、話す必要があることだった。

「今日はどうしてこちらに？　お仕事ですか？」

無紋はできるだけさりげなく訊いた。自分の動揺を見透かされたくなかった。

「とんでもない！　私、ウマ女《じょ》なんですよ。休みの日はこうやって競馬場に来て、憂さを晴らしているんです」

杏華は相変わらず笑みを浮かべたまま、堂々と言った。確かに、警察官の中には、競馬や競輪などの公営ギャンブルをやっているものも少なくない。合法である以上、警察幹部もそれを特に止めるようなことは、言わないのだ。

ただ、いくら合法といっても、警察官という職業柄、ギャンブルに対する社会的な偏見を警戒して、それを公に言う者はけっして多くはなかった。特に、キャリア警察官の場合は警戒心が強く、少なくとも、そんな話題を自ら持ち出すことはあまりないだろう。

「メインレース、無紋さんはどの馬が勝つと思いますか？」

「三番じゃないでしょうか」

無紋は、あっさりと答えた。正直なところ、プライベートなことを訊かれるのが嫌だったので、競馬の話にしてしまったほうが楽だと思ったのだ。

だが無紋には、別の警戒心が働いていた。ここで杏華と顔を合わせたことは、やはり偶然ではないと感じていた。それを確かめるためにも、競馬の話をしてみる価値はある。

「三番って、ディスオネスティーですね。でも、立派過ぎません？」

無紋は、杏華の言葉遣いに不意を衝かれた気分になった。競馬を知らない人間が聞いたら、この会話はまったく理解できないだろう。

「立派」というのは、褒《ほ》めているのではない。競馬用語で、体が絞り切れていないという意味なのだ。確かに、たまたまそのとき無紋たちの目の前を周回していた三番の馬は、体に幾分の余裕があるように見えた。

「確かに、若干、絞り切れてはいないけど、これは許容の範囲だと思うんです。この馬は、府中《ふちゅう》のような左回りでは、実績がありますからね。典型的な差し馬で、過去三レースの上がり三ハロンの走破タイムの平均は三十三秒を切っていますから、このクラスの馬としては優秀ですよ。今日のような良馬場であれば、実力を出せるでしょう」

競馬新聞にちらりちらりと視線を投げつつ、こう言いながら、無紋は杏華がこの話にどれだけついてこられるか、試している気分だった。競馬場には、右回りと左回りがあり、東京競馬場は左回りで、中山《なかやま》競馬場は右回りである。馬の中には、走行方向によって、出せる実力がかなり偏ってしまうものもあるのだ。

また一ハロンは、二百メートルのことを言う。上がり三ハロンの走破タイムとは、平たく言えば、全力で走った最後の六百メートルで、どれくらいスピードがあったかを示すもので、競馬の予想にとっては、大変重要なポイントだった。

「でも、確かに府中ではある程度実績を残していますが、同じ左回りで最後の直線も長い新潟《にいがた》競馬場では、けっこう負けていますよ。だから、長くいい脚を使えるわけではなく、その瞬発力にも限界があるでしょ。それに内枠ですから、この馬は揉まれるとダメじゃないですか」

競馬知識満載の回答だった。いちいち無紋の言ったことに反論していて、いかにも生意気な印象を与える。しかし、無紋は逆にその生意気ささえ演技と感じていた。

普通、人が競馬の予想をするとき、こんな風にしゃべるものではない。もちろん、無紋のしゃべり方に合わせたのだろうが。特に、若い女性の場合、「この馬の名前かわいいから、買います」とか、「この馬番、私のラッキーナンバーなんです」とか、たわいもないことを言うものなのだ。

杏華が無紋に近づくために、競馬のことを勉強したのではないかという疑惑を拭いきれなかった。難関大学を突破した学力のある杏華であれば、競馬の知識など受験勉強をするような要領で身につけることができるだろう。無紋も、途中までは同じような道を辿ってきた人間だから、それが分かるのだ。

無紋が競馬をすることは、自分から積極的に言うことはなくても、特に隠しているわけではないので、調べればすぐに分かることだった。本庁の公安部にそういう情報が入っていて、杏華がその情報に基づいて、無紋に接近してきた可能性も考えられる。

「じゃあ、あなたはどの馬が勝つと思うんですか?」

無紋は、笑いながら逆に質問した。

「七番かな」

「ウメボシバンバンですか。まさか、七番はラッキーナンバーというんじゃないでしようね」

「違いますよ。ほら、いい気配《けはい》でしょ。いかにもやる気ありそうじゃないですか。気合いが入っているのは間違いないですね」

杏華は七番の馬を指さしながら言った。無紋には、七番の馬は無駄な動きが多く、「気合いが入っている」というより、「入れ込んでいる」ように見えた。

しかし、そんな反論をしても意味がないだろう。実際、競馬評論家と称する人々でも、「気合いが入っている」と「入れ込んでいる」の区別をすることなど、実際にはできるはずがないと無紋は思っている。所詮、馬の気持ちなど分かるわけがないのだ。それは、無紋の読心術の能力を遥かに超えていた。

「そうですか。では、結果を待ちましょう」

無紋がこう言ったとき、ちょうど「止まれ！」の号令がかかり、騎手たちが騎乗するところだった。

「無紋さん、今日は参考になるお話、ありがとうございました。また、競馬のこと、ゆっくり教えてください」

杏華は満面の笑みを湛え、軽く一礼すると、足早にパドックを離れていった。無紋はタイミングのずれた会釈を返しながら、杏華の背中を見送った。

何かあるのは間違いなかった。偶然を装った故意が確実に働いていた。杏華が捜査本部事件との関連で弁天代署にやって来ているとしたら、無紋に近づいてきているのも、その関連と考えるしかない。

ターゲットは無紋だけではないのかもしれない。わざと目立つ服の着こなしをして、できるだけ多くの署内の人間を接近させ、情報収集を図ろうとしているのか。だが、無紋は論理と論理の狭間を埋めるべき、事実を何一つ確認していなかった。

いや、これからだな。無紋は、心の中でそうつぶやいていた。

6

午後の一時過ぎ。広い窓のブラインドの隙間から差し込む午後の陽射しが、フローリングの床に、淡い楕円形の日だまりを作っている。

桐谷杏華にとって、本庁舎十三階にある公安部第四課の雰囲気はけっして、好ましいものではなかった。室内には、このけだるい午後の陽射しと同様、淀んだ雰囲気が漂っていて、公安部に特有な緊張感などまるでなかった。

それもやむを得ないのだろう。何しろ、過去の犯罪の統計資料の収集と分析が主たる仕事の部署で、実践的な捜査とはまったく無縁な職場なのだ。公務員もしくは研究所の職員に近い職種というのが、一番正確なのかも知れない。

過去の犯罪を統計的に処理・分析した上で、統計資料をデータベース化して保存する。それらの資料は、実践的捜査に携わる刑事たちによって、極秘資料として活用されることになっているが、その実際の活用状況を杏華たちが知ることができるわけではなかった。

公安部第四課の課長は、役人を絵に描《か》いたような面白みに欠ける男だった。管理官の杏華から見れば上司に当たるが、その心理関係はやはり複雑だった。四十代のノンキャリアの課長だったので、何年か先には、杏華と立場が入れ替わるのは自明だった。

それが分かっているため、課長も杏華に対して、用心深い対応しかしないのだ。もともと愛想のない事務的な男だったが、部下の杏華を強い言葉で注意することもない。杏華の質問に対しても、常に曖昧な返事しかしないため、それが杏華をときおりひどく苛立たせた。要するに、事なかれ主義の権化《ごんげ》のような人物だった。

この課長の雰囲気がまるで伝染するかのように、他の課員も面白みのないことを選考基準に選んだかのような人物ばかりが揃っていた。ただ唯一の例外が、仕事上の直接の部下に当たる三村《みむら》里穂《りほ》で、杏華は里穂とは仲がよかった。

もっとも、里穂もけっして仕事に対するモチベーションの高い課員ではない。ただ、杏華より二つ年下の二十六歳で、第四課に入った時期もほぼ同じだったので、プライベートではほとんど友達関係になっていた。

里穂は警視庁内では、杏華のことを他の課員と同様に「管理官」と呼んでいたが、仕事以外では「杏華さん」だった。

「杏華さん、公安の人間は私生活をなるべく外に見せないようにと言われていますが、うちのような課は関係なくないですか。やっていることは普通の公務員と同じですからね」

仕事帰りに、喫茶店やレストランで飲食を共にするとき、里穂は決まってこんなことを口にした。警察勤務といっても、仕事の性質上、ほぼ毎日、定刻通りに帰ることができ、二人で話す機会もけっこうあるのだ。

その日も、二人は帰宅前、地下鉄の霞ケ関《かすみがせき》駅近くのカフェに立ち寄っていた。誘ってくるのはいつも里穂のほうで、おしゃべりな里穂はほとんど一人でしゃべることが多い。

「そうね。公安の仕事と言っても、いろいろな仕事があるからね」

杏華もこんな風に答えて、お茶を濁すしかなかった。その「いろいろな仕事」の内容を知らなかったわけではない。入庁後、警察大学校の「初任幹部科」で三ヵ月間、泊まり込みの研修が行われ、そこで幹部警察官としての様々な基本を徹底的に叩き込まれるのだ。この時点では、配属先が決まっているわけではないが、公安担当となった場合の心構えと仕事内容についても、説明を受けた記憶がある。

ただ、実践的な経験がないため、そういう研修も結局、国家機密に関するスパイ映画を見る程度の効果しかなかった。それに、最初にいくつかの部署を二年単位で経験したが、いずれも公安とは無関係な仕事だった。そして、二年前に管理官となって、現在の公安の部署に異動してきたのだ。

「私、学生の頃、宝塚歌劇《たからづかかげき》の追っかけをしていたことがあるんです」

そう言うと、里穂は目の前のアーモンド・キャラメル・ラテを一口のみ、さらに言葉を繋いだ。

「あの頃は、楽しかったです。それに比べて、今の職場は退屈ですよ。仕事内容はともかく、話していて楽しいの、杏華さんだけですから。だから、こんなこと言うと悪いけど、私、この仕事、そんなに長く続ける気はないんです」

「里穂ちゃんは今の仕事を辞めたあと、次はどうするつもりなの？」

杏華も一口レモンティーを飲むと、微笑みながら訊いた。おしゃべりな里穂を相手にすることは、けっしていやではない。いい聞き手に徹していると、なんとなく癒しを感じることができる相手なのだ。

里穂は大柄な体格通りのんびりした性格で、神戸《こうべ》出身のため、標準語で話しているものの、ときおり関西風のアクセントが交じることがある。それが、杏華にとって、何とも心地よく耳に響くのだ。

「そうですね。警察も五年くらいで辞めて、世界一周旅行に行くんです。特に行ってみたいのはリオデジャネイロです。リオのカーニバルに参加したいです」

「リオね。私も行ってみたいね。でも、ブラジルって南半球の国だから、日本からだとすごい時間が掛かるでしょ」

「ええ、だからまずアメリカに入って、サンフランシスコのディズニーランドとマイアミのディズニーワールドで遊んでから、行くんです。マイアミからだと、八時間ほどで着くらしいですよ」

杏華は微笑みながら里穂の言葉を聞いていた。だが、明るい話題は、ときに杏華に厳しい現実を意識させることがある。

杏華は現在の職場環境に将来、どの程度耐えられるか、複雑な不安に駆られていた。確かに、何も起きない平凡な環境こそが理想なのかも知れない。

しかし、里穂のようなノンキャリア警察官と違って、杏華の場合、将来、キャリア警察官として責任ある立場に就くことを考えると、警察官を続ける動機が自分には欠けているように思えるのだ。

杏華は他人の目に映るほどには、メンタルが強くないことは自覚していた。こういう刺激のない環境の中では、克己心を試す機会もなく、ただ無為《むい》の時間を過ごしていることが苦痛でもあり、不安でもあった。

ただ、杏華の心理状態に奇妙な緊張を強いているのが、公安部総務課長の浜岡哲也《はまおかてつや》の存在だった。管理官といっても、杏華が所属課の違う浜岡に会う機会がそうあるわけではない。しかし、浜岡はごくたまに、一階上の階にある総務課長室に杏華を呼び出し、話をすることがあった。

そういう際、特定の話題があるわけではないので、杏華にしてみれば、同じキャリア警察官として、若い杏華に英才教育を施しているのだろうと思っていた。実際、複数いる公安部の課長で、キャリア警察官は筆頭課長である総務課長だけで、あとはすべてノンキャリア警察官だった。総務課長は、公安部三役の一つに当たる幹部で、その上には二人の参事官、それにトップの公安部長がいるだけだ。

浜岡は、杏華にとって謎めいた男だった。杏華と同じ東大法学部出身で、年齢は四十代のはずだ。長身でスタイルが良く、顔の輪郭も非常に整っている。しかし、太いつるの黒縁の眼鏡を掛けていて、その表情はいかにも冷たく見えた。言葉数も少なく、目で物を語るタイプだった。

実際、浜岡の前に出ると、説明しがたい緊張感を覚えるという者も少なくない。それは杏華も、同じだった。

しかし、浜岡は部下を怒鳴ることも、叱責することさえほとんどない。ただ、相手の言うことに賛成しかねるとき、浜岡はその冷たい目で、黙殺した。それはけっして反論を許さない、酷薄な蔑視《べっし》にさえ見えることがあった。

そして、今回の出向については、杏華は直属の上司である第四課の課長からではなく、浜岡から直接、ある指示を受けていた。出向という形を取るが、それは表向きの話で、あくまでも本庁公安部の管理官として行動するように言われていたのだ。

「君の社交性に期待していますよ。公安警察官は、仕事とプライベートを区別してはいけません」

総務課長室で、浜岡は僅かに微笑みながら言った。だが、その目は笑っていない。この浜岡の言葉を何と聞くべきか、杏華はすぐには判断できなかった。だが、何となく弁天代署内で、できるだけ人脈を作れという意味だろうと受け止めていた。

そのためには、確かにプライベートな付き合いもある程度必要になるだろう。実際問題として、浜岡の指示を実行するためには、所轄署の協力は不可欠なのだ。

杏華はプライベートで里穂と食事に出かけたとき、この出向について話した。もちろん、本当のことを言えるはずもない。ただ、親しい里穂に対しては、杏華が第四課からいなくなることについて、それなりの説明をする必要があったのだ。

「課長から、所轄に出向して、世間のことを勉強して来いって言われちゃった」

必ずしも嘘を吐いたわけではない。「課長」と表現しただけで、苗字を加えて言ったわけではない。だが、そう言えば、里穂は当然、第四課の課長と解釈するだろう。浜岡という固有名詞を、意識的に避けたのは確かだった。

「えっ、そうなんですか。杏華さんがいなくなったら、四課はますますつまらなくなっちゃうじゃないですか」

里穂の言葉に、杏華自身、心の中でため息を吐いていた。杏華にとっても、確かにそれは気の重い出向だった。

杏華の瞼の奥に、こうもりに似た黒い陰影が、蜃気楼《しんきろう》のように浮かんでいる。だが、杏華自身、その暗い予兆の本質を見抜いていたわけではなかった。

7

無紋が朝八時半に出勤したところ、正面玄関の入り口で杏華と鉢合わせになった。その日の杏華は、紺のパンツに、白地に紫陽花《あじさい》色のチェック柄の長袖シャツだったが、確かにシャツの丈が少し短く、腹部がちらちらと覗いている。しかし、別に意識しなければ、自然な着こなしで、一定の品位を保っているように見えた。

「お早うございます。この前、予想が当たったんで、驚いちゃいました。単勝とワイドしか買っていませんでしたから、あまり儲かりませんでしたけど。でも、捜査と同じで、競馬もやっぱりデータより、直感なんですね」

無紋は挑発的にも聞こえる杏華の言葉に、憮然とした表情をして見せた。確かに、無紋の予想は見事に外れ、ディスオネスティーは十三位の惨敗だった。

勝ち馬は、杏華の予想通り、ウメボシバンバンだった。

「お見事でした。ディスオネスティーは、名前通り、不誠実な馬でしたね」

無紋はおどけながらも、若干、悔しそうに言った。多少の演技が入っていたことも否定できない。杏華の敷いた文脈に沿って、付き合っている感じだった。それに、競馬はデータが外れるから面白いのだ。

しかし、捜査においては科学的な物証の精査が最大の武器だと無紋は信じていた。少なくとも、俗に言われる「刑事の勘」という言葉を、無紋は好きではなかった。「刑事の勘」は思い込みに基づく、強引な捜査に繋がり、冤罪《えんざい》を生みやすいのだ。

「ところで、無紋係長、生活安全課長をご紹介頂けないでしょうか。今後、データの収集でお世話になることもあると思いますので、ご挨拶させて頂きたいんです。もちろん、データと言っても、趣味のほうではなく、本職のほうですが」

杏華は笑いながら言った。ようやく本音が出たなと、無紋は一瞬、思った。無紋を通して、生活安全課の中にも入り込もうとしているのか。同時に、苦笑を禁じ得なかった。別に杏華の軽口に呆れたわけではない。

葛切に紹介することはたやすいが、葛切の性格を考えると、それが杏華の役に立つとも思えなかったのだ。しかし、杏華の本音が見えかけているのは間違いないだろう。ただ、本当の狙いはまだ読み切れない。

「無紋係長」という呼びかけにも、いささか心地悪さを感じていた。若いキャリア警察官が、自分より遥かに年上のノンキャリア警察官に向かって呼びかけるとき、たいてい役職名で呼んで、波風を立てないようにすることは耳にしたことがある。

若い杏華がいくら階級や役職が上とはいえ、「無紋君」と呼びかけるのは、あまりにも傲慢な印象を与えてしまう。といって、「無紋さん」と言えば、無紋を上司として見なしている印象を与え、これも階級と役職で規律を保っている警察組織としては、示しがつかない。そこで、「無紋係長」という、中立的で客観的な言葉が選ばれるのだ。

だが、現実にそういう場面に出会うことなどこれまで一度もなかった無紋にとっては、心地悪さの原因は、まさにそこにあるように思われたのである。競馬場ではなく、警察署内での会話だったから、杏華がそれなりのけじめを示したとも解釈できた。

「分かりました。今から、一緒に二階にいらっしゃいますか」

無紋は、杏華の返事を待つことなく、正面玄関の右奥にある階段に向かって歩き始めた。

「それはわざわざありがとうございます」

杏華から挨拶された葛切は、弾かれたようにデスクから立ち上がり、深々と頭を下げた。葛切の浮かれぶりは手に取るように分かる。葛切は自ら、共用のソファに杏華を案内したのだ。

「境君、桐谷管理官にお茶をお出しして」

無紋と共に、杏華と対座すると、葛切は間髪を容れず、大声でなたねに指示した。中山は無紋たちに背中を向けていたので、その表情は見えなかった。ただ、さぞかし皮肉な笑みを浮かべていたことだろう。

近頃では、警察署も世間並みに、若い女性警察官がお茶を上司に出す悪しき習慣はなくなっていた。それぞれが、通路に置かれた自動給茶機で勝手に好きなときに飲むことができるようになっているのだ。

だが、性格もよく、上司の指示に従順ななたねはすぐに立ち上がり、自動給茶機のほうに走った。杏華もさすがに当惑の表情を浮かべていたが、何も言わず、落ち着いた口調で話し始めた。

「ご面倒なお願いで申し訳ないのですが、今年、生活安全課が扱った事件の捜査報告書のデータベースを見せていただきたいんです。いくつかの所轄署の記録を精査して、最近の犯罪の動向を統計化することを考えているんです」

「あの――それは何か監査の目的でもあるのですかね？」

葛切が不安そうに訊いた。美人のキャリア管理官と話す喜びに、若干、水を差されたような表情だった。生活安全課員の仕事ぶりを、杏華が本庁の命《めい》を受けて調べに来たのではないかという疑念が、葛切の頭には浮かんでいるのだろう。だが、無紋は杏華の目的は、そんなことであるはずがないと思っていた。

「とんでもありません。これは単なるサンプル調査です。すでにお聞きになっているかも知れませんが、今回私がこちらに出向いたしましたのは、警視庁の新人事制度のためで、監査なんて目的はまったく含まれておりませんので、ご心配には及びません」

そのとき、なたねが近づいてきて、緑茶を入れた紙コップをテーブルの上に置いた。

「ああ、すみません。ありがとうございます」

杏華は丁重に礼を述べると、なたねの顔を見上げるようにして、微笑み掛けた。なたねも恥ずかしそうに、微笑みを返している。同性とはいえ、杏華レベルの美人に微笑まれると、何となく照れて、緊張するのかも知れない。

「なんだ、紙コップしかないのか」

葛切がなたねを咎めるように言った。普通の湯飲み茶碗に入れて出すように要求しているとしたら、そもそも無茶な要求だった。そんなものは、課内のどこにも置かれていない。なたねも、さすがに困惑顔だった。

「大丈夫です。紙コップには慣れています。警備課も同じですから」

杏華は微笑みを崩さず、さりげない口調で言った。なたねが去ると、杏華が改めて話し出した。

「それで、捜査報告書のデータベースを管理されているのは、課長ご自身でしょうか?」

無紋はこの質問を聞き、葛切の立場を考えて、冷や冷やしていた。生活安全課では、捜査報告書のデータベース化は行われていない。それぞれがパソコンに保存されている捜査報告書の書式に記入したものをプリントアウトして、上司に提出し、最終的にはそれが葛切のところに回ってくるのだ。

その分厚い捜査報告書の束は、一部は葛切のデスクの引き出しに入れられ、残りは七階の倉庫にあるはずだった。見事なほどのアナログ状態なのだ。

「昭和かよ!!!」と従業員の女性が叫ぶTVCMのフレーズが、無紋の頭を掠めた。案の上、葛切は困った表情で、泣きつくように無紋のほうを見ている。無紋が何か言うしかなかった。

「うちは、捜査報告書はデータベース化していません。ご存じのように、捜査報告書は捜査をしたという事実だけを書くもので、事件性がなかった事案も含まれますので、データベース化したものが、万一ハッキングなどで外部に流失した場合は、深刻な人権問題になってしまいます」

言いながら、無紋自身、詭弁だと感じていた。当節、ハッキングの危険など、すべてのデータにあるのだ。しかし、杏華がそれほど本気で捜査報告書を読む気があるとは思えなかった。

「そうですか。でしたら、紙ベースのもので構いません」

「でも、捜査報告書といっても、書き慣れない者が多く、私など『捜査報告書記載要領』に沿ってきちんと書けと指導しているのですが、中にはかなりひどいものもありまして」

葛切が言い訳がましく言った。

「課長、私たちはどういう事例があるか知りたいだけで、そういうことを調査しているのではありませんので」

杏華はぴしゃりと言い放った。葛切の小心翼々《しょうしんよくよく》とした対応に、苛ついているように見えた。

「課長、まずここ三ヵ月ほどの捜査報告書をお見せすればいいじゃないですか」

無紋が助け船を出すように言った。その程度の期間の捜査報告書なら、未だに葛切のデスクの引き出しに残されているはずなのだ。葛切は若干安心したようにうなずいた。

「そうして頂ければ、助かります。ただ、今日はそういうご協力をお願いするために、とりあえずのご挨拶をさせていただいただけですので、また、出直してきます」

そう言うと、杏華は紙コップのお茶を一気に飲み干し、紙コップを持ったまま、立ち上がった。自動給茶機の横に置かれた紙コップ用のゴミ箱に捨てるつもりなのだろう。

勢いよく立ち上がったせいで、杏華のシャツが大きくまくれ上がり、はっきりと形の良いヘソが見えた。横を見ると、座ったままの葛切の体が、思い切り前のめりになっている。眼鏡がますます鼻眼鏡になっていて、今にもずり落ちそうだ。

気が付くと、葛切は杏華を追いかけるように、出入り口のほうに向かっていた。

「では、課長、また参りますので、よろしくお願いします」

「分かりました。いつでもお待ちしています。無紋君か私で対応しますので」

二人の会話が次第に遠ざかっていく。葛切は階段のところまで、杏華を送るつもりなのだろう。それは葛切に任せておいたほうがいい。無紋は、そのまま自席のデスクに戻った。

「クズのオヤジ、パニクってますね」

すぐに隣に座る中山が声を掛けてきた。反対側の席にいるなたねがクスッと笑った。それから、感嘆の籠もった声で言った。

「でも、管理官、きれいな方ですね。私もお茶を出すだけで、緊張しちゃいました」

「しかし、クズのオヤジは顔なんか見てなかったね」

中山が断言するように言った。

「えっ、じゃあ、どこを見てたんですか？」

なたねが、真顔で訊いた。最近では、中山が無紋に対してときたま口にする「クズのオヤジ」という言葉が誰を指しているのか、分かっているようだった。だが、杏華の短いシャツが男性署員の注目を集めていることには、案外気づいていないのかも知れない。

「さあ、直接、クズのオヤジに訊いてみたら」

中山が、そう言ったとき、葛切が戻って来た。さすがに中山もなたねも、一瞬、黙り込んだ。

葛切が無紋のデスクまで近づいてきた。

「無紋君、本当にさっきのは、サンプル調査なんだろうね」

「そうだと思いますよ。人事的な評価なんて、まったく関係ないですから、普通に捜査報告書を見せればいいですよ」

「そうか、君がそう言うんだったら、信用するよ。それにしても、彼女、やっぱり美人だな」

葛切は再び、踵《きびす》を返すと、自分のデスクの方向に戻って行った。その足取りは、千鳥足に近い。

「熱病に浮かされし我。ヘソは見たけれど、捜査報告書は見せたくなし、か？」

中山が、つぶやくような口調で、短歌風に言った。なたねはようやく状況を理解したように声を出して笑い、無紋は苦笑した。

第二章　公安

1

「国会議員秘書殺人事件」の捜査本部が谷島依織を重要参考人として、全国に指名手配してから四日後、奥多摩《おくたま》の山林で首にロープを掛けて縊死《いし》している依織の死体が、山林調査に来た二名の市役所職員によって発見された。

死体検案の結果、死後四、五日経過していることが判明し、ラブホテルから逃走後、一日か二日ですぐに自殺したものと考えられた。このことは、縊死現場の雑草の上に置かれていた、依織のものと推定される黒いバッグの中にあったスマホの履歴から、さらに正確に裏付けられた。

依織は、ゼミの個人ラインで担当教授に宛てたメッセージで、「大学の名誉を傷つけて申し訳ありません。死んでお詫びいたします」と謝罪していたのだ。六月十五日に送信されたもので、事件の翌日であり、そのあとすぐに縊死したとは限らないにしても、事件後一日か二日で自分の命を絶ったと考えるのが自然だろう。

それは死体検案の結果とも、それほど矛盾するものではない。現場は、普段はほとんど人が通らない山深い場所であったため、発見が遅れたのだ。

「ゼミの教授からもこのラインのメッセージのことは警察に届けられていたんだが、逃走を容易にするための偽装と見る向きもあったんだ。だが、実際に死んじまったとなるとな」

徳松はこう言うと、らしからぬため息を吐いた。無紋と徳松は生活安全課の出入り口の横にある通路で立ち話をしていた。徳松は偶然出会ったふりをしていたが、無紋が外に出てくるのを待ち構えていたようにも感じられた。

午後二時過ぎで、薄汚れた窓ガラスから、かなり強い夏の陽射しが差し込み、空中に塵《ちり》と埃《ほこり》の帯を作り出している。

「無紋さん、遺体を見たいかい？」

徳松が、奇妙な笑みを浮かべて訊いた。徳松がこう言うとき、無紋の意思とは無関係に、徳松のほうが見せたいのだ。無紋が一度そんなものを見てしまえば、こだわり無紋の性格を抑えようもなくなり、徳松にとって、都合のいい捜査活動を勝手にやってくれると踏んでいるのだろう。

「これだよ」

徳松は無紋の返事を待つこともなく、自分のスマホを無紋の前に突きだした。無紋は諦めたようにそのスマホを手に取った。

解像度はけっしてよくない画像だ。おそらく、鑑識写真をそのままスマホで撮影したのだろう。

若い女の首から上の部分だけが写っていた。ロープは取り外され、仰向けに寝かされた状態で撮られた画像だった。死人の顔を見るのは、誰にとっても気色《きしょく》のいいものではない。無紋は小さく顔を顰《しか》めたものの、視線を逸らすことはなかった。

土気色《つちけいろ》の暗い顔が、口を半開きにして、上方を見あげている。若干飛び出した舌裏の赤紫のひだがいかにもリアルで、不気味だった。顔立ちは整っているが、派手とは正反対な地味な印象で、パパ活などをやっている女性には見えなかった。

「ここは線が濃いな」

無紋はスマホの画面を拡大して、右頸筋《くびすじ》に残された、赤紫色の索溝《さっこう》（索状痕《さくじょうこん》）を凝視していた。自殺の場合、頸筋の索溝は緩やかに上方に伸び、ロープや紐を使った絞殺の場合は、水平に近くなるのは、自殺と他殺を見極める教科書的知識だ。

だが、実際はそんなに明瞭に区別できるものではない。縊死でも、ロープや紐をどこに吊すかによって、索溝が案外水平気味になることもあるし、絞殺でも絞める角度や被害者の体勢次第で、緩やかなループ状態になることもある。

「吉川線《よしかわせん》はどうなの？　この解像度じゃ、分からないんだけど」

無紋が訊いた。吉川線とは、被害者が防御することによって生じるひっかき傷のことで、他殺と判定する証左として使われる。写真だけでなく、実際の死体も見ているはずの徳松なら、ひっかき傷の有無を肉眼で見ているはずなのだ。無紋が見せられた解像度の低い写真では、そこまでは分からなかった。

「なかったな。溢血点《いっけつてん》があったが、それは自殺でも出ることがある」

溢血点とは体内の内出血によって生じる小さな点のことで、絞殺や扼殺《やくさつ》で起こる現象だが、自殺などの場合でも、首が不定型な絞まり方をすると起こることもあるから、決定的な区別要因とも言えないのだ。

「やっぱり、索溝だな。これだけ解像度の低い画像でもこれだけはっきりと写っているのだから、実際の死体はもっとずっとはっきりしていたんじゃないの」

無紋の言葉に、徳松は大きくうなずいた。

「その通りだ。鑑識写真を直接見るだけでも、もっとはっきり分かるが、鑑識写真は外へは持ち出せねえんだ。俺の担当じゃねえし」

「自殺を疑っているの？」

無紋は率直に訊いた。

「いや、俺にも確信はない。だが、すべてが整いすぎているように思えるんだ。縊死現場の雑草の上に、本人のものと思われる黒のバッグがあり、その中にはスマホだけじゃなくて、凶器のフレンチナイフが入っていた。しかも、そのナイフの指紋が拭き取られていたんだ」

「指紋が拭き取られていた？　それは確かにおかしい」

無紋は同調した。二人とも口には出さなかったが、自殺しようとしている人間が、凶器の指紋を拭き取るのも、何だか矛盾した行為に思われたのだ。

「捜査本部は、自殺という判断なの？」

無紋の質問に徳松はごまかすように背筋を伸ばした。

「まあ、幹部連中はそう考えているかも知れねえな。ただ、もちろん、俺のように疑っている捜査員もいる。従って、捜査はまだ続くさ」

無紋は徳松が今の段階ではその程度のことしか言えないのは理解できた。捜査本部情報は極秘であり、署内でも箝口令《かんこうれい》が敷かれているのだ。徳松が捜査本部要員ではない無紋にみだりに捜査に関する細部を話すわけにはいかないのだろう。

無紋は手に持ち続けていた徳松のスマホをもう一度覗き込んだ。その瞬間、電流のような疼痛《とうつう》が体内を走り抜けた。それは最初に見たときには感じなかった、予想外な衝撃だった。

その女性の顔が、死んだ姉と重なったように思えたのだ。顔の輪郭が似ていたわけではない。その半ば開いている口が、あの〈タ・ス・ケ・テ〉という口形を連想させたのである。

無紋は画像を凝視し続けた。すると、ますます女が「助けて！」と叫ぼうとしているように思われてきた。自殺しようとしている人間が、「助けて」と叫ぶのはおかしい。

無論、その推測が客観的なものではなく、妄想に近いものであるのは分かっている。動画ならともかく、静止画像でそんなことが分かるはずがないのだ。しかし、徳松がもたらした情報とこの画像の表情を合わせて考えると、確かに依織の死が本当に自殺かどうか、疑ってみる価値はありそうだった。

「この画像、メール添付で送っといて」

無紋はスマホを返しながら言った。

「分かった。あとで送る。でも、内緒だぜ。本庁のやつら、情報漏洩だなんだと、うるせえことばかり言いやがるんだ」

所轄署に特別捜査本部が設置されるとき、警視庁の刑事部長が本部長を務め、副本部長は捜査一課長と所轄署長がなる。しかし、他の行政的な仕事を多く抱える所轄署長は、形式的な存在にならざるを得ず、実際の捜査指揮は、本庁から派遣される、現場責任者の管理官とそれを補佐する警視庁の係長クラスによって行われるのだ。

こんな仕組みの中では、所轄署の捜査員はあくまでも本庁の指揮下に置かれたコマに過ぎず、役割分担もきわめてはっきりしているため、独自の捜査能力を発揮できる余地は少ない。無紋が警察に入ったばかりの頃は、この仕組みに反発する個性の強い所轄の刑事もいたが、近頃はそれを当たり前のように受け容れる者がほとんどのようだ。

しかし、無紋の見るところ、徳松はそんな昔の、所轄署の刑事の気概を十分に持った、今時珍しいタイプの刑事だった。

「誰に言うってんだ？　きっとこのあとは俺が勝手に動いたことになるんだろ」

無紋はそう言うと、いたずらっぽい笑みを浮かべた。徳松は仏頂面《ぶっちょうづら》のまま何も言わず、軽く右手を挙げると、三階に繋がる階段のほうに歩き出した。

2

明け方、杏華は男の体がそっと離れ、ベッドの外に出るのをぼんやりと意識していた。それから、三十分ほどまどろんだような気がしたのだが、玄関の扉の開閉音で再び覚醒した。

男が出て行ったのは明らかだった。杏華はようやくほっとしたように、ベッドの上に体を起こした。昨日の夜の営みが、鮮烈によみがえって来る。

男はベッドの中でさえ、恐ろしく冷静に見えた。古い法律文書を紐解《ひもと》く厳正な手続きに従うかのように、男は静かに、しかし、正確に杏華の体を求め、杏華は翻弄《ほんろう》された。体のある部分を見られたのも間違いない。

だが、男は何も訊かなかった。おそろく、今後も訊かないだろう。その沈黙の圧力こそが、杏華にとって、恐怖であると同時に魅力でもあるように思われた。

正直なところ、杏華が男のどこに惹かれたのか、具体的に言うのは難しかった。もちろん、その政治思想に心酔していたわけではない。杏華の父親はキャリア警察官僚で、警察庁の幹部だったから、杏華はむしろ保守的な父親の考え方に反発し、一時はかなり険悪な関係になっていた。

だが、杏華が大学に在学中、父親がくも膜下出血で死亡し、罪滅ぼしの気持ちもあって、国家公務員の総合職試験に合格したあと、警察庁への入庁を決めたのだ。自分でも意外な決断だった。

父親が生きていた頃は、あえて政府批判を展開し、左翼ぶってみたものの、基本的には政治にはたいして関心がなかったので、そんな転向も可能だったのだろう。男が政治思想的には、父親に近いのは明らかだった。しかし、その極端に合理的なものの考え方は、保守反動というよりは、虚無の臭いさえ漂わせているように感じられるのだ。

「善行は悪行と同じように、人の憎悪を招くというのは、正しい考え方ですよ」男はたまにこんなことを口にした。マキャベリの評言らしいが、杏華にはとうてい受け容れがたい考え方だった。つまり、憎悪という結果が同じなら、手段に善悪の基準を設ける必要はないと言っているようにも聞こえるのだ。

であれば、出向している所轄署で、必要な情報を得るためには、どんな方法を取っても許されることになる。男がマキャベリの評言をときおり引用するのは、そういう暗示を掛けているとも取れた。実際、男は「公安警察官の仕事は今ある秩序を保つことであり、その秩序の公正性を論じる必要はない」とも言っているのだ。

これまで世間の常識に沿った善悪の基準で生きてきた杏華にとって、そんな極端なものの考え方は、批判の対象というより、思考の埒外《らちがい》にあった。だが、人は少し異なるものより、決定的に異なるものに心を惹かれるものなのだ。男の考え方が、杏華にとって、妙に刺激的で、ある種の魅力を備えていたのは確かだった。

杏華はゆっくりと立ち上がり、ベッドボードに置かれた目覚まし時計を見つめた。午前七時十三分。弁天代署に出勤するまでには、まだ時間がある。

杏華はパジャマのまま、窓際まで歩き、白いカーテンを開けた。東京のど真ん中の、スモッグをたっぷりと吸い込んだ陰鬱《いんうつ》な曇り空が広がっていた。陽射しはない。

そこが市谷《いちがや》にある二十五階の、杏華の自宅マンションであることを改めて意識した。昨夜、この部屋に初めて浜岡を招き入れ、そのまま肉体関係を持ったのだ。杏華は浜岡が独身であるか既婚なのかも訊かなかったし、男女の関係になった今でも、それを知らない。

漠然とした印象では、バツイチかも知れないと思っていたが、公安警察官はプライベートを明らかにしないという鉄則を尊重することにあくまでもこだわり、浜岡との情事のあとでも何も尋ねなかったのだ。考えてみれば、杏華は浜岡の自宅がどこにあるのかさえ聞いていない。

杏華は窓際を離れ、中央のグリーンのソファに腰を下ろした。透明のガラステーブルの上には、黒い眼鏡ケースが置かれている。浜岡の物だが、浜岡がそれを置き忘れていったわけではない。杏華は浜岡との間で取り交わされた、その眼鏡を巡る会話を、複雑な感情を込めて思い出していた。

「浜岡さん、私、その眼鏡のほうが好き」

「どうして？」

「そのほうが優しそうに見えるから」

ことが終わり、二人はベッドからソファに移動して、対座していた。浜岡は眼鏡を掛け、ズボンを穿いていたが、上半身は裸のままだった。だが、その筋肉質の引き締まった上半身は、見事に均整が取れていて、この上なく美しく見えた。

杏華の下半身は白のショーツ一枚で、上半身には浜岡の白いワイシャツを羽織っていた。今更隠しても意味のないことは分かっていたが、やはり上半身の、ある部分を隠そうとする気持ちが働いていたのかも知れない。

「公安警察官が優しそうに見えたらおしまいだよ」

浜岡は笑いながら言った。実際、「優しそう」という言葉は、浜岡にはもっとも不似合いな言葉だった。だが、浜岡は妙な早口で付け加えた。

「でも、君がこの眼鏡のほうが好きなら、ここに来たときはこの眼鏡を掛けることにするよ。だから、これはここに置いていく」

浜岡は眼鏡を外し、テーブルの上に置かれていた眼鏡ケースの中に入れた。その眼鏡は浜岡が普段仕事場で掛けている太いつるの黒縁の眼鏡とは違って、細いつるの銀縁の眼鏡だった。オーバル型であるため、それを掛けると柔らかな丸みが出て、少なくとも冷徹な印象は消えるのだ。

老眼鏡というわけでもなく、普段掛けている眼鏡も近視用というから、二つの眼鏡を実用的な意味で使い分けているわけでもないのだろう。実際、杏華は他の人間の前で、浜岡がその銀縁の眼鏡を掛けているのを見たことがなかった。

「でも、置いていったら、浜岡さん、困らないんですか?」

その質問には、幾分、複雑な意味が込められていたのかも知れない。実用的に困らないのかという意味だけではなく、杏華との関係を裏付ける具体的な証《あかし》にもなり得るという皮肉にも取れるはずである。だが、浜岡は平然と笑いながら、答えた。

「困らないさ。ただ、君が僕と別れる決心をしたときは、この眼鏡を必ず返してくれよ」

こう言ったとき、浜岡はまっすぐ杏華を見つめた。その目から、一瞬にして、笑いが消えた。今、そのときの浜岡の表情と言葉を思い出しながら、杏華は眼鏡ケースに手を伸ばし、中からその眼鏡を取り出して見つめた。銀縁の眼鏡といっても、レンズに近い、左右のつるの部分には、黒い金属片が被せられていて、それがさりげなくあしらわれた装飾のような、洗練されたアクセントになっている。

杏華は眼鏡をケースにしまい、それを持ってソファから立ち上がった。隣室に移動し、自分のデスクの引き出しにしまうつもりだった。

当分の間、浜岡と別れるつもりはなかった。別れる決断をするには、杏華は浜岡のことをあまりにも知らな過ぎるように思われたのだ。

3

その日の午後三時過ぎ、無紋は徳松と共に、池袋にある慈考学院大学の正門の前に立っていた。誘ってきたのは、徳松のほうだ。彼にしてみれば、危険な賭けでもあったのだろう。

そもそも捜査本部要員の刑事が、捜査本部に入っていない刑事と地取り捜査に従事することなど、論外なのだ。捜査本部の幹部の耳にでも入れば、懲罰事案にさえなりかねない。しかし、徳松はそれだけの危険を冒しても、無紋をこの事件捜査に巻き込む価値を感じているのだろう。ただ、徳松はそんなことをストレートに言う男ではなかった。

「俺は大学教授なんて人種はどうも性《しょう》に合わねえんだ。難しい話になったら、無紋さん、あんたの出番だからな」

前方に見えるラファエルタワーと呼ばれる高層ビルに向かって、キャンパス内を歩きながら、徳松が言った。多くの学生が無紋たちの前後を歩き、そこかしこで、男子学生の大声や華やいだ女子学生の嬌声が聞こえている。無紋にしてみれば、長い間忘れていたキャンパスの風景だった。

「俺も、難しい話は得意じゃないけど、雑談は引き受けるよ」

徳松が無紋を連れて行く表向きの理由は、これだった。だが、二人ともそんなことを信じているわけがなかった。現に、徳松は、これから会うことになる、依織のゼミの教授、沢地俊《さわちしゆん》のこともよく調べているようだった。

徳松によれば、沢地はアメリカ文学の専門家だったが、政治的には社会共進党の支持者として知られる教授らしい。社会共進党は民主主義を旗印に掲げる左翼政党で、国会でもそれなりの議席を確保していた。当然、黛の所属する与党の保守党とは対立関係にあった。

ラファエルタワーに到着し、エレベーターで二十階に上がった。沢地の研究室は、一番西寄りの角部屋である。

徳松がノックすると、背広姿の、痩せた、五十過ぎに見える中年の男が姿を現した。金縁の眼鏡を掛けたいかにも大学教授然とした男だった。頭髪は豊富だったが、年齢相応の白髪が交じっている。

「沢地先生ですね。昨日お電話しました弁天代署の徳松です。本日はよろしくお願いいたします」

徳松は、恐ろしいほど愛想良く言った。その甲高《かんだか》い声は、声変わりしていない少年のようにさえ聞こえた。相手によって、態度だけでなく声色まで変えることができるのも、聞き込み捜査をする刑事の能力の一つなのかも知れない。

「どうぞお入りになってください」

沢地は丁寧な口調で言うと、扉を大きく開け、二人を迎え入れた。

室内は蔵書の山だった。壁際に立てかけられた本棚に収まりきらない書籍が、床上にも所狭しと積まれている。

無紋と徳松は、書籍に取り囲まれるように中央に置かれている重厚な焦げ茶のソファに対座して、沢地と話した。

「先日も二人の刑事さんがお見えになって、いろいろと訊かれたのですが、今日はどんなご用件ですか？」

沢地は穏やかな口調で切り出した。ただ、自分のゼミ生の死という、状況が状況だけに、若干の警戒心を窺わせるような表情だった。

「申し訳ありません。本日は、少し補足的な質問がございます。長いお時間は、取らせませんので」

徳松がますますへりくだって言った。無紋にもおおよその見当はついていた。徳松はおそらく沢地への聞き込み担当のチームには入っていないのだろう。「補足的な質問」などというのは、体《てい》のいい言い訳で、前回、沢地を訪問した刑事たちとはまったく連携せずに、無紋と共にここに来ているに違いない。

ただ、沢地から見れば、捜査本部の捜査員の役割分担などに興味があるはずがなく、警察の刑事たちが再び、事情を聴きにきたとしか思わないだろう。

「先生は、アメリカ文学がご専門とお聞きしたのですが、特にどういう作家をご研究なのでしょうか？」

無紋が、突然、しゃべり出した。徳松は不意を衝かれたように横に座る無紋にちらりと視線を投げた。余計なことを訊くなと合図しているようにも見える。

確かに、小説の話など、徳松のもっとも苦手とする話題だろう。しかし、雑談担当であれば、まずは挨拶代わりに無紋がこんなことを訊いてみるのも悪くない。

「二十世紀のアメリカ小説です。特にドライサーやスタインベックですね」

「『アメリカの悲劇』と『怒りの葡萄』ですか」

「ほおっ、よくご存じですね！」

沢地が驚いたように無紋の目を覗き込むようにした。二つとも有名な小説だが、文学とはまったく無縁に見える刑事がそんな小説の名前を即答できたことが意外だったのだろう。

「いや、タイトルを知っているだけで、読んだことはありません」

無紋は、笑いながら言った。これは嘘だった。無紋はどちらの小説も翻訳で読んだことがあった。ただ、あまり詳しく話して、沢地の思想的傾向を試そうとしている公安の刑事のように思われることを嫌ったのである。

「いや、この人は刑事の割に教養のある男でしてね。私は教養のほうはからきしダメで、小説なんて一ページ読むだけで、爆睡ですな」

徳松は無紋と沢地の間に、一瞬、醸成された知的な雰囲気をぶちこわすように、大声で笑いながら言った。だが、その軽口が沢地の笑いを誘うことはなく、一瞬、白けた沈黙が室内に行き渡った。

「そうですか。人にはそれぞれ向き不向きがありますからね」

沢地は穏やかな微笑を浮かべて言った。常識を備えた、バランス感覚のいい男に思えた。

「先生、ところで、谷島依織さんが先生に送ったというラインのメッセージの件ですが、ラインというのはゼミ生全員が入っているものなんですか？」

雑談はここまでとばかりに、徳松がスイッチを切り替えるように本題に入った。実際、時間は限られていた。

「ええ、その通りです。私のゼミ生は三、四年生合わせて十一人ですが、全員、ゼミのグループラインに登録しています。ゼミ生と教師の唯一の、連絡手段ですから。私が体調不良などで休講するとき、もちろん、事務にも届けますが、まずはグループラインで学生たちにいち早く連絡することができ、とても便利なんです。課題の指示などを出すときにも使います」

「なるほど。個人ラインというのは、どういうものなんですか？　私、ラインなんかやらないアナログ人間なものですから」

徳松の質問に、沢地は小さくうなずいた。無紋自身は、妻や娘とはラインのメッセージで連絡を取り合っていたので、ラインがどういうものか、実感として分かっていた。

難しいだろうと感じていた。ただ、無紋はそれを徳松に説明するのは

「まあ、普通は、私がゼミ生全員に連絡することが多いのですが、私がゼミ生の中の特定の個人にだけ連絡したいこともあるでしょ。例えば、成績なんかに関連することは、他の学生が見ることができないようにしなければなりませんね。そういう場合、個人ラインを使うんです。学生から見ても、同じことが言え、他の学生に知られずに、教員にだけ連絡したいとき、やはり個人ラインを使います」

「個人ラインで連絡してくる学生は多いんですか？」

無紋が訊いた。無紋も妻と娘の両方に同じ連絡するときと、個人ラインで二人のどちらかだけに連絡することがある。

「けっこう、多いですよ。一番多いのが遅刻や欠席の言い訳ですが――」

そう言うと、沢地は小さく笑った。それから、すぐに言葉を繋いだ。

「でも、課題レポートなんかについて、熱心にアドバイスを求めて来る学生もいるん

ですよ」

　無紋は聞きながら、自分が学生時代の頃とは、ゼミの形式も随分変わったことを痛感していた。

「その個人ラインを使って、谷島さんは例の自殺のメッセージを送ってきたわけですよね。不自然だとは思いませんでしたか？」

　徳松が唐突に訊いた。

「不自然？　と仰いますと？」

　沢地は、徳松の質問の意味を理解しかねたような表情だった。だが、無紋は何故徳松がそんな質問をしたのか、よく分かっていた。この質問をすることこそが、その日徳松が沢地に会おうとした最大の動機なのだ。

「つまり、大学時代、まったく不勉強だった私から見ると、ゼミの先生といっても、大学教授などこの上なく近づきがたい存在でして、そんなプライベートな、それも生死に関わる連絡を真っ先にゼミの先生にするでしょうか？　先生と谷島さんが特に親しかったというのであれば、話は別ですが」

　無紋は、徳松の質問にひやりとさせられていた。特に、最後のくだりは、気の短い相手なら、激怒しないとも限らない。まるで依織と沢地が特別な関係にあった可能性を示唆《しさ》しているようにも取れるのだ。

しかし、沢地の対応はあくまでも理性的だった。

「私と谷島さんが特に親しかったということはないですね。彼女はおとなしい学生で、積極的にゼミの教員に連絡を取ってくるタイプの学生ではなかったですから。しかし、ああいうメッセージを私に送ってきたこと自体は、それほど不自然ではありません。意外に世間には知られていないことですが、ゼミの教員というのは、中学や高校でいう担任教員と同じなんです」

沢地の説明では、慈考学院大学ではゼミに入れるのは三、四年生だけで、一、二年生の頃は、学生が大学側に何か連絡したいときは、事務に連絡するのが普通だという。ただ、三年生からは、ほとんどの学生がゼミに所属し、ゼミの教員は担任教員のような機能を担うようになる。

従って、授業料の未納や単位不足で卒業が危ない学生などについて、ゼミの教員に事務から連絡が来て、状況によってはゼミの教員が当該学生と直接話し合うこともあるらしい。

「そういうことを考えると、大学に謝罪するという趣旨であれば、谷島さんが最後の瞬間に、連絡する相手として私を選んだことは、それほど不自然とも言えません」

沢地はもう一度念を押すように言った。無紋は、沢地の説明に納得していたが、徳松はなおも不審の表情だった。徳松に先入観があるのは明らかだった。おそらく、他の誰かが依織のスマホを使って、沢地に連絡した可能性を考えているのだろう。

　そういう前提に立てば、確かにゼミの教員などに連絡するのは不自然に思われるのかも知れない。だが、無紋は逆に、沢地の話を聞いて、そういう偽装工作を誰かが行ったとしたら、その人物は大学の事情にかなり詳しい人物だと考えていた。

　大学関係者以外で、ゼミの教員が担任教員の役割を担っていることを知っている人間は、そう多くはないだろう。

「そういうもんですか。でも、先生は彼女がパパ活などをやっていたことはまったくご存じじゃなかったわけですよね」

　徳松はなおも食い下がるように言った。その質問には、そんなとんでもない話も把握していなかった沢地に、依織が最後に連絡してきたのはやはり不自然だと言っているようにも聞こえた。

「ええ、知りませんでした。でも、彼女が亡くなってから、この事件について他のゼミ生とも話したのですが、一部の学生はそれとなく気づいていたらしいです。この前、初めて私に会いに来た刑事さんたちにも申しあげたのですが、彼女は北海道《ほっかいどう》の出身で、お父さんの会社が倒産して、それで学費が払えない状況になっていたらしいです。だから、パパ活に手を出してしまったのでしょうが、その前に私に相談してくれていたらと悔やまれます。今は、そういう場合、学生を経済的に支援する特別な奨学金制度も私たちの大学にはありますから、それを活用していれば、また違う道も開かれたでしょう。ただ、やはり実家の倒産などという話は、彼女にしてみれば、他人には話したくないことですから、それをしなかった彼女を責めるのは、酷ですよ。若い人がそんな道に進んでしまうのは、やはり社会にも責任があるんですから」

徳松は口にこそ出さなかったが、まったく納得していない表情だった。若者の堕落を社会問題として捉える視点が、徳松に根本的に欠けているのはやむを得なかった。

そのあと、徳松が依織についていくつかの異なった質問をし、沢地もそれなりに誠実に答えていた。その間、無紋はまったく口を挟まなかった。

無紋たちが話し始めてからおよそ四十分経った頃、不意にノックの音が聞こえた。

沢地がふと腕時計を見て、立ち上がった。

「あっ、もうこんな時間か。今日は四時十分から研究会があるんです。研究会にはゼミ生だけでなく、外の人間も参加しますから、この部屋ではなく、教室を使うんです。メンバーの誰かが私に挨拶に来たんでしょう」

沢地はこう説明しながら出入り口に行き、扉を開けた。

「あっ、寺原《てらはら》君か。ちょっと今、お客さんが来てるんですよ」

「いや、先生、いいんです。我々もそろそろ失礼しますから」

徳松が弾かれたように立ち上がった。無紋もゆっくりと腰を上げた。実際、それ以上訊いても、依織についての新たな情報は引き出せそうもなかった。無紋の印象でも、沢地がゼミの教員として依織について知っていることは限られており、少なくとも知っていることはすべて正直に話しているように思えた。

「そうですか。では、また何かありましたら」

「ええ、またよろしくお願いします。本日は、ありがとうございました」

徳松は丁寧に礼を言い、無紋もそれに合わせて頭を下げる。そのとき、扉の外に立つ長身の男と目が合った。さわやかな印象で、顔立ちの整った男だ。無紋ははっとした。閃光《せんこう》のように過去の記憶が蘇《よみがえ》った。

「無紋さんじゃないですか」

相手もほぼ同時に、無紋を視認したようだった。その声には懐かしさが籠もっている。

「やっぱり、寺原君か」

無紋も感動の籠もった声で答えた。およそ二十六年ぶりの再会だった。沢地が驚いたように、二人の顔を見比べた。それから、寺原と呼ばれた男に中に入るようにうながした。

「無紋さんは、大学のときの先輩なんです。僕が一年生の時、教養ゼミで二年生の無紋さんと一緒だったんです」

寺原は部屋の中に入ると、にこやかに笑いながら、沢地に向かって説明した。寺原は無紋より一つ年下だったから、現在、四十五歳のはずである。

「そうだったんですか。それで腑に落ちましたよ。さっき、ドライサーとスタインベックの話をしたとき、刑事さんが二人の代表作をさっと言ったので、不思議に思っていたんですよ」

沢地の言葉に、無紋は苦笑した。せっかく自分の正体を隠したつもりだったのに、この思わぬ再会によって、その小細工も無駄に終わった感じだった。ただ、それ以上に無紋が気になったのは、沢地が口にした「刑事さんが」という言葉が、寺原にどう受け取られたかだった。

無紋が警察官になったことを寺原が知っているのかどうか、無紋には見当がつかなかった。寺原と無紋の親しい付き合いは、大学の教養課程の頃にほぼ限られていたのだ。

「いや、私は西洋史が専門でしたので、文学のほうはそんなに詳しくないんです」

無紋は言い訳するように説明した。

「いや、そうでもないですよ。僕は法学部に進学し、無紋さんは文学部の歴史文化学科に進学したんですが、無紋さんは若い頃から、文学全般にも詳しかったですよ」

寺原が屈託のない笑顔を崩さずに言った。無紋が警察官であることなど、まったく気にしていない口振りだった。ただ、寺原は若い頃から、人の気持ちに配慮する優しい性格で、人望も厚かったから、警察官である無紋が沢地を訪問していることを不思議に思ったとしても、その理由を露骨に尋ねるような男ではなかった。

「寺原君は、またどうして沢地先生とお知り合いなの？」

逆に無紋のほうが質問した。

「僕も、『民主主義文学の展望』という沢地先生の研究会のメンバーなんです」

そういうことか。無紋は、すぐに思い出していた。沢地は学生の頃から、社会共進党の支持者であるという噂のある人物だった。ただ、その思想を押しつけるようなところはまったくなかったので、周りの学生がそのために彼を特に敬遠するようなこともなかったという記憶が残っている。

しかし、二人とも社会共進党の支持者だとすれば、寺原と沢地の繋がりは容易に想像できた。ただ、法学部の学生だった寺原が、何故文学の研究会に出ているのか、疑問が残った。

徳松は会話の輪の外にはじき出されているように感じているのか、恨めしそうに無紋を見つめていた。その顔は「早く帰ろうぜ」と言っている。実際、無紋は、この思わぬ再会で、徳松の存在などすっかり忘れていたのだ。

4

午後十時過ぎ、自宅に戻って、妻の里美《さとみ》の作った、遅い夕食を摂りながら、無紋は昼間に会った寺原の、穏やかで優しげな顔を思い浮かべていた。あのあと、寺原と名刺交換し、寺原が現在、「ササノ書房」という出版社に勤めていることが分かった。

主として旅行書などの実用書を扱う出版社だったが、文系の専門書も出していて、沢地にアメリカ文学の専門書を書いてもらうために、沢地が主宰し、社会共進党が後援する研究会にときおり顔を出しているという。専門書などを出す出版社の編集者が、関連のある大学の研究会に顔を出すことは、普通にあることだから、無紋には合点の行く話だった。

ただ、同じ教養ゼミに出席していた頃、寺原は法学部に進学して、司法試験に合格し、人権派の弁護士になりたいと語っていた。誰にも優しく、人望もあり、頭も飛び抜けて良かった寺原が、その希望を叶えることはけっして難しくはないように思われた。従って、寺原が法学部に進学したものの、出版社に就職していたのは、無紋には意外だった。

しかし、互いに異なる学部に進学した上、無紋が姉の死にショックを受けて二年間休学したこともあり、その後は二人の交流はほとんどなかった。寺原がどういう経緯で、弁護士の夢を捨て、出版社への就職を決めたのか、無紋は知らなかった。

そのあたりのことを根掘り葉掘り訊き、思わぬ再会の喜びに水を差したくないという気持ちが働いたことも確かだった。寺原のほうも、無紋が警察官になっていることをどう受け止めているのか、感想らしいものは一切言わなかった。

もちろん、風の便りで無紋が警察官になっていることを聞いていた可能性はあるだろう。仮に、まったく知らなかったとしても、あらゆることに優しい配慮をする寺原なら、そのことに触れるのは避けたに違いない。

寺原は、とにかくあらゆる点で優しい男だった。その優しさが弱者に対する救済の意識と繋がり、社会共進党の支持者となったのは、無紋にはごく自然なことに思われた。

「あなた、志保《しほ》は今日、少し遅くなるんですって。川田《かわだ》さんとデートみたい」

里美がキッチンのほうから、無紋が食事をしているリビングのほうに歩いてきながら言った。志保は一人娘で、現在、理系の大学の三年生だった。川田というのは、志保より三つ年上の大学の先輩で、二人が二年前から交際しているのは、無紋も妻から聞かされて知っていた。

ＩＴ系の会社に勤めている川田には会ったことはないが、里美からこっそりと見せられたスマホの写真で、顔は知っている。優しげなイケメンで、さわやかな印象の男だった。今、無紋の頭の中では、その顔は若い頃の寺原と重なっていた。いや、その日、無紋が偶然に会った寺原の印象は、昔とそれほど変わっていないようにさえ思われたのだ。

「志保は川田さんと結婚を考えているのかしら。志保に聞いても、『そんなのまだ分かんないよ』としか言わないの」

エプロン姿の里美が食事を続ける無紋の前に座った。無紋の帰宅が遅いときは、すでに自分自身は食事を済ませていることが多い。里美は無紋より一歳年下だったが、童顔なので三十代の後半くらいにしか見えない。

六畳のリビングのテーブルには、鰹《かつお》とイカの刺身、焼き魚の鰆《さわら》と白いご飯、それにワカメの味噌汁の椀が置かれている。中山と少しだけ飲んで帰ってきたので、晩酌はしていなかった。

「それはそうだろう。二人ともまだ若いよ。だが、将来結婚するんだったら、それでいいんじゃないの。相手のことをよく知った上で結婚するなら問題ないよ」

里美も元警察官で、無紋の場合は、職場結婚だった。短い共働きの時期もあったが、志保が生まれたのを機に、里美は専業主婦となった。その後、無紋の家庭生活は、順風満帆《じゅんぷうまんぱん》とは言えないにしても、特に問題もなく、今ではそれなりに幸福な結婚だったと考えている。

　しかし、その日の無紋は、将来の志保の結婚のことなど考えている余裕はなかった。無紋の思考は寺原との懐かしい再会のことさえも離れ、再び、あの索溝のことを考え始めていた。

　その日、無紋は徳松と別れたあと、警視庁の科学捜査研究所に行き、知り合いの研究員に過去の縊死事件の死体写真を見せてもらい、その索溝の幅や深さ、あるいは鮮明度を調べていた。

　その結果、依織の死体の場合、他者がロープで絞殺したあと、それを自殺に見せかけるために、索溝を人為的に修正した可能性が高いという判断に至っていた。ただ、そういう細工を施すには、相当高い技術が必要に思われた。

「川田さんって、私も電話でしか話していないけど、とても感じのいい人なのよ」

　志保は無紋には恋人のことなど一切話したことがないが、同性の母親にはけっこう話しているらしい。母親と父親の役割は違うのだから、それはそれでいいと無紋は思っていた。

　だが、そのとき、無紋は曖昧なあいづちを打ちながら、上の空で里美の話を聞いていた。里美はなおも志保と川田のことをしゃべり続けていたが、無紋は途中から完全に文脈を失っていた。

依織が自殺ではなく、絞殺されたのだとしたら、事件の構図は根本的に異なってくる。自分の本来の仕事とは無関係なのだと言い聞かせつつも、無紋はそういう泥沼にハマり、解決するまで、けっしてそこから抜け出そうとしない自分の性格を、これまで何度もいやというほど思い知らされていた。

「あなた、味噌汁のおかわりあるわよ。飲む？」

ろくに返事をしない無紋に諦めたように、里美が訊いた。

「ああ、飲むよ」

言いながら、無紋が里美の前に差し出したのは、まだ白米が半分ほど残ったご飯茶碗だった。里美が呆れたように無紋を見つめた。

5

店内ではバックグラウンドミュージックとして、音量を抑えた、クイーンの「ボヘミアン・ラプソディ」が流れている。

無紋は新宿三丁目《しんじゆく》にあるバー「テソーロ」で徳松と話していた。普通、この店で無紋が飲むとき、相手は中山で、その日のように徳松と飲むことはめったになかった。

ここで飲めば、弁天代署とはかなり離れた位置にあるから、知り合いの警察官に見られる可能性は低い。

「無紋さん、はっきり言うけど、あの女管理官、本庁の公安のスパイじゃねえの。捜査本部だけじゃなくて、刑事課やあんたのいるセイアンカにもしょっちゅう出入りしてるだろ。あの女を通して、捜査本部情報が公安の幹部に筒抜けだって意見があるんだがね」

そう言うと、徳松はビールのジョッキを大きく傾けた。適度な喧噪《けんそう》はあるものの、話が話だけに、普段は大声の徳松もさすがに、声を抑えていた。

カウンター十席と三つのボックス席があるだけのこぢんまりした店で、無紋たちはボックス席のほうに座っていた。カウンター席はあらかた埋まっていたが、他の二つのボックス席は空《あ》いている。

徳松は見かけほどアルコールには強くはなく、一杯目のビールなのに、早くもその顔には明らかな赤みが差していた。無紋はアルコールには強く、バーボンの水割りを三杯ほど飲んでいたが、その顔色にまったく変化はなかった。

二品ほどつまみも並んでいるが、二人ともつまみには手を出していない。従業員は全員、カウンターの中に入っていて、ボックス席の客は用があるときは、大声で呼ぶしかなかった。

「だとしたら、公安部は何のために、そんなことをしているの?」

無紋は低い声で言った。無紋の言葉に、徳松は大げさに両手を広げて見せた。その顔は、それを俺に言わせるのか、と言っている。だが、無紋はそのまま黙っていれば、徳松のほうで話しだすことは分かっていた。

「谷島依織が自殺する前に逮捕されていたら、彼女の供述次第では、本庁の公安部はガイシャの田所のボスである黛の手前、困ったことになったんじゃないの？」

徳松にしては、妙に持って回った言い方だった。だが、徳松の言いたいことは明瞭だった。

衆議院議員の黛は、警察庁の警備局長や警視庁の公安部長を務めた経歴の持ち主で、現在でも公安部と太いパイプで繋がっている人物だった。実際、黛は公安から得た情報を使って、政敵を脅し、首相にさえ影響力を行使できる立場にあると言う者までいた。

「しかし、谷島と田所がただのパパ活関係だったことを否定する材料もないでしょ」

無紋はあえて気のない声で言った。

「だとしても、男はベッドの中では何でもしゃべる」

「ピロートークって、こと？」

「いちいち英語で言うなよ。だから、インテリは困るんだ」

三日前、沢地の研究室で、偶然無紋と寺原が再会した場面に遭遇した徳松のインテリアルルギーは、ますます悪化したようだった。無紋は苦笑しながら、言葉を繋いだ。

「しかし、パパ活って言葉の定義も曖昧《あいまい》なんじゃないの。ただ食事やカラオケに付き合って、一〜二万円程度の小遣いをもらうだけで、肉体関係はないケースもあるそうだね」

「田所と谷島もそうだったって言うのかい？　たいがいはそのレベルでは留まらず、結局、カネと体の関係の絡んだ援助交際になるのが、ほとんどなんだよ」

そうだとしたら、昔からある愛人関係、一夜限りの話であれば、売春と同じことになり、無紋にはパパ活という言葉に含まれる面白み、少し大げさに言えば、社会風刺の妙味が失われるように思われるのだ。しかし、徳松はそんなことを議論する相手としては、もっともふさわしくない男だったから、無紋は口には出さなかった。

「ただ、田所が実際に谷島に刺殺されたとしたら、その刺殺状況が気になるね」

無紋は、話題を変えるように言った。

「どんな点が気になるんだ？」

徳松は、体を前傾させて尋ねた。徳松が自分の考えていることを無紋に言わせようとするときに取る姿勢だ。

「田所は、体のそこら中をめった刺しにされていたんだろ。つまり、不必要な傷が多過ぎるわけだね。それは君も知っている通り、体力差が歴然としているとき、例えば、体力的に劣る女性が男性を刺すときによく起こる現象じゃないか。それに、谷島のバッグの中から発見されたフレンチナイフが凶器だとしたら、谷島があらかじめ凶器を用意していたと考えるのが自然だね。これが何を意味しているかだ」

「彼女は田所とは寝たくなかったってことか」

徳松がにやりと笑って言った。

「君もやっぱり。俺もそう思っている。フレンチナイフはいわば護身用だった。そういう状況になる可能性を考えて、用意していたとも考えられる。実際、谷島はホテルに入ったものの、本当はいやで、最後の最後になって肉体関係を迫る田所に対して、ナイフを振り回したのかも知れない」

「じゃあ、何のためのパパ活なんだ？」

徳松が試すように訊いた。

「よくあるのは、さっきも話した通り、パパ活って言葉に関する、男女間の誤解が生み出す事件だ。殺人まで発展するケースは希だが、男は肉体関係を前提として金を払っているのに、女のほうは食事やカラオケの付き合いだけでいいと考えている。そんな行き違いが原因で起こる傷害事件や暴行事件などざらにあるだろ」

「でも、そういう場合でも、女は凶器までは用意しない。だから、たいてい、肉体関係を受け容れない女を、男が無理矢理暴行して、結局、逮捕されておしめえだ。今回のケースとは違う。なあ、無紋さん、ここだけの話だが、俺は逆に、谷島がパパ活を口実にして、黛の秘書である田所に近づいた可能性を考えているんだ。だから、二人は相思相愛とはほど遠い関係だった。左乳房下のJというタゥーが、田所仁の仁の頭文字と一致しているのは、ただの偶然で、田所のことじゃねえ。本庁の刑事にさえ、仁のJだと主張するバカがいるが、だいたいパパ活の相手の名前の頭文字を自分の体にタトゥーとして入れる女がどこにいるんだよ」

無紋は、徳松の発言に特に驚いてはいなかった。無紋もほぼ同じことを考えていたのだ。しかし、無紋は未だに客観的な根拠を発見できていない推測を、自分のほうから口にすることはけっしてなかった。

「何のために近づいたと考えているの？」

「無紋さんも人が悪いな。ほら、週刊誌が騒ぎ立てている、例の慈考学院大学の入試問題の漏洩だよ。三年前に、英語の問題が一部の受験生に漏れ、あの大学の評議員でもある黛が、関与を疑われているだろ。田所は、黛の手足となる公設秘書だぜ。これに関しても、実際に動いたのは田所に決まっている。だから、やつはこの漏洩の全容を知り尽くしていたはずだ」

「しかし、どうして谷島は入試漏洩のことを知る必要があったのか？　誰かに頼まれたとしても、誰がどんな目的でそんなことを頼んだのか?」

無紋は論点を整理するように言った。

「それは俺にもまだ分からない。だから、あんたの知恵が借りてえんだよ。そもそも入試問題の漏洩なんて、そんなに重要なことなのかね。俺が出た大学なんて、名前と受験番号を正しく書けば、誰でも合格できたから、入試問題を金で買おうなんて、バカはいなかったぜ」

ただ、慈考学院大学は、それなりに偏差値の高い、都心部にある人気私大だったから、その入試問題を金で買おうと考える人間がいても、それほどおかしくはないだろう。

「入試の漏洩があったことは、大学側にとっては致命的なことだろうね」

こう言うと、無紋は一呼吸置いた。実際、英語の入試問題作成の現場責任者である、入試工房長の教授は、責任を感じて自殺しているのだ。

「だが、それが政治家にとって、致命的だったかは分からない。汚職の場合と同じで、そういう汚れ仕事は秘書にやらせていて、自らがやることはまずない。ただ、もっと深い事情があれば、話は別だけど」

「その深い事情ってヤツだよ。何かないかね?」

徳松が急《せ》くような口調で訊いた。無紋は首を横に振った。推測の域に入ることを、無紋は誰に対しても軽々しく言う気はなかった。諦めたように、徳松が再び話し出した。

「今度の女管理官が、警視庁公安部幹部の指示を受けて、捜査情報を探りに来ているのはミエミエなんだ。キャリアとノンキャリアの交流を促す、新制度の実施なんて笑わせるぜ。あの新制度も、公安部にうまく利用されているだけじゃないか。公安部はそんな汚い方法で手に入れた捜査情報を黛に伝え、捜査の行方次第で、黛の身が危なくならないように、黛に対策を取らせるつもりだったんだろう。あるいは、公安部自体が対策を取るつもりだったのかも知れねえぜ。やつらの関係はズブズブだから、黛の危機は公安部の危機ってわけだ。田所から谷島に伝わった情報に、とんでもない爆弾情報が含まれていたかも知れないからな。その田所も谷島も死んじまったんだから、黛だけでなく、公安の幹部連中も、今頃は胸をなで下ろしてるんじゃねえの。それにしても、まったく情けねえぜ。公安部じゃなくて、刑事部の指揮下にあるはずの捜査本部の刑事たちが、あの女管理官の生ヘソに夢中になって、捜査情報をぺらぺらとしゃべってるんだから」

ここで徳松は突然、言葉を切った。それから、無紋の顔を見つめ、慌てたように付け加えた。

「いや、無紋さん、あんたはそんな連中とは違う。そもそもあんたは、刑事課じゃなくて、セイアンカの刑事だしな」

徳松の取って付けたような言い訳に、無紋は思わず体をのけぞらせた。杏華と競馬談義までしている無紋も、傍から見れば同じように見えたことだろう。

それにしても、警視庁の刑事部と公安部の対立関係は、今に始まったことではなかった。秩序の維持に主眼を置いた警備警察と個人の犯罪の捜査と、検挙に主眼を置いた刑事警察では、最初から背景と目的が異なっているのだから、それも当然だった。

確かに公安部が、指揮系統の異なる捜査本部の情報を手に入れるためには、それなりの工夫が必要だろう。徳松の言う通り、公安部が新しく警視庁に創設された人事制度を利用して、杏華を弁天代署に送り込んできたというのは、けっしてあり得ないことではない。

しかし、未だに見えないのは、その理由だった。無紋には、百戦錬磨で公安部とも太いパイプで繋がっている黛のような大物政治家が、入試漏洩程度のスキャンダルで、致命的なダメージを負うとは思えなかった。

「爆弾情報の中身が、まったく分からない以上、今はパパ活関係のもつれによる殺人と考えるしかないんじゃないの」

無紋はつぶやくように言うと、四杯目のバーボンの水割りを一気に飲み干した。徳松は渋い表情で、目の前に置かれた、たこの唐揚げにフォークを伸ばした。

無紋は、徳松の話を聞いて、捜査本部のだいたいの状況は分かった。徳松、あるいは他の一部の刑事たちは、杏華が新しい人事制度を口実に弁天代署に派遣されてきたのは、捜査本部の動向をさぐり、それを公安部の上層部に報告するためだと考えているのだろう。

しかし、刑事部の上層部は公安部との全面的な対決を望んでいるわけではなく、依織が見立て通り、田所を刺殺して自殺したと決着させて、公安部との無用な争いをエスカレートさせるつもりはないのかも知れない。

ただ、こだわり無紋にしてみれば、公安部と刑事部の確執に口を出すつもりはないものの、杏華の派遣目的を、本人に直接尋ねてみたい衝動に駆られていた。杏華の派遣目的が徳松の想像通りだとすれば、不自然な索溝のことも合わせて考えると、やはり依織は殺害された可能性が出てくるのだ。

自殺と思われた女子学生が、実際には殺されたのだとしたら、無紋としては、「ボヘミアン・ラプソディ」の歌詞のように放っておく《let me go》わけにはいかなかった。

しかし、室内のバックグラウンドミュージックは、いつの間にか「ボヘミアン・ラプソディ」からビートルズの「ドント・パス・ミー・バイ」に変わっている。一九六〇年代から七〇年代のロックを流すのが、この店の売りだった。

6

店内の照明は明るかった。サンバのリズムが流れ、ラテン系の派手な民族衣装に身を包んだ従業員の男女が飲み物をのせたトレイを持って行き交っている。

休日の土曜日の夕方、杏華と里穂は新宿にあるシュラスコ食べ放題の店に来ていた。シュラスコとは肉の塊に塩などの調味料を振って、大きな鉄串に刺して焼き上げたもので、代表的なブラジル料理の一つである。

一週間前、里穂と電話で話したとき、久しぶりに会おうということになり、里穂が前々から行きたがっていた「コパカバーナ」というブラジル料理店にやって来たのだ。

「食べ放題っていうのは、悪魔のシステムですよ。こんなにお肉ばっかし食べると、明日は体重計に乗れません」

さまざまな部位の牛肉やエビ、さらに山盛りのサラダを二つのプレートに取って戻って来た里穂が、明るい声で言った。中央のビュッフェテーブルには、バラエティーに富んだ肉、エビ、野菜、果物、それにパンや豪華なデザート類が並んでいる。

里穂はやや胸がV字に開いている、薄ピンクのロングドレスを着ていた。里穂も杏華に近い長身だったので、ロングドレスがよく似合う。杏華はいつもと変わらぬ服装で、白のパンツに濃紺の地に赤の格子模様の入ったシャツ姿だった。スマートカジュアルの店で、ドレスコードなど、特に気にする必要はない。

やがて、若い女性従業員が注文した飲み物を運んでくる。杏華はチリ産の赤ワイン、里穂はアマレットをベースにした、ピーチ系カクテルだ。

「乾杯！」

里穂はいかにも嬉しそうに、にこやかに杏華に微笑み掛けながら言った。杏華も笑顔で、ワイングラスを里穂のカクテルグラスと合わせた。

「杏華さんと会うの久しぶりだから、今日、私、本当に楽しみにしていたんです」

「でも、電話ではよく話しているじゃないの」

「電話ではダメですよ。やっぱ、杏華さんの顔を見なきゃ」

このあとは、里穂の独壇場《どくだんじょう》だった。最初は、店名に因《ちな》んで、リオデジャネイロのコパカバーナ海岸について、それが四キロにも亘る白い砂浜でいかに美しく泳ぎやすい海岸であるかなどの蘊蓄《うんちく》を披瀝《ひれき》したあと、今度は打って変わって、タカラジェンヌについて、特に男役について具体的な名前を挙げてしゃべりまくった。

ブラジルと宝塚が、里穂の頭の中でどう結びついているのか、杏華にはよく分からなかった。だが、里穂の話を訊いていると、杏華自身が明るい気持ちになってくるのは確かだった。

「ねえ、杏華さん、うちの課にいつ戻って来てくれるんですか？」

ようやく、ブラジルと宝塚に関する里穂の饒舌が一段落したとき、里穂が真剣な声《こわ》色《いろ》で訊いた。杏華は不意に現実を意識させられた気分になった。

「私も戻りたいんだけど、一応、一年の任期ってなってるから、来年までは戻れないんじゃないかしら」

「そうなんですか。なるべく早く、帰って来てくださいよ。あの部屋にいると本当に退屈で気がヘンになりそう。課長を始め、誰も冗談一つ言わないんですよ。私が雰囲気を変えようとして、たまにつまらない冗談を言うと、まるでその言葉が壁に吸い込まれるように消えちゃって、反応はゼロ。課長なんて、笑ってる顔、見たことがありませんからね。性能の悪いロボットじゃないかと思っちゃいますよ」

「そうでもないんじゃない。みんな、里穂ちゃんの冗談に本当は癒やされているんじゃないかしら。でも、きっと笑い方を知らないのよ。若い課員の中には、あの部屋では、笑っちゃいけないと思っている人もいるんじゃない」

「そうかも知れませんね！」

里穂が声を上げて笑い、杏華も一緒に笑った。杏華はあらためて思い知らされていた。里穂と話していると、不思議なほど呼吸が合うのだ。こんなたわいのない会話のあと、里穂はカクテルを一気に飲み干し、思いがけないことを言った。

「でも、私にも楽しみがないわけでもないんですよ。総務課長の浜岡さん、ヤバイくらい格好いいですね」

浜岡の名前が出た途端、軽い後ろめたさが、杏華の頭を掠めた。

浜岡との関係は続いていた。しかし、その心理関係は複雑で、歪《いびつ》な同調と反発の連鎖を繰り返しながら、常に緊張感に満ちたものになっていた。

「里穂ちゃん、浜岡さんと話したことがあるの？」

杏華はさりげなさを装って、訊いた。浜岡について、杏華は第三者の印象を聞いたことがなかったので、何となく里穂に訊いてみたい気持ちになっていたのだ。

「とんでもありません。私みたいな下っ端が総務課長と話す機会なんて、ありませんよ。でも、時々、階段ですれ違うことがあるんです。そのとき、頭を下げて会釈するだけで、何だかドキドキしちゃうんですよ」

里穂が浜岡と杏華の関係など知らずに、こんなことを言っているのは明らかに思えた。いや、里穂だけでなく、杏華と浜岡の関係は、他の誰にも知られてはいないだろう。しかし、杏華にとっては、里穂のような、ごく普通の若い女性にも、浜岡がそれほど魅力的に映ることが意外だったのだ。

「でも、浜岡さんって、何だか冷たそうで、怖いって思ってる人もいるんじゃないの」

杏華は里穂を試すように、訊いてみた。

「そこがいいんですよ。あの冷たそうに見える感じが、何とも言えずいいんです」

里穂は、いかにも嬉しそうに、確信に満ちた声で言った。

「杏華さんは同じキャリアだから、浜岡さんと普段から話しているんでしょ。どんな感じの方なんですか？」

里穂の興味津々《きょうみしんしん》な質問に、杏華は苦笑した。

「そうね。とても頭のいい人ね。でも、人間的にはどういう人か、分からないわ。外見と人柄は必ずしも比例しないでしょ」

「だったら、浜岡さんは、本当はいい人かも知れないですね。外見が冷たそうな人は心が温かいって言うじゃないですか。でも、私、本当は人柄なんてどうでもいいんです。浜岡さんと付き合えるわけじゃありませんから、外見しか興味がないんです」

そう言うと、里穂は屈託なく笑った。里穂のように考えることができれば、いくらか気持ちが楽になると思いながら、杏華は三日前の夜の八時過ぎ、都内の公園で極秘に会ったとき、浜岡が言ったことを思い出していた。

それは主として彫師の橋詰に関する情報交換のための密会だった。このことに関連して、浜岡はタトゥーの施術自体についても、かなり根本的な司法批判を展開していた。

浜岡は、杏華が捜査本部の刑事から聞きだした情報の報告を受けるだけでなく、自らも橋詰の経営するタトゥースタジオについて、かなり詳細に調べ上げ、その情報を杏華にフィードバックしていた。

浜岡によれば、そのスタジオは「株式会社フェミニティー」という美容ショップ運営会社の系列下にあるらしい。この会社は都内に多くの美容ショップを持ち、タトゥーやピアスの施術やカラーコンタクトレンズなどの若い女性が好むアイテムの販売で、莫大な利益をあげているという。

『タトゥー』という広報誌も出しており、ある記事の中では、タトゥー施術は「医師法十七条で禁止される医業に該当するとは認められない」という、二〇二〇年の最高裁の決定が紹介され、タトゥー施術が、医療行為と見なされるピアス施術などとは異なり、資格の要らない非医療行為として認められたことが強調されていた。資格がないのにタトゥーを施術したとして起訴されていた彫師は、この決定で無罪が確定していた。

しかし、浜岡の指示で、公安部の他の捜査員たちがこの会社をさらに調べてみると、かつての左翼過激派「3・8同盟」のメンバーであった人々によって運営されていることが判明していた。ピアスの施術やカラコンの販売に必要な管理者として登録されている医師も、従来から「3・8同盟」に密かに支援金を出している人物だった。

橋詰も「3・8同盟」の中心メンバーの一人だった。要するに、「株式会社フェミニティー」は、「3・8同盟」のフロント企業、もっと具体的に言えば、偽装資金調達機関であることが分かったのだ。

「だいたい、ピアス施術より、遥かに深い傷を体に付けるタトゥー施術を、非医療行為と見なした最高裁の決定は、左翼過激派の資金調達の温床《おんしょう》を作ったという意味でも、現実を知らない愚かな裁判官によってなされた、戦後最悪の決定というほかはありませんよ」

サンバのリズムの間を縫うように、浜岡の言葉が杏華の耳によみがえってくる。浜岡がここまで踏み込んだ発言をして、政治的立場を鮮明にすることは珍しかった。浜岡にとって、最高裁の決定は、まさしく秩序の紊乱《びんらん》であり、タトゥーそのものが反秩序の象徴と映るのかも知れない。

それは警視庁公安部の幹部という立場からは、何の違和感もない政治的立ち位置に思われるのだが、その日、浜岡がそんなことを言い出したのは、やはり、杏華のあのことに対する皮肉な警告にも思われたのだ。

それにも拘わらず、浜岡は相変わらず、それについては一切触れることはなかった。その沈黙こそが、杏華を怯えさせる最大の要因であることは、間違いなかった。

「杏華さん、私、もう一度取ってきます」

里穂の声に、ふっと我に返った。

「いやだ、そんなに呆れたような顔しないでください。日本では、アメリカのサラダバーみたいに、ワン・ビジット・オンリーなんてとこは絶対ないから、せめて二回は行かなきゃ損ですよ。今度は、サラダ中心で、お肉は少しだけにしますから。このあと、デザートも食べなきゃいけませんからね。もちろん、明日は絶食です」

「いいのよ。私に言い訳しなくても。それに里穂ちゃんは若いんだから、いくら食べても大丈夫よ」

「杏華さん、ずるいですよ！　そんなことを言って油断させて、私だけブタみたいに太らせるつもりじゃありません？　杏華さんだって、私と二歳しか違わないじゃないですか」

杏華はその言葉には答えず、席を離れる里穂に微笑みながら手を振った。

里穂のような生き方が一番いいのだと、近頃、杏華は思うようになっていた。だが、そんな生き方をするには、すでに遅すぎる事態に立ち至っているのかも知れない。

このまま、浜岡との関係を続け、その指示通りに動いていれば、何かとんでもない大きなものに真っ向から対峙することになりかねないと漠然と感じていたのだ。

7

平日の午後九時過ぎ、無紋は新宿にある「名曲喫茶セレナーデ」で、杏華を待っていた。店内では、モーツァルトの交響曲第四十番が流れている。

その癒やしの旋律は、無紋の姉を思い出させた。佳江は自宅でよくCDを聞いていて、その曲が隣室にいる無紋の耳にも届いていたのだ。

杏華の姿が低い階段の上に見えた。夏用の上下の黒いスーツに、白いブラウスというフォーマルな服装だった。普段の杏華とは違う。

「ごめんなさい。遅刻しちゃって」

杏華はブルーのカバンを脇に置きながら、無紋の正面にゆっくりと腰をおろした。

無紋はすぐに杏華の顔が若干、赤いのに気づいた。ここに来る前にどこかで食事をし、そのときアルコール類を飲んだのかも知れない。その日の昼、杏華が生活安全課に捜査報告書を取りに来たとき、無紋は小声で「ちょっと話したいことがあるんですが、今日、外で会えませんか？」と誘ったのだ。

そのとき、時間と場所を指定したのは、杏華のほうだった。無紋はこのことを、中山にも話していない。

　従業員がメニューを持って近づいてきたが、杏華はメニューを見ることなく、レモンティーを注文した。無紋のコーヒーはすでにテーブルの上に置かれている。

「それでお話って？」

　従業員が遠ざかると、杏華が早速本題に入ってきた。時間も時間だったから、無紋もそれほど長く杏華を引き留める気はなかった。

「少し微妙な話なので、署内で訊くより、外のほうがいいと考えたんです」

　こう切り出したとき、無紋はすでにストレートに本当のことを言おうと決意していた。下手な小細工が通用するほど、愚かな相手ではないのは分かっていた。

「どんなことでしょう？　捜査本部に関連することですか？」

　まるで誘い水のように杏華が訊いた。

「私が何を質問しようとしているか、すでにご存じのようですね」

　無紋は苦笑しながら言った。

「さあ、それはどうでしょう？　ただ、変な噂が立っているようですから」

「変な噂？」

「ええ、私が捜査本部の情報を聞きだして、本庁の公安部に報告するために、弁天代署に送り込まれてきたというんです。まさか無紋さんまでが、そんなつまらない話を信じてるんじゃないですよね」

挑むような口調だった。その表情はいつもの杏華とは違って、強張《こわば》っている。一瞬、杏華と無紋の目がぶつかり合い、不可視の火花が散ったように思えた。

「そのウワサのことなんです」

無紋は、まるで降伏の意思表示のように、できるだけ頬を緩めて、弱々しく言った。相手の尖った言葉に反論することなく、柔らかなスポンジのように吸収するのが、ここ十年ほどで、無紋が身につけた人心掌握の特技だと言っていい。

否定よりは肯定を選ぶことによって、相手の棘のある言葉は、行き場を失い、失速する。だが、自分の洞察が肯定されたという満足感から、相手はそれ以上の攻撃的な言動を控えるのが普通だった。

「だとしたら、きっぱりと申しあげておきます。私が弁天代署に派遣されてきたのは、そんなこととはまったく関係なく、警視庁の新人事制度のためです。これまで交流の薄かった警察庁採用の警察官と地元採用の警察官の交流をはかり、連携を強化するためなんです。このことは皆さんの間でも、周知されているはずです」

杏華が微妙にキャリアとノンキャリアという言葉を避けているのは明らかだった。代わりに、「警察庁採用」と「地元採用」という言葉を使い、できるだけ波風を立てないようにしているのだ。

同じ東大出身といっても、杏華はキャリア警察官であり、無紋はノンキャリア警察官なのだから、杏華はその際だった落差を中和化する言葉を選んだのかも知れない。無紋は、杏華が見かけほど傲慢でも、強気でもないことを確信していた。ただ、確かに頭のいい女性だった。

「すると、捜査本部の情報を聞きだしていたというのは――」

「ですから、私のほうから訊いたわけではないのです」

杏華は強い口調で無紋の言葉を遮った。

「私が何人かの捜査本部の刑事さんとお話ししたのは、事実です。この出向には当然、私自身の研修目的も含まれていますので、所轄の刑事さんと親しく接して、捜査の実践的知識を身につける必要があるんです。そんな会話の中で、今回の捜査本部事件についての話が出たこともあるでしょうが、それをいちいち本庁の公安部に報告することなどあり得ません。浜岡さんも、そんなことはまったく要求していませんから」

「浜岡さん？」

無紋はオウム返しに聞き返した。杏華の口から初めて出る、無紋が知らない苗字だった。無紋は、杏華の顔に僅かに動揺の色が滲むのを感じた。ただ、杏華がその名前を思わず口にしてしまったのか、あるいは何かの意図があって、故意に口にしたのか、即座には判断できなかった。

「本庁の公安部総務課長です」

杏華はどこか諦めの籠もった声で言った。

「すると、あなたの所属していた公安部第四課の課長ではなく、総務課長である浜岡さんという方が、あなたの出向を指示したわけですか？」

こだわり無紋の性格が徐々に顔を出しつつあった。小さな質問を根気よく積み重ねることによって、重要な回答を引き出せることもあるのだ。

「そうですよ。無紋さんも、総務という仕事はご存じでしょ。そういうことって、総務課長の重要な仕事の一つなんです」

確かに、無紋も総務の仕事を知らないわけではない。警視庁でも、そういう新人事制度を立案するのは人事課であっても、それを実践するのが総務課であるというのは、無紋にも納得できる話だった。

「なるほど、だんだん分かってきました。あなたはご自分の仕事として近年に起きた事件に関する捜査資料の作成のため、そして実践的捜査の知識を身につけるという研修目的で、捜査本部の刑事たちと接していただけで、それ以上の意味はないというのですね」

「その通りです。では、私のほうでも一つお訊きしていいですか？」

杏華はまるで反転攻勢ののろしを上げるように、逆に質問した。このまま無紋の自由な質問攻めを許していれば、状況はますます不利になると判断したのかも知れない。やはり、手強い相手だと無紋は思った。

「どうぞ何でも訊いてください」

無紋は穏やかな口調で応じた。

「捜査本部の一部の方々が、私が捜査本部情報を本庁の公安部に漏らしていると批判しているのは知っています。でも、無紋さんは捜査本部要員でもないのに、何故、私にそんなことを訊くのでしょうか？　生活安全課でも、今度の事件で捜査本部に動員されている方はいらっしゃいますが、無紋さんは関係ないでしょ」

確かに、捜査本部ができるとき、生活安全課の一部の刑事も動員されることは普通にあることだった。しかし、無紋は動員されていない。

杏華の質問の意図はある程度推測がついていた。

「ただの好奇心です」

無紋は、杏華の目をまっすぐ見つめて、微笑みながら答えた。杏華は呆れたような表情で、皮肉な笑みを返した。

無紋のほうこそ、むしろ、こう訊きたかった。

「あなたこそ、何故私に近づいてきたのですか？」

杏華が無紋に近づいてきたのは、気まぐれではないことは分かっていたが、その具体的な理由は、無紋にも未だに分かっていなかったのだ。

8

「ねえ、無紋さん、飲みに行きましょ。そのほうが気楽にいろいろと話せるから」

杏華に何かの意図があるのは明らかに思えた。無紋にも飛び抜けた美人警察官と飲めるという下心がなかったとは言えないだろう。しかし、それ以上に、どうしても杏華の意図を知りたいというこだわり無紋の性格を抑えることができなくなっていた。

「セレナーデ」から「テソーロ」に移動して、二人が飲み始めてから、すでに一時間近くが経過していた。二人はボックス席に横並びに座り、無紋はバーボンの水割り、杏華はキールを飲んでいた。夜の十一時過ぎだったが、店は満杯だった。

セックス・ピストルズの「アナーキー・イン・ザ・U.K.」が流れているようだが、極端に抑えた音量のため、周囲の喧噪に押されて、ほとんど聞き取れない。左隣のボックス席に座る男女四人組がかなりの大声で話しており、そのうちの一人は酩酊状態で、呂律《ろれつ》が回っていなかった。

「みんな、スパイ映画の見過ぎなんですよ。公安に関する絵空事を、無紋さんのようなインテリ刑事までが信じているのは、驚いてしまいます」

杏華は皮肉な口調で言い放った。インテリ刑事か。杏華が無紋の学歴を知っているのは明らかに思えた。杏華は、すでに三杯目のキールのグラスに口を付けている。

杏華の呂律も怪しくなり始めていた。だが、無紋はその言動を素直に受け止める気持ちにはなれなかった。杏華が故意に酔っ払おうとしている、あるいは酔ったふりをしているようにも感じられるのだ。

だが、杏華と酒を飲むのは初めてで、どの程度アルコールに強いのかを知らない以上、正確な判断は難しかった。

杏華は上着を脱ぎ、背中側のハンガーに掛けていた。ノースリーブのブラウスから伸びた白い二の腕が、無紋の目には妙に艶《なま》めかしく映っている。

「いや、私は公安が戦前のような非合法なことをしているとは思っていませんよ。現在では、非合法活動などしなくても、ほとんどの情報を手に入れることができるシステムが、警察庁内にはでき上がっているんです。歴史的に振り返れば、一九九一年に警察庁警備局で組織改革が行われ、警備企画課が誕生した。それからすでに三十年以上が経過していますが、この間、警備企画課はさまざまな活動に従事してきたと言われています。だが、具体的にはその活動のほとんどが公表されていません。浜岡さんという人は、公安部総務課長であると同時に、この警備企画課の中でも中心的な役割を果たしている人物じゃないんですか。もちろん、名簿には載っていない覆面のメンバーとして」

無紋が言ったことは、それほど特殊な情報ではなく、警察関係者なら噂話のレベルとしては、ほとんど誰でも聞いている話だった。浜岡という総務課長が警備企画課のメンバーと言ったのは、無紋のはったりで、もちろん確かな根拠があることではない。

だが、警備企画課が、例えば、公安捜査の協力者との接触などについて重要な役割を担い、その膨大な予算から協力者への謝礼の支払いも行っているというのは、無紋自身が複数の警察関係者から、何度か聞いていた。しかし、そういうことを話す人間も、具体的な実態を知っているわけではなく、あくまでも憶測として話しているに過ぎなかった。

「そんな話は私も聞いたことがありますよ。浜岡さんが警備企画課と関係があるとは思いませんが、公安部というのは、情報入手の能力で言えば、飛び抜けています。ですから、私なんかをわざわざ所轄署に派遣して、諜報活動をさせる必要なんてまったくないんです。今度の捜査本部事件についてだって、ある意味では、捜査本部以上の独自情報を持っているかも知れないんですよ」

杏華は特に声を抑えることもなく、ごく普通の声で話していた。ただ、周囲の騒音はかなりひどかったので、その声が周囲に届いているとも思えなかった。

「その独自情報をあなたはご存じないんですか？」

「もちろん、知りませんよ。さっきから、申しあげているように私はそういう目的で派遣されたわけではありませんから。でも、個人的な関心ならありますよ。やっぱり、一番気になるのは、女子大生の左乳房の下に入れられていたＪというタトゥーのことなんです」

杏華の呂律は相変わらず、怪しげな均衡を保っているように聞こえた。本当に酔っているようにも聞こえるし、酔いを演じているようにも聞こえるのだ。

「あなたもＪという文字は、田所仁の仁だとお考えなんですか？」

「まさか！　そんなわけないでしょ。私、捜査本部の刑事さんの中に、本気でそう考えている人がいると聞いて、呆れているんです。まさか、無紋さんも同じではないでしょうね」

そう言うと、杏華はニヤリと笑って、横並びに座る無紋の顔を覗き込むようにした。その瞬間、杏華の上半身が無紋の顔に異常なまでに接近し、甘い匂いが心地よく香った。

「いや、もちろん、違うと思っています。だが、若い女性がどういう心理でタトゥーを入れるのか、私にはよく分かりませんので、Ｊが何を意味しているか判断は難しいです」

「恋人の名前の頭文字に決まっていますよ。でも、仁ではないというだけです」

「すると、谷島依織には、他に恋人がいたことになりますね」

「ええ、そう思います。ですから、橋詰という彫師にもう一度当たってみるのも手だと思うんです。ああいう彫師は若い女の子に、タトゥーを入れながら、けっこう、いろんなことを聞きだしているものなんですよ。女の子のほうも、体を痛めつけられることによって、服従するような気持ちになって、本音をしゃべってしまうこともあるんです」

意外な発言だった。杏華のようなエリートが、彫師とタトゥーを施される女性の心理関係を本当に理解しているのか、疑問だった。

「でも、あなたみたいなエリートが、タトゥーを入れる女性の心理が分かるのでしょうか？　私には、あなたはタトゥーとは無縁に見えるのですが」

無紋はあえて挑発するように、笑いながら言った。タトゥーに対する、杏華のこだわりの正体を知りたかった。

「分かりますよ！」

杏華は怒ったような口調で言い返した。その顔はかなり紅潮しているように見える。

「本当ですか？」

そう訊いた一瞬、無紋はあっけにとられた。杏華が突然、無紋に体を向け、右手でブラウスをまくり上げたのだ。それから左手を使って、薄ピンク色のブラジャーの左カップを上方に数センチほどズラした。

息を吞んだ。KYOKA。透き通るような白い肌に刻まれた黒色のレタリングタトゥーが、無紋の目に飛び込んで来た。依織が入れていたタトゥーと、まったく同じ位置だ。

「それ、まさか池尻大橋で入れたんじゃないでしょうね」

無紋は上ずった声を気取られないようにするために、あえておどけた口調で訊いた。

「違いますよ。渋谷で、女性の彫師に入れてもらったんです。まだ、大学生の頃で、男の人に入れてもらうのは、やっぱり恥ずかしかったですから」

無紋は杏華の胸下から視線を逸らし、泳ぐような視線で、店内を見回した。喧噪は続いていて、誰も無紋たちのほうを見ているように思えなかった。

無紋はもう一度、右横に座る杏華の、白い胸下に視線を注いだ。いかにも柔らかそうな乳房の膨らみが、まるで静止画像のように無紋の眼前に浮かんでいる。白い肌に照り映える黒色のタトゥーの文字は、厳粛と俗悪の奇妙な混交《こんこう》を示しているように見えた。

「しかし、警察庁の採用試験によく通りましたね。身体検査があるでしょ」

無紋は、痰の絡んだような声で訊いた。杏華はようやくブラウスを下ろし、体を少し捻って、元の位置に戻した。

「いえ、私たちの採用試験では、身体検査はありません」

これも厳しい身体検査を受けた無紋からすれば、意外な発言だった。確かに、警察庁が実施するキャリア警察官の採用人事は、都道府県が実施する地元採用のノンキャリア警察官の採用人事とは、根本的に異なるのだろう。

無紋が知る限り、各省庁間の、国家公務員総合職試験合格者の争奪戦はかなり熾烈だった。従って、警察庁もできるだけ多くの総合職試験合格者をリクルートするために、家族に面会するなどの身元調査のみを実施し、身体検査を省略することは、あり得ることだった。

「でも、研修などの合宿生活でバレる可能性があるでしょ」

あくまでも細部にこだわる無紋らしい質問だった。ことの本質は、そんなことにはないのは分かっていたが、訊かずにはいられなかった。

「ええ、警察大学校の「初任幹部科」で三ヵ月間合宿があったときが、一番危なかったです。同期の子と一緒にお風呂に入るときがありましたからね。でも、怪我をしているなんて口実で、絆創膏《ばんそうこう》を貼っておけば、どうってことないんです」
杏華は、未だに啞然としている無紋をからかうように微笑んだ。
杏華が捨て身で何かを仕掛けてきたのは、明らかに思えた。

第三章　口封じ

1

無紋はデスクに座り、令和五年度の『全国警察幹部職員録』を見つめていた。それは『日刊警察新聞社』という会社が毎年発行している、警察の幹部向けの紳士録と呼んでいいもので、全国の都道府県警察の幹部クラスの役職と階級が実名で記されている。警察関係者やそのOBが購入することが多いらしい。

もちろん、無紋が持っているはずもなかったが、知人の警察幹部OBから借りてきたのである。

午後三時過ぎで、生活安全課の室内は閑散としていた。無紋のデスクの周辺には、中山もなたねもいない。課長席では、葛切がいつものように居眠りをしているが、その隣の課長代理も不在だった。

無紋はすでにその職員録の中に、浜岡哲也の氏名を見つけていた。確かに役職は総務課長で、階級は警視正《けいしせい》である。しかし、それ以上のことは何も書かれていないから、杏華から得た情報を印刷物の中で確認したというに過ぎなかった。

無紋はデスクの固定電話から、警視庁の人事課に勤務する同期の知人に電話を掛け、本庁のキャリア警察官の詳しい履歴を知る方法について尋ねた。

「キャリアの履歴は、我々には分からないね。警視庁人事課がデータとして保存しているのは、警視庁採用のノンキャリア警察官のものだけだよ。キャリア警察官のデータは、採用元の警察庁人事課が保存しているんだ」

これは無紋も、ある程度予想していた返事だった。ただ、この知人の説明では、公安部長、参事官、そして総務課長の三役の履歴は、警視庁十四階の「別室」でも管理されているという。「別室」というのは、警視庁のトップである警視総監の「秘書室」に相当するもので、その中に三役の個室もあるらしい。

しかし、そのデータベースを閲覧するためには、警視庁の部長クラスがしかるべき理由を説明した上で、文書で要求しない限り無理というのが、その知人の説明だった。

無紋は断られるのは覚悟の上で、とりあえず、「別室」に電話を掛けてみた。最後までやるべきことをやらないと我慢できないのが、こだわり無紋のこだわり無紋たる所以《ゆえん》なのだ。

口実は難しかった。もちろん、浜岡個人の名前は出さず、ある事件の捜査過程で、被疑者が三役の内の一人から十年以上前に取り調べを受けたと供述しているので、三役のデータベースからその事実を確認したいと説明した。

キャリア警察官の場合、被疑者を直接取り調べる機会はあまりないが、三役の内の参事官は二つポストがあって、そのうちの一つはノンキャリア警察官のポストだった。従って、そういうことはあり得ないとは一概に言えず、ある程度の信憑性が担保されている口実に思われたのだ。

しかし、そういう口実もまったく通用しなかった。

「そういうことでしたら、ご本人、もしくは取り調べが行われた当時の所轄署に問い合わせてください。個人情報の保護の観点から、我々が管理している三役のデータベースをお見せすることはできません」

若い男性警察官と思われる声の、木で鼻を括《くく》ったような回答を聞きながら、無紋は虚しく受話器を置いた。

室内では、通信指令センターの無線が、かなりの頻度で流れているが、弁天代署が関わるべき事案は、今のところ、発生していないようだ。無紋は、デスクの椅子にもたれるようにして、昨夜の杏華の言動について考え始めた。

無紋はあの艶めかしい、杏華の左乳房下のタトゥーに幻惑されて、昨夜の段階では正常な判断ができなかったことは自覚していた。だが、一日が経過して冷静になって考えてみると、いろいろな想念が巡り始めた。

杏華があのタトゥーを見せることによって、無紋の関心を橋詰の経営するタトゥースタジオに向けようとしたことは間違いなかった。そして、その言動は杏華独自の判断というより、その背後に浜岡がいると考えるべきだろう。

無紋は杏華が酔ったように装いながらも、公安のスパイという烙印を押されることをきっぱりと拒み、公安にはそんなことをしなくても独自の諜報能力があることを強調していたことを思い出していた。それは確かに、そうだろう。

だとすれば、橋詰あるいは橋詰が経営するタトゥースタジオが公安部にとって、何か特別の意味を持っているのかも知れない。すぐに思いつくのは、橋詰が左翼過激派の活動家であり、そのスタジオが活動家たちの密かに集まる政治活動の巣窟《そうくつ》ではないかという推測だった。

考えてみれば、タトゥーという語彙も、かつては反社会の象徴であった刺青《いれずみ》の英語版であり、一九七〇年代では、学生運動とやくざ映画が奇妙な結合を示していた時代もあったのだ。

そうだとすれば、警視庁公安部が橋詰とそのスタジオをマークし、状況次第でつぶしにかかるのは当然だろう。杏華が浜岡のそういう指示に基づいて、動いているとすれば、昨夜の杏華の言動は分からなくはない。

もちろん、公安部の幹部の立場にある浜岡あるいはその指示に従う杏華は、公安部と深い繋がりを持つ政治家である黛に対して、ある程度忖度することはあり得るだろう。従って、捜査本部事件と橋詰との関連を見極めながら、橋詰やその周辺グループに対して、慎重に内偵捜査を進めているのかも知れない。ただ、無紋にとって、未だに不明なのは、彼らがその捜査の一端を何故無紋に担わせようとしているのかという点だった。


「まったく夫婦喧嘩は犬も食わないというのも分かりますよね」

不意に無紋の頭上《ずじょう》で、男の声がした。同じ階にある取調室から、中山が戻ってきたのだ。中山と一緒に取り調べを行っていた若い男性刑事も、すでに近くの自分の席に座っている。

「また、夫婦喧嘩なの？」

「まったく何を考えているのか分からない茶髪の若夫婦《バカ》ですよ。あれほど女のほうが男のＤＶを訴えていたのに、男が謝った途端、この人、本当はいい人なんですって、言いだすんですからね」

「いいじゃないの。ことがうまく収まったんだったら。それにしても、このところ、夫婦喧嘩の仲裁が多過ぎないかい？」

「多過ぎるなんてもんじゃありませんよ。振り込めクンと愛の賛歌が、今や、弁天代署の仕事の二大看板ですからね」

「愛の賛歌って？」

「今日みたいなヤツですよ。さんざん人前で、恥も外聞もなく夫婦喧嘩しておきながら、最後は抱き合ってお互いの愛の深さを讃え合うんです。そんなの馬鹿馬鹿しくて、見ちゃいられませんよ。仲直りするなら、最初から喧嘩するな、ちゅうの。うちのシマの名称もそのうち、犯罪抑止担当から夫婦喧嘩抑止担当に変更しなくちゃいけませんね」

　中山の言うことは必ずしも大げさではなかった。実際、事件発生件数で言えば、夫婦喧嘩の仲裁はかなり上位に入るだろう。

　ただ、夫婦喧嘩のあげくに暴行罪や傷害罪で処罰しようとしても、暴力を振るわれた女性のほうが、ほとんどの場合、被害届を出すことを渋るのだ。暴行罪も傷害罪も被害者の告訴を要する親告罪ではないが、やはり被害届の出ていない、夫婦喧嘩が元で起こる事件を検察が起訴するケースはまれだった。

「まあ、いいじゃないか。本当の事件に発展するよりは、そのほうがましだろ。ところで、中山君、今日の夜、八時過ぎ、空いてるの?」

「飲みですか? でしたら、いつでもオーケーですよ」

「飲んでもいいけど、その前に付き合って欲しい場所があるんだ」

無紋の言葉に、中山は若干、怪訝《けげん》な表情だった。だが、すぐに中山特有の冗談で返してきた。

「まさかクズのオヤジみたいに、ヘソ出しパブに行こうと言うんじゃないでしょうね」

「いや、そんな色っぽいとこじゃないんだ。君の親友に紹介してもらいたいんだよ」

無紋は謎を掛けるように言った。

「俺の親友？」

中山は、一瞬、虚を衝かれたような表情をしたが、すぐに何かを悟ったように大きくうなずいた。最近の無紋の動きを、中山も知らないわけではなかった。

2

無紋と中山が東急電鉄田園都市線の池尻大橋駅で降り、国道二四六号線の高架下を一、二分歩いただけで、左手にガラス張りのタトゥースタジオ The Second and

Fifth 73118が見えてきた。無紋が腕時計を見ると、すでに午後十時を過ぎている。

無紋と中山が弁天代署を出ようとしていた矢先、赤尻地区のソープランドで暴行事件が発生したという無線連絡が入り、保安担当の刑事たちと一緒に、二人とも現場に行かざるを得ない状況になっていた。

事件自体は料金を巡る客と店側のよくあるトラブルで、結局、双方が和解して事件化されることはなかった。だが、その処理に思わぬほど時間が掛かり、二人が弁天代署を出るのは午後九時半過ぎになっていた。

だが、無紋の調べたところ、タトゥースタジオは全般に、夜遅くのほうが開いていることが多く、中には午後の十時から翌日の朝までやっている店があるという。だから無紋としては、そのスタジオがすでに終了していることよりは、まだ開いていないことのほうを心配していた。

広いショーウィンドーを通して、室内の光が皓々《こうこう》と点《とも》っているのが見えた。無紋は若干、ほっとしていた。そのショーウィンドーのほぼ中央には、確かに、Body Art や Tattoo & Supply という英文字と共に、スタジオ名の The Second and Fifth 73118が異様に目立つ赤字で書かれている。

「ここですか。やけに派手な店ですね」

中山が、ことさら声を抑えるわけでもない普通の声で言った。それにしても、人通りの少ない通りだ。

駅にも近く、かなりの都会なのに一直線に延びる通りを歩いているのは、無紋と中山以外には、ほんの数名しかいなかった。午後十時という時間帯は、都会であれば通行人が激減する時間帯でもないだろう。

こんな心寂《うらさび》しい通りを、橋詰のスタジオに向かって歩く、孤独な依織の背中が、無紋の網膜の奥に映っている。確かに現場には来てみるものだと無紋は痛感していた。

橋詰は依織がやって来たのは夜の十時過ぎだと証言しているらしいから、ちょうど今頃の時間帯なのだ。普通の女子学生が、こんな夜の環境の中で、橋詰のスタジオに入ったとしたら、それはやはり相当の勇気を必要とすることだったのだろう。

スタジオの扉は開け放たれていて、外部から自由に出入りができた。周囲の人通りの少なさを考えると、いかにも不用心にも見える。中からは、インド系の音楽が流れ、どことなく異様な雰囲気だった。

無紋と中山は特に声を掛けることもなく、中に入った。どうやら、展示室らしかった。

室内の壁には夥《おびただ》しい数のタトゥーの写真やポスターの類いが貼られている。中央に置かれたテーブルの上の透明なケースには、タトゥー施術に使われると想像される針の太さの異なる様々なニードルやインク瓶、あるいはガーゼやマスク、それに消毒液などの衛生用品が収まっている。

右手には奥の小部屋に繋がる細い通路があり、音楽はその方向から聞こえてくるようだった。通路の奥に、デニムのパンツにTシャツ姿の、小柄な男の背中が見えている。足音に気づいたのか、男が振り返り、こちら側に向かって歩き始めた。

「何だ、刑事さんじゃない」

男は立ち止まると、親しみの籠もった声で中山に話しかけてきた。男が橋詰なのは、一目で分かった。髭面《ひげづら》で、皺の多い顔だ。髪の毛も長く、確かに、中山の言う通り、清潔な印象ではない。

だが、目には愛嬌があり、人の反発を招くような人相にも見えない。それにロングのデニムパンツだったせいか、無紋にはそれほど異様な風体にも思われなかった。

「やあ、久しぶり。元気そうじゃない」

中山も、まるで親しい知人に話すように言った。

「この前の件、あれで終わりじゃないの。しっかりと謝ったじゃん」

「いや、そうじゃない。今日はこちらの刑事さんが別件で、あんたに訊きたいことがあるんだ」

中山の言葉に、橋詰はちらりと、中山の横に立つ無紋に若干警戒心を帯びた視線を投げた。その目線の奥に、無紋はある種の知的な光を感じ取っていた。年齢的には無紋より、一世代上で、五十代の中盤に見える。

「たいしたことじゃないんだが、少し教えてほしいことがあるんだ。よろしく頼みますよ」

無紋は穏やかな笑みを浮かべて、低姿勢に言った。この段階で、相手に過剰な警戒心を与えるのは避けたかった。

「今、施術中なんだ。あと三十分くらいで終わるから待ってもらえる？」

「ああ、悪いな。待たせてもらうよ」

無紋が言うと、橋詰は踵《きびす》を返して、奥の部屋に戻ろうとした。しかし、すぐにもう一度振り向き、思いついたように言った。

「あっ、そうだ。ただ、待ってるのつまらないでしょ。女子大生に施術してるんだけど見学する？」

「そんなの、見られるほうは、いやがるに決まってるよ」

中山が、小声の早口で言った。中山でさえ、この個人情報の管理にうるさい時代に、そんな見学は論外だと思っているのだろう。

「それがそうじゃないの。すごいマゾの子で、そういう所をぜんぜん知らない人に見られるのをとても喜ぶんだよね。ねえマミ、見学者入れていい？」

橋詰は、中山の言葉など無視するように、いきなり奥の部屋に向かって、大声で呼びかけた。すぐに、「はい、大丈夫です」という若い女の声が聞こえた。その声に躊躇は感じられなかった。

「でも、やっぱりまずいっしょ」

中山が閉口したような声で言った。

「いや、中山君、せっかくだから見せてもらおうよ」

無紋の言葉に、中山が呆れたように、無紋の目を覗き込んだ。その顔は、「無紋さん、案外、変態ですね」と言っている。だが、中山も諦めたように、橋詰の背中を追って、無紋と一緒に奥の小部屋に進み始めた。

無紋にしてみれば、やはりタトゥーの施術がどう行われるか見てみたかったのだ。無紋の脳裏に、再び、昨夜見た杏華の黒色のタトゥーが鮮やかに浮かんでいる。

小部屋に足を踏み入れた途端、無紋はぎょっとしていた。簡易な白いベッドの上に、紺のデニムの短いストリングパンツと白のタンクトップの若い女が仰向けに寝ていた。パンツの上部から左右対称に黒のストリングが見えていて、それが妙に艶めかしい。ヘソピアスの下にも、mamiというレタリングタトゥーを入れている。

しかし、施術が行われているのは、左脚の内股《うちまた》のあたりで、Frenzと読める黒色とカラーの混ざった横文字がほぼできあがりかかっていた。

「あと一字で終わりだからね。がんばってね」

橋詰が思いの外、優しい声で言った。

「顔はやっぱりタオルかなんかで、隠してあげたほうがいいんじゃない」

中山が若干、緊張した声で言った。さすがの中山もこの異様な光景に動揺を隠せないようだった。

単に容姿だけでなく、こういう優しさも、中山が女性にもてる理由かも知れないと無紋はふと思った。いや、皮肉を飛ばす割に、中山は女性に限らず、人間全体に対して基本的に優しい男なのだ。

「タオル、顔に掛ける？」

橋詰がごく自然な口調で問いかけた。女の膝頭付近には白いタオルが載っている。

「大丈夫です！」

女はしっかりした声で答えた。それから、無紋と中山のほうにちらりと視線を投げたが、そんな露出の多い姿を見られていることを、それほどいやがっているようには見えなかった。

意外だったのは、その顔は清心《せいしん》な印象で、短めの髪も黒髪だったことだ。けっしてヤンキー風ではない。だから、首から上の部分と服装がアンバランスで、それがかえって妙に刺激的だった。

「じゃあ、再開するからね」

　橋詰が、ベッドの脇の台座の上に置いてあったニードルを取り、それをインク瓶につけた。インド系の音楽は、音量を上げたかのようにはっきり無紋の耳に響いている。

　だが、実際に音が大きくなったわけではなく、音源に近づいたからに過ぎない。左上の棚に、CDプレイヤーが置かれていた。

「これがライナーって呼ばれる、主に線を書くためのスジ針。熱湯消毒した上に、消毒用エタノールにつけてあるから、衛生上の問題はないよ。もっとも、ニードルは使い捨てが基本なんだけど、うちのような零細《れいさい》企業はそうもいかないし。江戸時代は、針を焼酎につけるだけでやっていたんだから、すごいよね。谷崎潤一郎《たにざきじゅんいちろう》の『刺青』にも焼酎のことが出てくるよ。確か『焼酎《しょうちゅう》に交ぜて刺《ほ》り込む琉球朱《りゅうきゅうしゅ》』という表現だったと思うけど、それってアルコールに交ぜると、朱色に照りが出て引き立つっていうだけじゃなく、やっぱり衛生上の消毒って意味もあったんじゃないのかな」

　橋詰は右手でニードルを持ったまま、無紋と中山にこんな饒舌な解説をしている間も、左手の中指で、女の内股を探るように触れていた。やがて、鋭利な針が女の柔らかそうな白い皮膚に突き刺さる。その途端、女は「痛い」と呻くように言った。

「痛いのは、中断のあとの、最初の一針だけ。あとはじきに慣れて、かえって気持ちよくなるよ」

橋詰は小刻みにニードルをしごき始めた。赤い血が滲み、それはインクの黒と交ざって、何とも言えない微妙な柑子色《こうじいろ》を紡ぎ出した。ときおり、ニードルを台座に置き、ガーゼで滲み出る血を丁寧に拭き取る。

その間《かん》、女は小声ながら、「痛いよ、痛いよ」と幼児のように泣き続けた。その目には、大粒の涙が浮かんでいる。痛みのほうに神経が集中しているのか、両脚をだらしなく開いているため、切れ上がった内股の異様に白い付け根と中の黒いショーツの一部が見えていた。

「大丈夫。この子の『痛い』は、気持ちいいって意味なんだから」

「違いますよ！　本当に痛いですよ！」

女が泣きながら抗議した。その目から涙がこぼれ落ちているだけでなく、透明な鼻水まで垂らしている。

無紋は、二人の異様なやり取りを聞きながら、タトゥーの施術者と被施術者の間にはかなり親密な空気が漂い、二人の生活環境の相異からは想像できないようなきわどい会話が取り交わされることもあり得ると感じていた。その意味で、杏華の言ったことは、案外当たっていたのかも知れないと、無紋は今更のように思った。

やがて、女は針の痛みに慣れたように、大声を上げなくなった。ただ、すすり泣きのような声は続いている。無紋は、初対面の人間にこんな姿を晒している、この女子大生が橋詰の言うようにマゾというのは、満更嘘でもない気がし始めていた。

「最後の一字って、何ですか？」

中山が、隣の無紋に小声で訊いた。最初は、僅か一メートルほどの至近距離で繰り広げられる異様な光景に圧倒されていた中山も、ようやくいつもの余裕を取り戻したように見えた。

「Yだろ。Frenzy、つまり『熱狂的な』って意味じゃない」

無紋も小声で答えたが、その至近距離では、どんなに小声で話しても、橋詰の耳に届くのは避けられなかった。

「すごいね！　この刑事さん、インテリなんだ！　この子も、けっこう有名な大学に通ってるんだよ。英語もできるみたい。こんな難しい単語を入れて欲しいと言ったのは、この子のほうなんだから」

無紋は、橋詰の言葉を聞きながら、「そういうお前もインテリじゃないのか」と心の中でつぶやいていた。橋詰の目にごくたまに映る、その知的な光がやはり気になるのだ。

それに、先ほどの谷崎潤一郎の『刺青』の解説には、実際、驚かされていた。このタトゥースタジオがどういう性格のものであれ、橋詰がかつて知的世界を体験していた人間であることは間違いないように思われたのである。

橋詰は他のニードルに変えて、作業を続けている。タトゥー針にはライナー以外にも、それぞれ太さの異なる、いろいろな種類があるようだった。だが、その複雑な作業工程は無紋の目には正確には分からなかった。

女のすすり泣きは呻き声に近いものに変化していた。

3

無紋と中山は展示室に戻って、タトゥー写真の貼られた壁際で橋詰と立ち話をしていた。

施術が終わってから、三十分くらいが経過していたが、施術を受けた女子大生は、まだ奥の部屋で休んでいた。やはり、施術後、三十分から一時間くらいの休息は必要らしい。

「実は、事件が起こったあと、すぐに俺の所にやって来た二人の刑事にはきちんと話さなかったんだけど、あのJというタトゥーを入れた女子大生は一人で来たんじゃないんだよね。男と一緒だったんだ」

橋詰の発言に無紋は少なからず驚いていた。無紋が徳松から聞いた話では、依織が一人でこのスタジオを訪れたことになっているのだ。ということは、橋詰が捜査本部の刑事たちには、依織が一人で来たと嘘を吐いたことを意味している。

もっとも、「きちんと話さなかった」というのは、橋詰のような男にとっては、嘘と同義ではないのかも知れない。それはともかく、今、橋詰はその供述を変えようとしているのは、間違いなかった。

「そうだったのか。でも、最初に聞きに来た刑事たちには、そうは言わなかったんだろ。どうしてなの？」

無紋の質問に、橋詰はニヤリと笑って答えた。

「あいつら、態度が横柄だったから、協力する気にはなれなかったんだ」

「でも、今日は本当のことを言おうという気持ちになったということだよな」

今度は中山が口を挟んだ。

「まあ、あんたに対する恩義だと言っておこう。この前のせこい事件で、世話になったからな」

橋詰が中山に対して、悪い感情を持っていないのは確かだろう。だからといって、橋詰の言うことを鵜呑みにはできないと無紋は感じていた。

そのとき、足音がして施術を受けた女子大生が姿を現した。

「帰るの？　気をつけてね。今日は風呂はやめとけよ」

女は一瞬足を止めて、伏目がちにうなずいた。やはり、まじめそうな印象で、ショートのストリングパンツにへソピアス、それに腹部と左内股のタトゥーを、首から上の容姿と比べると、いかにもアンバランスに見える。

女は無紋と中山の顔を見ようともせず、足早に無紋たちの前を通り過ぎていった。夢から覚めて現実に戻った人間が、不意に羞恥心に襲われる瞬間のような、微妙な気まずさがあとに残った。

「それで、谷島依織と一緒に来た男は、何のためについてきたの？」

無紋が話題を戻すように訊いた。

「さあ、何のためかは分からないよ。ただ、今日のあんたたちと同じように、彼女にタトゥーを入れるとこを見学して、施術が終わったら、彼女と一緒に帰って行ったよ。俺とはほとんど口を利かなかった。と言って、気まずい雰囲気が漂っていたというわけでもなく、妙に落ち着いていたね」

「その男、この人じゃないの？」

無紋はあらかじめ携帯に保存してあった田所の報道写真を見せた。橋詰は、無紋の携帯を取ると、じっとディスプレイに目を凝らした。すぐに首を横に振りながら、携帯を戻してきた。

「ぜんぜん違うね。もっとさわやかないい男だったよ」

「歳は？」

「若く見えたけど、四十にはなっているかも知れないな」

「眼鏡は？」

「掛けていなかったね」

「それ以降、男がここに来ることはなかったんだね」

「なかったさ。もちろん、女のほうも一度来たきりだよ」

「二人の会話で何か、印象に残ったことはないかね」

「ないね。というか、会話はもっぱら俺と彼女の間で行われ、二人とも俺の前ではほとんど会話していなかった」

「じゃあ、あんたの目からは二人の関係はどんな風に見えたのかね？」

無紋の質問に、橋詰は考え込むように腕を組んだ。それから、ゆっくりとした口調で話し出した。

「あれはパパ活のような金で成り立っている関係じゃないね。本物の恋人同士だよ」

「どうしてそう思う？」

今度は中山が訊いた。

「女が男を見る目を見りゃわかるよ。ライナーが皮膚に刺さるときも、男の目をずっと見つめて、耐えていたからね。男のほうも、優しく女を見守っている感じだった。歳は離れていたけど、あれは絶対に愛情が通じ合った関係だよ」

確かに、四十代と二十代前半の男女が、相思相愛の恋人同士であっても、それほどおかしくはないだろう。ましてや、その男が橋詰の言う通り、さわやかないい男であれば、なおさらである。

橋詰が本当のことを言っているのか、無紋は即断できなかった。確かに、橋詰が捜査本部事件とは無関係な客観的な第三者であれば、嘘を吐くべき理由はなく、その話は本当だという前提で、事件を見直すべきだろう。

しかし、浜岡らの警視庁公安部の幹部が橋詰に目を付けているとすれば、そういう考え方はあまりにも単純に過ぎるように思われるのだ。直接的であるか、間接的であるかは別にしても、橋詰が捜査本部事件と何らかの関わりがあるとすれば、橋詰の証言を文字通りに受け取るのは危険だった。

無紋はそんな思考をせわしなく頭の中で巡らせながら、橋詰の髭面をぼんやりと見つめた。先ほどの施術の様子がまるで映画のストップモーションのように、無紋の網膜に断片的に浮かぶ。

最後の静止画像は、女の内股に突き刺さるライナーの鋭利な切っ先だった。

4

杏華は久しぶりに里帰りした。里帰りといっても、世田谷《せたがや》区の豪徳寺《ごうとくじ》にある母親の住む実家に戻っただけである。その日は七月十六日で、六年前に死んだ父親の七回忌だったのだ。

日曜日だったので、午後一時から近くの寺院で親戚一同と共に簡素な法要を済ませたあと、杏華は兄の照幸《てるゆき》夫婦とその子供と一緒に自宅に引き上げ、二時間程度歓談した。照幸は杏華より三歳年上で、都市銀行に勤めており、すでに一歳年下の妻との間に三歳の女児をもうけている。

杏華は姪に当たるその女児と遊んでやりながら、久しぶりに心の安らぎを覚えると同時に、自分の日常がいかに緊張感に富んだものになっているかを痛感した。見かけは大胆さを装っているものの、人一倍神経が細かいことは自覚していた。浜岡の指示に、今後どれほど耐えられるのか、分からなくなり始めていたのだ。

そもそも浜岡のように、秩序の維持を完遂するためにあらゆる犠牲を払おうという覚悟があるわけではない。もちろん、杏華も公安警察の幹部という浜岡の立場は理解しており、その保守的な思想を全面的に否定しているわけではなかった。だが、浜岡の言動にはやはり保守反動という定義を超えた虚無感が漂っており、それが杏華には相変わらず危険なものに映っていたのだ。

杏華も公安内部の噂話として、浜岡らの公安の幹部たちが黛に忖度しているのではないかと囁かれているのは知っていた。だが、少なくとも杏華の目には、浜岡はそんな俗人には見えなかった。

ただ、気になるのは、浜岡が田所と依織の事件については公安が独自調査をしていることを認めながらも、黛に関しては一切触れていないことだ。従って、杏華には、浜岡が黛のことをどう考えているのか、判断するのは難しかった。

夕方になって、兄夫婦と娘が帰っていったあと、杏華も帰り支度を始めていた。しかし、母親の郁乃《いくの》がしきりに泊まっていくことを勧めたので、杏華はそうすることに決めた。実際、翌日、弁天代署に出勤するのに、実家からと杏華のマンションからでは、時間的にそれほどの差があるわけではない。

それにマンションに戻れば、いつ浜岡から連絡が来て、その夜、マンションで浜岡と会うことになるかも分からなかった。浜岡という触媒を通して、仕事とプライベートの境は完全に消失していた。

浜岡に対する複雑な思いに、未だに愛が含まれているのは否定できなかった。だが、同時に杏華は浜岡と一定の距離を取ることも視野に入れていた。少なくとも、その日だけに限っても、浜岡に会うのは避けたほうがいいように思われたのだ。

夕食は、すでに還暦《かんれき》になる母親の作った冷やしそうめんで簡単に済ました。普段は一人暮らしの郁乃は、その夜、杏華が泊まっていくことにしたのがよほど嬉しかったのか、いつもより饒舌だった。

夕食が終わったあと、食器を片付ける前に、杏華と郁乃はダイニングテーブルを挟んで座り、親子水入らずのとりとめのない会話を続けた。

「お父さん、あなたが警察庁に入って、とても喜んでいると思うわ」

「そうかなあ。私とお父さん、あまり仲がよくなかったし——しょっちゅう、口喧嘩してたものね」

「そんなことないよ。きっと喜んでいるよ。まさかあなたが自分と同じ道を歩いてくれるとは思っていなかったでしょうが、それだけに一層嬉しいはずよ」

杏華は郁乃の言葉を聞きながら、そんな感情を死者に求めても意味がないと感じていた。そういう思考回路にも、多少とも浜岡の影響があったのかも知れない。ただ、母親を傷つける気もなく、それを口に出すことはなかった。

ただ、最終的には警察大学校の校長としてキャリアを終わらせた父親も、若い頃は、警備畑のキャリア警察官僚として、公安の仕事に関わってきたのは間違いなかった。その中には、かなりきわどい仕事内容も含まれていた可能性はあるだろう。そう考えると、今、杏華が父親と同じ道を辿ろうとしていることを父親が喜ぶかは、微妙だった。

「あとは、あなたの結婚ね」

郁乃が笑いながら、言った。

「やめてよ！　結婚なんて、まだぜんぜん考えていない」

「そうなの。でも、好きな人ぐらいいるでしょ」

郁乃は探るような目つきで訊いた。

「それもいないよ。仕事が忙しくて、そんなこと考えている暇がないの」

必ずしも嘘を吐いたとは思っていなかった。杏華の感覚では、浜岡という複雑な存在は、けっして「好きな人」という範疇には入らないのだ。

「それも困ったものね。照幸たちは、将来もこの家で私と一緒に住む気はないらしいから、この家をあなたにあげてもいいと思っているのよ。もうお父さんがいないからお婿《むこ》さんは無理だとしても、あなたと将来の旦那さんがここに住んでくれたら、お母さん、嬉しいわ」

杏華は微笑みながら聞いていた。実際に、そうしようと思っていたわけではなく、今はそんなことを話し合う気持ちにはとうていなれなかったので、曖昧な反応しかできなかったのだ。

その家は４ＬＤＫという余裕のある間取りで、郁乃が一人で住むには明らかに広すぎた。それだけに、振り込め詐欺や闇バイトによる強盗が流行《はや》っている昨今、杏華も一人暮らしの母親のことが心配だった。

もちろん、長い間、警察官僚の妻として生きてきたのだから、普通の高齢者に比べれば、郁乃は犯罪防止の意識が高いとは言えた。ただ、娘が警視庁に勤める警察官だという自覚が過剰なのか、何か不審なことがあっても、簡単には一一〇番通報しそうもない性格が、杏華には気がかりだった。

「ヘンなことがあったら、すぐに一一〇番していいのよ。躊躇したらダメ」と、杏華は防犯上の注意をするときに強調したが、母親の反応は曖昧だった。

不意に玄関のほうでチャイムが鳴った。杏華は思わず左正面の壁に取り付けられている時計を見つめた。午後十時近くになっていた。

「こんな時間に誰かしら」

母親が怪訝な表情で立ち上がった。古い家屋で、インターホンではなく、ただのチャイムだったから、室内で応答することができず、直接、玄関に行って、応答するしかなかった。

この点も、杏華が防犯上気にしていた点で、再三、インターホンに取り替えることを母親に促していた。だが、周辺は治安のいい住宅街で、事件らしい事件も起きたことがなかったので、母親はその取り替えを未だに実行していなかった。

不意に舞台の暗転のように、不吉な予兆が杏華の胸を掠めた。

「お母さん、私が見てこようか？」

杏華が強い口調で言った。

「大丈夫よ。町内会の会費の集金かも知れない。こんな時間に来ることもあるのよ」

母親は明かりの消えた隣の畳部屋を横切り、さらにその向こうにある、玄関に通じる廊下のほうに出て行った。

杏華は咄嗟《とっさ》に隣の畳部屋に入り、壁際のスイッチを押して、明かりを点した。リビングの明かりでは、玄関の外に立つ訪問者には見えない可能性がある。

犯罪の発生率と照明の関係は、杏華も警察官としてよく理解していた。明かりが、犯罪を抑止する効果があるのは間違いないのだ。

畳部屋の壁際には仏壇が置かれており、父親の遺影が杏華のほうをじっと見つめていた。ふと目を凝らすと、父親の顔の鼻付近に、巨大な銀蠅《ぎんばえ》が止まっている。杏華はますますいやな気分に駆られた。

耳を澄ました。異様な沈黙が支配していた。玄関に向かったはずの母親の足音も聞こえない。

数分ほどが経過したように思えた。だが、どれほどの時間が経ったのか、正確には分からなかった。母親は依然として戻ってこない。

杏華が我慢できなくなって、畳部屋から玄関に向かおうとした瞬間、母親のシルエットが外の廊下に浮かんだ。その青ざめた顔を、微弱な廊下の明かりが映し出している。

「お母さん――」

杏華がつぶやくように呼びかけた。ぎょっとしていた。その顔の輪郭は確かに母親だったが、ぜんぜん知らない人間がそこに立っているような錯覚が生じたのだ。実際、母親は正気を失ったような無表情だった。

「お母さん、どうしたの？」

今度は大声で呼びかけた。杏華の心臓が早鐘《はやがね》のように打ち始める。

「外に誰かが立っているの。玄関の扉越しに話しかけても何も言わない。顔は見えないけど、背丈はお父さんにそっくり。お父さんが帰ってきたんじゃないかしら」

杏華は冷や水を浴びせられたように、全身が硬直していくのを感じた。そんな馬鹿なことがあるはずがなかった。だが、杏華は母親の愚かしさを咎める前に、「冷静に」と自分自身に言い聞かせた。

「お母さん、中に入って、電話のそばに行って」

杏華は小声で郁乃に指示した。郁乃はようやく正気を取り戻したように、畳部屋の隅に置かれた固定電話の位置まで歩いた。杏華は母親の正面に回り込み、その肩に両手を掛けながら、早口に言った。

「私が見てくるから、私の叫び声を聞いたら、躊躇せず、一一〇番通報して。固定電話から掛ければ、住所を言わなくても、警視庁の通信指令センターは場所を特定できるから」

怯えた表情でうなずく郁乃を尻目に、杏華は腰をかがめて、仏壇の前に置かれていたゴルフクラブを右手で摑んだ。ゴルフ好きだった父親が愛用していたゴルフクラブで、命日には郁乃が仏前に置いているようだった。それを護身用に使うことに抵抗がないわけではないが、そんなことを言っていられる場合ではない。

杏華は、中・高時代は剣道部に所属していて、二段の腕前だった。二階にある杏華の部屋に行けば、その頃使っていた木刀があるはずだが、それを取りに行く余裕はなかった。

ただ、大学以降は、剣道などやったこともなく、警察庁入庁後は、肉体的な訓練といえば、キャリア警察官向けの緩い逮捕術の訓練を数回受けただけだった。警視庁採用のノンキャリア警察官の場合は、剣道、柔道、逮捕術を一通り習うが、この点もキャリア採用の警察官とは決定的に異なるのだ。

しかし、素手よりは、何か手に得物を持っていたほうがましだろう。廊下に出て、忍び足で玄関に向かった。右手に持つゴルフクラブが妙に重く感じられた。玄関の扉上部の弱いシーリングライトに照らされた薄暗い玄関の上がり口に出た。玄関の扉上部の一メートル四方が磨りガラスになっていて、ぼんやりと人影が映っている。

確かに誰かがそこに立っている。その濃厚な人の気配を杏華はしっかりと感じ取っていた。母親もここから、この人影を見たのだろう。

だが、分かるのは背丈くらいで、男女の区別もつかない。郁乃がお父さんかも知れないと言ったのは、その日が命日だったので、動揺が迷信じみた気持ちを喚起したのかも知れない。

杏華は、高鳴り始めた心臓の鼓動を感じながらも、まずは冷静に扉が施錠されていることを確認した。チェーンは掛けられていない。杏華は素足のまま土間に下り、チェーンを掛けた。それから、極力抑えた声で呼びかけた。

「どなたですか？」

数秒の間を置いた。反応はない。杏華はもう一度同じ言葉を繰り返した。磨りガラスには、制止した人影が映ったままだ。依然として異様な静寂が支配していた。

身をかがめてドアスコープから、外を覗いた。何も見えなかった。しかし、ドアスコープの視野は限られているので、相手の立ち位置によっては姿を確認できないこともある。

杏華は決断した。右手にゴルフクラブを構えたまま、左手で扉のロックを解除したのだ。ドアチェーンはそのままにした。扉を数センチだけ開け、外を見るつもりだった。

ドアチェーンを掛けておけば、すぐには侵入されないだろう。相手が強引に中に手を入れて扉をこじ開けようとしたら、躊躇なく、その手をゴルフクラブで打ち付けるしかない。

扉をゆっくりと押し開け、恐る恐る外を覗いた。生暖かい空気が流れ込む。痙攣が走った。

異様に吊り上がった細い目がまず視界に飛び込んできた。息が詰まったようになって、声が出ない。扁平《へんぺい》にひしゃげた鼻と歪んだ口。薄闇の中、得体《えたい》の知れないピエロのような顔が、杏華を凝視していた。透明に近いストッキングを被《かぶ》ったため、顔の部位が圧迫されたときに生じるような表情だ。

本当にストッキングを被っているとしたら滑稽《こっけい》にも見えるはずだが、それは、底の知れない気味の悪さだけを醸《かも》し出していた。ナメクジ。杏華はそんな言葉を連想した。

一瞬、男女の区別さえつかなかった。だが、よく目を凝らすと、そこに立っているのは茶髪の若い男だった。男の目線はほぼ杏華と同じ位置にあったから、杏華と同じくらいの身長だろう。

「あなた誰？　ここが警察官の家だって知ってるの？」

杏華は声の震えを必死で抑えながら、その気味の悪い顔から視線を外さず、力を込めて言い放った。不意に男の顔が、杏華の視界から消えた。猛烈な勢いで足音が遠ざかっていく。杏華はチェーンを外し、扉を大きく開けた。

アプローチの石畳を全速力で駆ける男の背中が見えた。黒い衣服であるのは分かるが、闇が色域を溶かし込んだように、詳細は分からない。男の背中はあっという間に、公道に消えた。

追いかける気はなかった。杏華は気持ちを静めるように、上空を見あげた。何事もなかったかのようにいくつかの星が輝いている。

杏華は扉を閉め、ロックとチェーンをもう一度掛けると、母親のいる畳部屋に戻った。

「誰だったの？　お父さんじゃなかったの？」

郁乃が依然として怯えた表情で訊いた。

「何を馬鹿なこと言ってるの。そんなわけないでしょ。茶髪の若い男だった。私が扉を開けたら逃げちゃった。誰か心当たりない？」

杏華はゴルフクラブを仏壇の前に戻しながら、苛ついた声で言った。ただ、男が頭からストッキングを被っていたかも知れないことには触れなかった。本当にそうだったのか、依然として確信が持てなかったのだ。

「ないわよ。そんな若い男なんて」

郁乃も怒ったような声で答えた。

「じゃあ、昨日、あるいは数日前でもいいんだけど、変な電話掛かってこなかった？　家の様子を探るような」

「そんな電話なかったわ」

郁乃も杏華がアポ電強盗、あるいは闇バイトによる強盗を念頭に置いて、質問しているのは分かっているようだった。だが、杏華自身は、その可能性は低いと判断していた。

そもそも実行為者が一人であるというのは、不自然だった。公道に駐車してある車で、共犯者が待機していた可能性はあるが、それにしても車の走り去る音も聞こえなかった。

それにあのストッキングも、杏華の錯覚でないとしたら、不思議という外はなかった。顔を隠すという本来の目的を果たしているとはとうてい言えず、その奇怪な顔を強調して、杏華を怯えさせるほうに、むしろ目的があるように思われたのだ。

「警察に連絡したほうがいいんでしょ？」

「それはちょっと待って」

「でも、もし今流行っている闇バイトの強盗だったら、怖いわ」

「大丈夫。私が警視庁のしかるべき部署に連絡して、きちんと警戒してもらうようにするから」

母親を不必要な不安に駆り立てたくはなかった。普段は躊躇せずに一一〇番通報するように言っているのに、いざとなったら母親が警察に通報するのを止めている自己矛盾には、もちろん、気づいていた。

しかし、今度の件が、杏華が現在関わっている公安警察官としての「仕事」と無関係でないのは明らかに思われたのだ。

5

「茶髪の若い男ですか？」

浜岡は落ち着いた口調で、杏華の言葉を反復した。

杏華は実家の二階にある自分の部屋で、浜岡とスマホで話していた。時刻はすでに夜の十一時を過ぎている。郁乃は二階の部屋で休んでいるはずだったが、杏華の部屋とそれほど離れているわけではないので、念のため小声で話していた。

起こったことは、すべて具体的に説明していた。極力、主観的な解釈は交えず、客観的な事実だけを伝えた。浜岡がこの話を聞いて、まずはどう考えるか知りたかったのだ。

「普通に考えれば、今流行《はやり》のアポ電強盗、あるいは闇バイトによる強盗だろう。茶髪の若い男というのもいかにもそれらしいじゃないですか。しかし、君が一一〇番通報しなかったのは、そうではないと考えたからでしょ」

浜岡の顔は見えないため、杏華は浜岡の本音が読みにくかった。いや、顔が見えていようがいまいが、もともと本音を読むのは難しい相手なのだ。

「ええ、それにさっきも言ったようにストッキングもヘンだと思いました。顔を隠すのだとしたら、帽子とサングラスとマスク、あるいは目出し帽が普通でしょ」

こう言ったものの、杏華はあの若い男が本当にストッキングを被っていたのか、未だに半信半疑だった。やはり、動揺していたのだろう。扉を開けて、外を覗き込んだときの記憶の半分近くが、消えているように思われた。

「だとしたら、なかなか芸術的センスのあるヤツですよ。普通の顔の隠し方では満足できなかったのかも知れない」

浜岡の皮肉な言葉に、杏華は若干苛ついていた。杏華にそんな余裕はなかった。その日起こったことは、やはり、かなりのストレスになっているのだ。

「浜岡さん、これはやっぱり強盗未遂じゃなくて、私たちの仕事と関係があるとお考えなんでしょ。それって、橋詰のことですか?」

浜岡に言わせようと思っていた言葉を、結局、杏華のほうから言ってしまった感じだった。それは普段から浜岡が仕掛けるのを得意としている、ロジックの陥穽《かんせい》のようなものだったのかも知れない。

「いや、橋詰はもっと小男で五十を超えた年齢の男だそうだから、そいつは橋詰とは別人ですよ。しかし、彼が使嗾《しそう》している組織の誰かということはあり得るだろうな。君が橋詰のスタジオについて無紋に話し、彼はセイアンカのもう一人の刑事と一緒に、スタジオを訪ねてきたわけだ。無紋は『国会議員秘書殺人事件』のほうに関心があるのだろうが、橋詰たちから見たら、セイアンカというのは表向きの隠れ蓑みたいなもので、その背後に公安がいると思うだろうな。特に君は、本庁の公安部所属だから、彼らが君に注目して、危機感を抱くのは当然でしょう」

「それにしても、私の実家までやって来たのは意味が分かりません」

「いや、公安担当者の家族まで巻き込んでくるのは、左翼過激派の常套手段ですよ。彼らと直接に接する、公安の刑事たちはみんなそんな被害に遭っている。かつては、大学の過激派学生担当の職員でさえ、家族のことをネットに載せられる被害に遭っているという報告がある。君を怯えさせ、心理的に揺さぶりを掛けているつもりなんだろ。とにかく、『3・8同盟』は、中村橋《なかむらばし》事件のような凶悪な事件を起こすセクトだから用心するに越したことはありませんよ」

「中村橋事件」というのは、一九九〇年に都内で発生した機動隊員襲撃事件だった。歩道橋の上を歩いていた三名の機動隊員がデモに参加していた「3・8同盟」のメンバー八名に取り囲まれ、機動隊員の中の、六十歳の最年長隊員が傘で喉を突かれ、死亡したのである。他の二人も、重軽傷を負っていた。

この事件に関与した全員が逮捕され、中心的な役割を果たした三名が十年を超える懲役刑を受けている。しかし、死亡者が出たにも拘わらず、死刑はおろか、無期懲役の刑を受ける者も出なかったのは、弁護側の主張通り、偶発性の強い事件であることが、ある程度認められたからである。

デモ解散のあと、八人の「3・8同盟」のメンバーが雨の中を引き上げるときに、同じく任務を終えて、装甲車を降りて徒歩で近くの所轄署に戻ろうとしていた機動隊員と鉢合わせになっていた。殺害の凶器が雨傘であることも、計画性のなさを物語り、量刑に影響を与えたようだ。この事件で、当時有名国立大学の学生であった橋詰は、懲役四年の実刑を受けている。

この事件をきっかけに、「3・8同盟」は、警視庁公安部の徹底的な捜査対象となり、解体に追い込まれていた。しかし、「中村橋事件」に関与した者のほとんどがその後、病死、もしくは政治運動から完全に引退しており、公安部の中でも、「3・8同盟」はすでに過去の組織と見る向きもあるという。だが、浜岡は依然として警戒心を緩めてはいないようだった。

「君の実家は豪徳寺だったね。所轄はどこですか？」

浜岡は早口に訊いた。早口になるのは、浜岡が会話を切り上げるときの合図のようなものだった。特に、電話での長話は好まない男だ。

「北沢《きたざわ》警察署です」

「分かった。こちらから手配しておきましょう。明日から、地域課のパトカーの巡回が増えるだろう」

「しかし、それでは――」

「いいんだ。警視庁公安部の警察官の実家が強盗被害に遭いそうになった。表向きはそういうことだ。誰も、ストッキングの特別な意味を考えたりしませんよ」

杏華は多少の違和感を持って、浜岡の言葉を聞いていた。ストッキングが顔を隠す目的ではないという点では、二人の見方は一致しているのだ。しかし、浜岡の言ったことは、単に杏華を怖がらせるため、つまりは嫌がらせのために、その若い男がそんなものを被っていたとも考えていないように聞こえたのだ。特別な意味とは何なのだ。

杏華の予想通り、浜岡はすぐにそのあと電話を切った。杏華は、スマホを机の上に置くと深いため息を吐いて、ふと窓の外に視線を投げた。

漆黒の闇の中に、ストッキングを被った、失意のピエロのような若い男の顔が浮かんでいる。

6

橋詰は、展示室の一番奥の壁際に置かれた白いテーブルで、ウイスキーを飲み続けていた。横並びに、黒いスーツを着た、若い茶髪の男が座っていて、その前にもなみなみと注がれたウイスキーグラスが置かれている。だが、量はほとんど減っていない。

橋詰はすでに泥酔状態だった。ほとんど一人でしゃべっていて、相手の男のほうは、ただ無言でうなずいているだけだ。

「あの野郎、勝手なことばかり言いやがって。だから、ちょっとばかりお灸《きゅう》を据えてやったのよ」

橋詰は、目の前のグラスを小刻みに震える手で摑み、一気に飲み干した。男がすかさずウイスキーボトルを取り、橋詰のグラスに注ぐ。

橋詰は再びグラスを口に運び、飲み干そうとするが、その半分ほどをテーブルの上に吐き出していた。もはや限界に達しているのは明らかだった。

橋詰が突然、テーブルの上に上半身を伏せた。何か意味不明なことをつぶやいていたが、やがてその声も聞こえなくなった。

男は立ち上がり、左ポケットから黒い手袋を取り出して両手に着け、壁際のスイッチを押して、室内の明かりを消した。闇が広がる。ただ、外の街路灯のせいで、事物の輪郭はぼんやりと見えていた。出入り口まで行き、扉を閉めて、内鍵を掛けた。それから素早い足取りで、元のテーブルに戻った。

今度は右ポケットから白いハンカチを取り出し、ウイスキーボトルと自分のグラスを丁寧に拭《ぬぐ》う。橋詰のグラスには触れなかった。

右横には壁に鏡がはめ込まれた洗面台がある。男は黒い栓《せん》で排水溝を塞ぎ、蛇口を捻って、水を注ぎ始める。静かな水音《みずおと》だけが、聞こえている。水が溢れて、外にこぼれるのに一分も掛からなかった。ただ、男は蛇口の水を止めようとはしなかった。

男は橋詰のそばに戻り、かがみ込むようにして耳に口を付け、執拗に何かを囁き続ける。橋詰はようやく重い腰を上げるが、すぐに倒れかかり、男が肩を貸して、洗面台の前まで運んだ。

男が一気に橋詰の顔を洗面台に満ちた水の中に押しつけた。ゲボッ、ゲボッ。大量の水を飲み込んだ橋詰が激しく咳き込み、喉の奥をならした。

水が白濁し、嘔吐物《おうとぶつ》が流れ出た。ゲボッ、ゲボッ。男は橋詰の髪の毛を摑み、さらに上半身で体重を掛けて、橋詰の頭全体を水の中に押し込もうとする。

水が黄色く、濁り始めた。胃液までが流れ出たようだ。次の瞬間、橋詰の上半身が、水滴をまき散らしながら屹立《きつりつ》した。

まるで不意に水面に顔を出したイルカのようだった。ようやく呼吸を取り戻した橋詰は、ぜえぜえと激しく喘ぎながらも、戸口のほうに、覚束ない足取りで逃げだそうとした。

男の体が蛇のように後ろから巻き付き、もつれるようになって再び、洗面台の上に押し倒した。

修羅場だった。橋詰の眉間が割れ、鮮血が噴き出す。

修羅場だった。助けてくれ！　泣きわめく橋詰の髭までが鮮血に染まった。男がもう一度体重を掛けて、首と髪を両手で押さえ込み、顔を水中に押し込んだ。ゴボゴボと水泡が上がり、それは果てしなく続くように思われた。

橋詰の全身が弛緩し、不意に水泡が止まる。

男は体を離し、水に浸かったまま、動かなくなった橋詰の顔を見下ろした。男の喘ぐような呼吸の音と溢れて床を濡らし続ける水音だけが、闇の静寂を切り裂くように聞こえている。

7

橋詰の死体が発見されたのは、翌日の午後八時頃、タトゥーニードルの納入業者の男が新しいサンプルを持って、スタジオにやって来たときだった。扉は施錠されておらず、明かりも点っていなかった。これはいつもとは違う状況だった。

扉が施錠されていないのは同じだったが、普段はその時間には明かりが点っているのだ。だが、その納入業者は特別の違和感もなく、中に入った。日頃から橋詰の気まぐれな言動には慣れていたので、様子がいつもとは違うと思ったものの、それを異変とは解釈しなかったのだ。

この納入業者が展示室の左奥の洗面台付近の床が水浸しになっているのに気づき、遠目に洗面台の中に顔を突っ込むようにして死んでいる橋詰を発見したのである。死因は溺死だった。眉間から出血していたが、これは洗面台の角に頭をぶつけたことによると推定された。

後の司法解剖で分かることだが、体内の血中アルコール濃度は〇・八パーセントだった。これは異常に高い数値で、橋詰が完全な泥酔状態にあったことを示している。従って、酔っ払った橋詰が顔を洗おうとして洗面台に水を溜めたあと、足を滑らせて顔を洗面台の角に頭をぶつけ、そのまま水中に顔を浸《つ》からせて死亡したと解釈することも、論理的には不可能とは言えなかった。

だが、現場の状況は、明らかにこの死亡事件には他人の故意が働いていることを示唆していた。ウイスキーグラスが二つ残されており、来客があったことを伝えていた。しかも、そのグラスの一つには、橋詰の指紋がべったりと付いていたにも拘わらず、もう一つのグラスからはまったく指紋が検出されなかったのだ。

到着した機動捜査隊によって、すぐに防犯カメラのチェックが開始された。スタジオの中には、防犯カメラなど設置されていなかったが、外の街路灯に設置されていた一台の防犯カメラには、事件と関係のありそうな人物は映っていなかった。

しかし、この防犯カメラの存在を知っている者が、十メートルほど、国道二四六号線の高架下沿いに貼り付くように歩けば、カメラの視界から逃れることが可能なのは分かっていた。酔いつぶれた橋詰の顔を洗面台に溜めた水に浸けて溺死させた犯人が、あらかじめ防犯カメラの存在を知っていて、そのような逃走行動を取ったとも考えられる。

この推測は思わぬ目撃証言によって裏付けられることになった。前日の夜の十一時半過ぎ、東急田園都市線の池尻大橋駅を降りて、帰宅途中の会社員の男が、地上に出る階段を上がってから数メートル歩いた位置で、背広姿の茶髪の若い男とすれ違っていたのである。

彼がこの男のことを記憶していたのは、夜目でも背広がかなり濡れていることに気づいたからだ。前日は、終日晴天で、夜には星空さえ見えていたから、背広が濡れている理由に皆目見当が付かなかったのだ。

この会社員は、ニュース報道で事件を知って、所轄の世田谷署に電話してきたのだが、そのとき、問題の若い男は電車には乗らなかったのではないかと証言していた。というのも、不審に思って思わず振り返ると、その若い男は地下への階段を下りることはせず、階段横の道をさらに西の方向に歩いて行くのが見えたからである。

身長は一七〇センチ前後で、男としては中肉中背のごく平均的な体形だった。顔の特徴を訊かれて、さすがに夜だったのでよく分からなかったと前置きしながらも、覚えているのは髪が茶髪だったことと、目が異様に吊り上がって見えたことだと証言していた。

ともかく、この会社員の証言は、事故か他殺かを考える上では決定的だった。橋詰が殺害されたのは間違いなかった。問題は、その動機なのだ。

「口封じに決まってるだろ。それにしても無紋さん、水くさいじゃないか。何で教えてくれなかったんだ」

徳松が、若干、裏返った声でぼやいていた。

8

無紋と徳松、それに中山は赤尻地区の繁華街を三人で歩いていた。通称、「大通り」と呼ばれている、もっとも人通りの多い道である。

夜の八時過ぎで、周囲の飲食店、バー、スナック、風俗店のネオンの華が咲き乱れ、酔い加減の通行人も多く、この地区特有の猥雑《わいざつ》な活気がすでに広がっていた。

歩きながら話そうと言ったのは、無紋だった。無紋の経験では、こういう道での会話は、案外聞き咎められることが少ないのだ。

喫茶店や居酒屋のような静止空間で話すほうが、遥かに危険な場合もある。ただ、無紋が橋詰との面会模様を詳細に徳松に説明したため、弁天代署からの散歩は延々と続き、結局、赤尻地区まで来てしまったのだ。

「君には、いつか話そうと思っていたんだが、俺自身が橋詰の言うことがどこまで本当か確信が持てなかったんだ」

「だったら、もう確信が持てたんじゃねえか。彼が殺され、それが口封じなのは、明らかなんだから。つまり、例のパパ活の女子大生も自殺じゃなくて、殺人だってことがこれではっきりしたわけだ」

無紋は、徳松の短絡的な物言いにすぐには同意できなかった。もう少し緻密な論理構成が必要に思えた。ただ、そう単純に言いきっていいものかという躊躇はあるものの、無紋自身もほぼ徳松と同じ考えだった。

「じゃあ、君は誰が谷島依織を殺したと考えているんだ？」

無紋は試すように訊いた。

「橋詰じゃないのか。誰かに頼まれて殺したのだろうが、その誰かにしてみれば、橋詰は決定的な証人だろ。生きていられちゃ困るはずだ」

「もう一つの可能性もあるんじゃないの」

無紋は、そう言うと一呼吸置いた。徳松は無言だった。代わりに答えたのは、中山だった。

「いや、俺の勘じゃあ、橋詰は人殺しまでやる男には見えないな。何しろ、弁当の中のシャケだけ、遠慮深く取るヤツですよ」

「また、その話か。そんなの関係ねえよ。シャケと違って、現金《げんなま》ならその魅力に負けるということもあるわな」

徳松が不機嫌な口調で言い放った。中山は特に反論することもなく、肩をすくめただけだった。それを見て、無紋が再び、口を開いた。

「しかし、俺は中山君の意見に近いな。彼は殺人の実行行為者というより、何かの手助けをしたと考えるほうが正しい気がする」

「その根拠は？」

徳松が真剣な表情になって訊いた。なんやかんや言っても、徳松は無紋の意見には真摯に耳を傾けるのだ。

三人はコンビニ前の狭い駐輪場で立ち止まり、輪になるような格好になって話していた。

「橋詰が俺と中山君にあんなことを言ったのは、やっぱり谷島を殺した犯人に対する脅し、もしくは牽制だった気がするんだ。おそらく、犯人は橋詰の協力の見返りとして、何かを約束していたのだろう。それはもちろん金かも知れないし、他の何かかも知れない。しかし、いっこうにその約束を果たそうとしない相手に業を煮やした橋詰は、たまたまやって来た我々に情報の一部をリークして、犯人を牽制したんじゃないか。このまま約束を実行しないと、警察にもっとしゃべりますよと。だから、彼の話はすべて本当だというわけじゃない。ただ、谷島に付き添ってきた男のことを話して、谷島に田所以外の男がいたことを仄《ほの》めかしたんだ。おそらく、その男は事件と深く関係がある人物で、橋詰はその男がどこの誰かも知っていたんじゃないか。だが、そこまでは言わず、まずは情報を小出しにした。しかし、そのことを知った谷島殺害の犯人は、これ以上、橋詰を放置すれば、致命傷になると判断して、橋詰を消したんだと思う」

三人の後方にある「大通り」は雑踏で殷賑《いんしん》を極め、こんな深刻な話でさえ日常会話のように聞こえてしまう。

「会社員が見たと言う、服を濡らした茶髪の若い男というのは？」

徳松が訊いた。その顔は一層、真剣みを帯びている。

「おそらく、橋詰殺害の実行犯だろう。だが、橋詰が谷島に付き添ってきたと証言した、四十代のさわやかないい男とは、どう考えても別人だ。その若い男もおそらく誰かに頼まれて、橋詰を殺害したんじゃないか」

「無紋さん、この前、橋詰がタトゥーの施術現場を我々に見せたのは、何か特別な意図があったんですかね？」

こう訊いたのは、中山だった。当初、中山は捜査本部事件などにたいした関心を示していなかったが、無紋と一緒に行動するうちに、事件のおおよその全体像を把握するようにはなっていた。

そういう意味では、非常に勘のいい男なのだ。そして、この質問も、中山が事件のポイントを的確に把握していることの証左のように無紋には思われた。

「それは分からない。だが、俺にはとても意味のある見学だったことは確かだ。どうしても、あのライナーが気になるんだ」

「ライナー？　そりゃ何だ？」

徳松がライナーの意味を知らないのは、無理もなかった。無紋自身、あのとき、橋詰に教えてもらって初めてその言葉を知ったのだ。

「タトゥー施術に使うスジ針のことを言うらしい」

「じゃあ、あんたまさか？」

「そうだ、そのまさかだ。あの施術を見学しながら、俺が考えていたことは、谷島の頸筋の索溝も、橋詰がライナーを使って修正したんじゃないかということなんだ。あの細い針を微妙に使いこなす技術があれば、頸筋にロープ痕と見分けの付かない溝を作ることは不可能ではないんじゃないか」

「やっぱりそうですか」

橋詰のタトゥー施術を無紋と一緒に見学した中山も、無紋がそう考えていることをある程度予想していたようで、大きくうなずいた。

「するとこういうことになるな」

今度は、徳松が整理するように言った。

「あんたの見解が正しいとすると、谷島を殺した犯人は、それを自殺に見せかける必要があり、索溝の修正を橋詰に依頼した。そして、今度はその橋詰を口封じのために殺した。ここまではいい。ここまではいいんだ。問題は、谷島の死を何故自殺に見せかける必要があったかだ」

この質問には、無紋がすぐに答えた。

「それは田所の死を、単純なパパ活関係のもつれによる殺人に見せる必要があったからだろ。そのためには、谷島が犯行を認めて自殺するという筋書きが一番いい。しかし、そうだとすると、田所の殺害まで、本当に谷島の犯行なのかという疑問が湧いてくる。正直、この点については、今の段階では俺には確信がない。ただ、前にも言ったように、被害者の体に異常に多い刺し傷があったことを考えると、これが谷島の犯行、それも心ならずもラブホテルに入ってしまい、肉体関係を迫られたためにパニックに陥った故の犯行という考え方は、ある程度の蓋然性があるように思えるんだ。だが、その場合、谷島が田所とかなりきわどい付き合い方をしていたことになるから、君の言う通り、谷島のほうから、何かの意図を持って田所に近づいた可能性も排除できないんだ」

「そこなんだよ！」

ここで徳松がびっくりするような大声を上げた。中山が思わず、周囲の通行人を見回したほどである。実際、たまたまコンビニから出てきた若いカップルのうち、女のほうが若干怪訝な視線を、無紋たち三人に向けたように思われた。さすがに徳松もそれに気づいたのか、今度はかなり声を落として、言葉を繋いだ。

「俺が公安の知人から手に入れた情報によれば、慈考学院大学の沢地という教授の研究会は、左翼の巣窟だっていうからな。それにあの教授は、社会共進党の支持者というだけあって、思想的な信念は相当なものらしいぜ。学内に『慈考学院大学を浄化する会』という組織を立ち上げて、一評議員に過ぎない黛に牛耳られている学内行政と、それを良しとしている総長を手厳しく批判しているっていうんだ。まあ、あんたの大学時代の後輩もあの研究会のメンバーらしいから、あんたが彼に訊いてみるのもいいかも知れねえな」

そう言うと、徳松は妙に深刻な表情になって、無紋を見つめた。無紋にとって、一番触れられたくない話題を持ち出された気分だった。もちろん、これだけでは徳松が、寺原のことをどう考えているのか、はっきりとは分からない。

それは案外無紋の思い過ごしで、出版社に勤めていて、沢地に専門書を書かせようとしている寺原が研究会に出ていることには、徳松はたいして不審を抱いていないとも考えられる。

もちろん、寺原が学生時代、社会共進党の支持者だったなどという話は、徳松にはしていない。だから、徳松もただの情報源として、寺原を活用することを提案しているに過ぎないのかも知れない。

だが、寺原が黛のような右寄りの保守的な政治家に批判的なのは容易に想像できた。それに、寺原が学生時代から弱者に同情的で、非常に正義感の強い性格だったことを思い出すと、何か胸騒ぎのようなものを覚えるのだ。

それだけではなかった。無紋は寺原について、もっといやな符合に気づいていた。だが、この段階で、徳松に対して、いや、他の誰に対しても、そのことに触れるわけにはいかなかった。

このとき、「やめて！」と叫ぶ、若い女の声が後方の雑踏の中から聞こえた。どこからともなく、「喧嘩だ」と囁く複数の声が、小波《さざなみ》のように無紋の耳にも伝わって来る。

中山が俊敏な動作で走り出した。無紋と徳松も、しぶしぶのように、中山のあとを追った。

確かに、「大通り」で喧嘩が始まっていた。というか、それは喧嘩と呼ぶにはかなり一方的な状況で、一人の二十代前半に見える男が、やはり同じ年代の三人の男たちに小突き回されていた。無紋の目には、一瞬にして、加害者と被害者の関係が成立しているように見えた。

泣き叫んでいたのは、小突き回されている男の恋人のようで、「誰か止めてください」と、目に涙を浮かべて必死に懇願している。

無紋が近づいて早口で事情を訊くと、そのカップルは相手三人とは面識はなく、すれ違いざま足を踏んだ、踏まないで言い合いになったらしい。カップルのほうは服装も地味でごく普通に見え、三人の男たちはいかにもチンピラ風だったから、かなり一方的な言いがかりに近いものだったのかも知れない。

無紋が女から事情を聞いている間、中山と徳松がすでに男たちの間に割って入り、小突き回されていた男を引き離していた。

「てめえら余計な口を出すんじゃない。すっこんでろ！」

派手な柄系の半袖シャツに、短パン姿の小男が、長身の中山に向かってすごんだ。だが、背伸びをしても中山の肩口くらいまでしか届かず、その光景は若干滑稽だった。

「余計な口は、出すためにあるんだよ。ここは公道だろ。あんたらが自由に騒げる場所じゃない」

中山は余裕の表情で答えた。

「何だと」

もう一人の肥満気味の男が中山の胸ぐらを摑んだ。中山は、右手で相手の手首を握ると、あっという間に捻り返した。男は悲鳴を上げた。中山が手を離すと、その並外れた腕力に怯えたように後ずさりした。

「てめえら、いい加減にしねえと、すぐに留置場にぶっ込むぞ！」

突然、徳松の怒声が響き渡った。その右手には警察手帳が握られている。

「警察だ！　弁天代署はここから十分も歩けば着くんだぜ。何なら案内しようか。それにな、お前ら、分かってんのか。この刑事さんは空手の全日本チャンピオンなんだぜ。この人を怒らせて殴られたら、怪我じゃ済まねえぞ。即、あの世行きだ」

迫力満点とは言え、あまりにも場違いな徳松の発言に、集まってきていた群衆の中から何とも言えない奇妙などよめきが起こった。中には声を立てて笑っている者もいる。

実際、徳松の発言によって、リアルな事件現場は、滑稽な寸劇のような様相を呈し始めた。「かっこいい！」という若い女性の嬌声さえ飛び交った。中山の容姿も注目を惹いているのだろう。

その中山は白けたような、当惑顔だった。話を盛るのも徳松の特徴の一つだが、こんな場面でそれはないだろと言いたげだった。

だが、相手の三人は、徳松の尋常でない剣幕に、顔面蒼白になっていた。やはり、徳松が振り回していた警察手帳も効いているのだろう。すっかり萎縮したようにうつむき、誰一人として言い返さない。見かけ倒しで、それほどのワルでもないと、無紋は判断していた。

パトカーのサイレンが聞こえ、やがて地域課のパトカーが到着した。通行人の誰かが携帯で通報したのだろう。降りてきた二名の隊員に向かって、徳松が大声で怒鳴った。

「遅いぞ。こいつら三人の暴力は、我々が現認した。まずは、交番に連れて行け。セイアンの中山君が対応する」

中山は呆れたように無紋のほうを見た。中山としては、そのあと無紋と一緒に「テソーロ」あたりに飲みに行くつもりだったのだろう。それがこんな予期せぬ形で、仕事に逆戻りすることとなってしまったのだ。

ただ、徳松も生活安全課の事情はそれなりに理解しているようだった。この程度の事案で、いちいち弁天代署に連行していたのでは、取り調べ室がいくらあっても足りず、課員は天文学的な忙しさに晒されるだろう。交番で両方から事情を聴いた上で、三人グループに対して厳重な注意を与えてから、帰らせるのが相場なのだ。

「ちょっと無紋さん、さっきの話だけどさ」

三人がおとなしくパトカーに乗ったとき、徳松が無紋に近づき、小声で話しかけてきた。野次馬はまだ相当に残っているが、徳松は特に気にしている風でもなかった。

　中山は新たに到着したパトカーの前で、被害者のカップルと話している。おそらく、事情を聴いた上で、告訴する意思があるかどうかを確認しているのだろう。その意思がなければ、中山の判断で、名前と住所だけを聞き、交番に同行させることなく、二人を解放することもあり得るのだ。

「いや、悪いが、その話はまた今度にしてくれないか。ここを中山君一人に任せておくわけにはいかないから」

　無紋は申し訳なさそうに言った。うまい口実だった。実際、無紋は今の段階では、寺原については誰とも話したくなかった。徳松もその意図を察したようで、しぶしぶうなずいたように見えた。

「ただ、一つだけ確認したいんだけど、俺と中山君が、橋詰に会うためにあのスタジオに行ったことを、君は捜査本部の幹部連中にどう説明するの？」

　無紋としては、明らかな越権行為と言われるなら、謝罪してもいいという意味で言ったつもりだった。

「決まってるじゃねえか。あんたと中山は、シャケ泥棒の件をもう一度確認しに行ったんだ。立件できる余地がぜんぜんないとも言い切れない事案じゃないか。そうしたら、橋詰が雑談の中で、ぽろりとあんな発言をしたんだ。そこで、あんたは捜査本部の捜査に少しでもお役に立ちたいという気持ちから、大親友の俺に橋詰の証言を伝えてくれたんだな。いい話じゃねえか」

「そんな話、信じるヤツがいるのか？」

無紋は呆れたように訊いた。

「誰も信じないさ。あんたのこだわり捜査を知らない者は、あの署にはいねえからな。しかしな、嘘はあからさまであればあるほどいい。そのほうが、誰も突っ込めないんだ」

無紋は思わず、にっこりと微笑んだ。ここがまさに無紋が、徳松を気に入っている点だった。論理的には支離滅裂に見える点が多々ある男だが、肝心な部分はしっかりとわきまえているのだ。

徳松が帰ったあと、中山が近づいてきた。やはり、二人とも告訴の意思はなかったようで、すでにその場からいなくなっていた。

「あの徳松のオヤジ、想像を絶して、柄が悪いですね。誰かにスマホで撮影されて、SNSにでも投稿されたらどうするんですか？　それに、さっきのあれ、何ですか。言葉遣いはもっと正確にしてもらいたいですよ。俺は全日本チャンピオンじゃなくて、準優勝なんです」

予想通りの発言だった。過剰に宣伝されることをもともと嫌う男で、他人《ひと》からイケメンと言われても無視するのが普通だった。だが、中山が徳松に本気で怒っているようにも見えない。

「いいじゃないか。悪いのはあの三人組なんだから、仮にＳＮＳに上げられても申し開きができるよ。徳松さんも君のことを自慢したいだけなんだから、許してやれよ。さあ、さっさと交番に行って、さっきの連中を説諭して帰そうじゃないか。そのあと、『テソーロ』にでも行こうよ」

「いいですね。今日は死んだ橋詰のために飲みましょう。俺にとって、橋詰はそんなに悪いヤツでもなかったから」

無紋と中山は二人を乗せるために待機しているパトカーに向かって歩き始めた。交番と言っても歩けば十分近く掛かるから、パトカーで行ったほうが楽なのだ。

確かに、無紋にとっても、どことなく知性を感じさせた橋詰の死には、無視できない何かがあった。だが、今の無紋にとって、やはり気がかりは寺原のことだった。

寺原糯音《じゆおん》。無紋はそのフルネームを心の中で反芻《はんすう》した。

第四章　洗脳

1

「もっとさわやかないい男だったよ」

　夜の十時過ぎ、無紋は二階の書斎でパソコンの前に座り、死んだ橋詰の言葉を思い出していた。生前の橋詰が無紋と中山に話した男の描写が寺原に似ていることは、否定できなかった。寺原は、まさにさわやかないい男なのだ。それに眼鏡も掛けていない。

　いや、決定的なのは名前だった。無紋は何度も寺原からもらった名刺を見つめ、ため息を吐いていた。襦音という名前が風変わりだったため、大学時代からその名前が話題に上っていたのは、無紋の記憶にも残っている。いずれにしても、そのイニシャルはJで、依織の左乳房下のレタリングタトゥーと同じ文字なのだ。

しかも、寺原は沢地の研究会にも顔を出しているのだから、依織とも顔見知りだった可能性が高い。普通の恋愛の視点で見れば、田所の場合と違って、二十歳を超える年齢の開きがあったとしても、依織が男性としての寺原に惹かれてもまったくおかしくはない気がした。今でも、寺原には、それだけの魅力が備わっていることは、間違いない。

だが、無紋はこのあとの思考については、自分の論理と感性の間に、どうしても埋めることができない溝があることに苦しんでいた。寺原が社会共進党の支持者であれば、評議員の立場から慈考学院大学を牛耳り、しかも入試漏洩への関与が取りざたされている黛に批判的なのは言うまでもないだろう。

学生の頃から、強い正義感を持ち、社会の不正に厳しい目を向けていた寺原なら、具体的な行動を取ってもおかしくはない。依織が銀座の「トレド」でアルバイトをしていることを知った寺原が、それを利用して、依織を田所に接近させたということは、理屈の上では考えられるのだ。

さらに想像をたくましくすれば、田所から依織に伝わった情報は、寺原を中継して社会共進党に伝えられ、黛のスキャンダルを国会で追及するための政争の具として利用されるという俗悪なシナリオさえ思い浮かぶ。だが、寺原がそういうことを狙っていたとしたら、それはやはりどう考えても、無紋の知る寺原のイメージからはかけ離れているのだ。

ただ一方で、殺された橋詰があえて女子大生のタトゥー施術の現場を無紋と中山に見せて、伝えようとしたメッセージは明らかに思えた。そのさわやかない、い、男と依織の間には、ある種の支配と被支配の関係が成立していて、依織が好きな男のためにJというタトゥーを入れたということを、橋詰はあのようなタトゥー施術の現場を見せることによって伝えようとしたのではないか。

依織が寺原に身も心も支配され、その指示に従って田所に接近し、慈考学院大学で起こった入試漏洩について探っていたという考え方は、あり得ない妄想とも一概には言い切れなかった。寺原がまじめな男であるのは、無紋がよく知っている。依織も、「トレド」でパパ活をしていたことがはっきりしているにも拘わらず、まじめだったという周辺の情報が伝わってきているのだ。

だが、まじめな者同士が、正面から同じ一つの問題に取り組むとき、危険なまでの負のエネルギーが放出されることは、あり得ないことではない。

無紋は目の前のパソコンのディスプレイを見つめた。そこには、二〇二〇年に、禁固一二〇年の刑に処せられた、アメリカの自己啓発団体ネクセウムの指導者キース・ラニエールのことが書かれた、過去のネット配信記事が出ていた。

ラニエールは、性支配の手段として、焼き印《ブランド》を信者たちに押していたと言われており、その焼き印を押す際、タトゥーを入れると偽っていたとも、一部では報道されていた。

　無紋はその報道を聞いたとき、ラニエールが信者たちを安心させるために、焼き印をタトゥーと偽ったとしたら、その二つの施術には大きな落差があったのだと認めざるを得なかった。しかし一方で、支配の証痕《しょうこん》を体に刻む手法という意味では、二つの方法には大差はないとも思えるのだ。

　もちろん、寺原とラニエールでは、あまりにも違いすぎた。寺原は、支配などという言葉とはまったく無縁に見える優しい男だった。ただ、無紋が寺原と親しく付き合っていたのは、大学の一年間というきわめて限られた時期なのだ。無紋が寺原のことを知り尽くしていたとは、言えないだろう。

　ネクセウムは自己啓発団体である以上に、カルトとも見なされており、宗教的イデオロギーがその支配の構造の中核を成していたと思われるが、その宗教的イデオロギーを左翼イデオロギーに置き換えることも不可能ではない。

　特に、依織は若くして、父親の会社の経済的苦境を知り、社会の理不尽さを否応なく味わったことにより、寺原の政治的洗脳を受け容れやすい状態に置かれていたとも考えられる。

　しかも、天性として備わった優しい男の魅力によって、寺原が依織にその洗脳を恋愛と思いこませることは、それほど難しくはなかったはずである。

妄想だ。妄想に違いない。無紋は、何度も心の中でつぶやいていた。それでいながら、無紋はイデオロギーあるいは宗教的信念が人間を根底から変貌させるという過去のいくつかの歴史的事例を思い浮かべ、言いようのない複雑な感情に駆り立てられていた。

あくまでも万一のことだが、あの優しげな寺原の顔の背後に、思想への殉教者としての峻厳なもう一つの顔が隠されているとしたら。実際、ネクセウムのラニエールも、知的で優しげにさえ見える男だった。

しかし、ふと気づいた。今の無紋に求められているのは、考えることではなく、調べることなのだ。まずは、依織に田所以外の交際相手はいたのか、そしてその男性が本当に寺原であったのか、綿密な調査が必要だった。しかし、寺原や沢地に顔が割れている無紋がその調査を実行するのは難しかった。

車が自宅の駐車場に入るエンジン音が、外から聞こえて来た。娘の志保を駅まで迎えに行った妻の里美が志保を乗せて戻って来たのだろう。無紋の家は、西武新宿線沿線の新興住宅地にあり、午後十時を過ぎると、最寄り駅の周辺は意外なほど人影が減ってしまう。

元警察官の里美は治安には敏感で、志保の帰りが遅くなると、車で駅まで迎えに行くのが普通だった。その日も、志保は川田とのデートだったようで、駅に着くと、携帯で里美に迎えに来るように頼んできたのだ。

玄関が開く音がして、「ただいま」という里美と志保の声が階下から聞こえてきた。

「そうだ。頼んでみるか」

無紋は、まるでその声が聞こえていないかのように、口に出してつぶやいていた。さすがの無紋も、もはや自分一人ではどうにもならない事態に立ち至っていることには気づいていたのである。

2

無紋と中山は珍しく、生活安全課の外の出入り口で立ち話をしていた。出勤時間の午前八時半を十分ほど過ぎており、階段を歩く人々の足音はぴたっと止まっている。

出勤直後のその時間帯であると、課内のデスクはほとんど埋まっており、やはりデスクに座ったまま、中山ときわどい話をするのは避けたほうがいいという判断が無紋にも働いていた。実際、無紋にとって、事態は思わぬほど切迫しているような気がしていた。

客観的な状況は同じだったとしても、寺原のことが絡んできたことにより、捜査本部事件との距離感が一気に縮まったように思えるのだ。

「そういう聞き込みはやっぱり、女のほうがいいでしょうね。もちろん、俺から言っても構いませんが、無紋さんが頼んでも、彼女は喜んで協力してくれると思いますよ」

「いや、そういうことを頼むのは、俺はどうも苦手でね」

「無紋さんも、相変わらずシャイだな。いいですよ。だったら、俺のほうから彼女に頼んでみます」

「彼女」とはなたねのことだ。依織の男性関係を調査する役割をなたねに依頼することには、無紋も悩み抜いていた。なたねをこの得体の知れない事件の調査に巻き込むのは気が進まなかったが、かといって女性ということに限定すれば、なたね以外に頼める人間は思いつかなかった。

「とにかく、あまり深入りさせないでくれ。谷島依織の男性関係をゼミの学生にそれとなく聞いてもらえればいいんだ」

こう言いながら、無紋は中山にさえ寺原の情報を伝えていないのを意識していた。なたねに先入観なく調査させることが重要であり、結果として寺原の名前が挙がってきたときはそれで仕方がないと自分自身に言い聞かせていた。しかし、何となく寺原の名前を避けて通りたい気持ちがあったのは確かだった。

「今、彼女、自分のデスクにいますから、俺が話しますよ」

「いや、俺が君が外で待ってると伝えるよ。明日、彼女は非番だから、午後にでもデートに誘ってくれ」

無紋は冗談のように言ったが、そんなことをなたねに頼む以上、なたねに少しでもいい思いを味わわせてやりたいと思ったのも事実だった。

「今日は、用件は言うなって意味ですね。単に、待ち合わせの約束をすればいいわけでしょ」

中山は無紋の言葉を妙に合理的に解釈したようだった。その反応からは、中山がなたねのことを女性としてどう見ているのか、判断が付かなかった。中山は男女関係に関しては、親しい無紋に対しても、案外本音を見せない面があるのだ。中山本人が太った女が好きだと公言しているのも、正直なところ、どこまで本気なのか、分からなかった。

「そういうことだよ」

「でも、明日、俺は非番ではないんですけど」

「大丈夫だ。午後になったら、君が外に出やすい指示を俺が上司として出すよ」

そう言って、無紋は生活安全課の室内に入った。

なたねが座るデスクの後ろから近づき、小声で囁いた。

「中山君が、話があるそうだ。外の廊下で待っている」

なたねは振り向くと、意外そうに無紋の顔を見つめた。その顔には、期待に似たものが滲んでいる。無紋はうっすらとした罪の意識を感じた。

しかし、これが機会となって、なたねの望む方向に二人の関係が進むこともあり得ないことではない。無紋は、自分自身にそう言い聞かせた。

「ありがとうございます」

なたねは勢いよく立ち上がると、急ぎ足で出入り口のほうに向かった。その顔が若干、赤くなっていることに無紋は気づいていた。

三分も経たないうちに、なたねが小走りに戻って来た。無紋には何も言わず、自分の席に着いた。その表情は明るく、いかにも嬉しそうに見える。

やはり、中山からデートを申し込まれたと解釈しているのかも知れない。そして、その表情から、なたねが二つ返事で了承したのは間違いなかった。無紋は再び、罪の意識に引きずり込まれるように感じた。中山は、無紋の指示通りに、なたねに会おうとしている本当の理由をまだ話していないはずだ。

なたねが本当の理由を知ったとき、落胆するのは当然に思えた。そんなことまで、気を回して考えるのが、こだわり無紋の、もう一つの側面なのだ。無紋は苦労性という言葉を思い浮かべ、込み上げて来る苦笑をかみ殺した。

3

杏華は、尾を引くように耳に響く後方の足音が気になっていた。夜の九時過ぎ、最寄り駅から自宅マンションに帰る途中だった。

その日は日曜日で、大学時代の女友達三人と、渋谷で食事をしての帰り道だった。いつも年に一度集まっているグループだが、杏華はその年に限って参加は見合わせようとさえ考えていた。今、杏華の周辺で起こっていることを考えると、とてもそんな気にはなれなかった。

杏華は三人の同級生を事件に巻き込む懸念さえ感じていた。この一週間、誰かに見張られているという感覚が続いているのだ。それが物理的な被害に繋がるような危険と背中あわせの予謀行為なのか、それとももう少し消極的な監視行為なのか、判断は難しかった。

だが、不安な気持ちを引き摺りながらも、結局、食事会に参加し、何も起きずに解散できてほっとしているところだった。

今、杏華の後方を尾行していると思われる人間の足音は、けっして極端に近づくことはなく、一定の距離を取っているように思われた。市ケ谷《いちがや》駅から靖国《やすくに》通り沿いの歩道をまっすぐ歩き、靖国神社を通り過ぎたあたりから、後方の人影は減り始めた。そうなれば、誰が杏華を尾《つ》けているのか、特定は可能かも知れない。

杏華は靴紐《くつひも》を直すふりをして、不意に立ち止まり、かがみ込んだ。そのまま、肩を捻って後方を見上げた。数名の男女が、足早に通り過ぎていく。杏華は、その姿勢のまま、その場に留まり続けた。

さらに、夫婦らしい中年のカップルが杏華の脇を通り、若い男が続いた。その若い男が通り過ぎるとき、杏華は思わず立ち上がり、顔を窺うようにした。ごく平凡な学生風の男で、特に杏華に注目する様子もなく、歩き去っていく。やはり、あの茶髪の若い男の顔を実家の扉の隙間から見て以来、若い男には敏感になっていた。

橋詰を殺害したと推定されている若い男を目撃した会社員も、その男が茶髪で目が吊り上がっていたと証言しているのは、杏華もニュース報道などで知っていた。決定的な根拠があるわけではないが、杏華はその男と杏華の実家を訪ねてきた男は、同一人物ではないかという疑念に駆られていた。

問題は目が吊り上がっているという共通の印象だ。杏華はそれを自然な顔の造作《ぞうさく》の問題とは考えていなかった。その男がきわめて薄い、透明に近いストッキングを被っていたとしたら、特に暗い夜に見る場合、ストッキングを視認できる可能性は低いのではないかと思われたのである。

それでも、杏華の場合、ほんの数十センチの距離から男を見つめたため、確信は持てないものの、ストッキングを被っていた可能性に気づいたのだ。しかし、橋詰殺害の犯人と思われる男を目撃した会社員は、それほど近接した距離で目撃したわけではないのだろうから、ストッキングには気づかず、それを男の容姿の特徴として表現したのかも知れない。

となれば、その男の素顔は、けっして目など吊り上がっていない可能性もあるのだ。茶髪もそれが犯人の特徴として報道されている以上、そのままの状態を維持しているとも思えない。要するに、本当の顔は分からないのだ。

のっぺらぼう、あるいは一匹のナメクジ。近頃の杏華は、こんな意味不明な言葉を心の中で反芻するようになっていた。それがほとんど強迫観念に近い、病的なものになりつつあるのは、杏華も自覚していた。

杏華は、実家で起こったことを「国会議員秘書殺人事件」の捜査本部に伝えるべきかどうか迷っていた。浜岡がそのことについて、何かを言ったわけではない。だが、杏華はいつの間にか、浜岡に忖度するような気持ちになっていた。浜岡の日頃の言動から推測すれば、杏華がそのことについて沈黙を守るのは当然に思われたのだ。

結局、杏華の後方でいかにも危険に響いていた足音は、杏華の不安が生み出した妄想に過ぎなかったのか。駅を出たとき、杏華より後ろを歩いていた人々のほぼ全員が杏華を追い越していったか、途中で別の方向に消えたように感じていた。

杏華はようやく歩き出した。すると、後方に再び、足音が聞こえ始めた。しかし今や、その足音は、まるで自分自身の影が刻む足音のようにさえ思われるのだ。

マンションの敷地の入り口に到着した。いつの間にか、後方の足音は消えていた。敷鉄の門柱があるが、そこは施錠されていないため、誰でも中に入ることができる。建物の地内には三棟のマンションがあり、一番手前が杏華の住んでいる建物だった。建物の中に入るときだけ、オートロックを解除する必要が生じるのだ。

門柱の前のかなり幅の広い道路は、日中は交通量が多いが、夜十時を過ぎると、車の数はかなりまばらだった。歩道が設置されていないので、人通りも一層少なくなる。

柱の陰に男が立っていた。他には誰もいない。杏華はぎょっとしていた。門柱に取り付けられた街路灯の明かりで、ぼんやりとではあるものの、男の容姿が分かったのだ。

男はマスクをし、黒い野球帽を被っていた。ただ、例の茶髪の若い男とは明らかに違う。男は長身で、杏華の目線を遥かに超える位置に顔がある。それに茶髪でもなく、黒髪だった。

男は杏華のほうに一歩近づいてきた。逆に、杏華は一歩後ずさりした。激しく打つ自分の心臓の鼓動を聞きながら、左肩の鶯色のショルダーバッグに右手を入れ、折りたたみの傘を探った。ここ数日晴天続きで、その日も傘など不要に思われた。

しかし、杏華にしてみれば、雨に備えて傘を常に鞄の中に入れているというよりは、それは明らかに護身用だった。短いとはいえ、その先端を相手の喉に向かって突き立てれば、相手を怯《ひる》ませる効果は十分に期待できる。

「桐谷さん、待っていましたよ」

杏華が傘を取り出そうとした瞬間、男が口を開いた。その声に聞き覚えがあった。太いつるの黒縁の眼鏡が、杏華の目に映じた。

「浜岡さん！」

そう言ったきり、杏華は絶句していた。全身が弛緩《しかん》していくのを感じた。確かに、目の前に立っている長身の男は浜岡だった。ただ、次の瞬間、別種の恐怖が湧《わ》き上がった。

普段なら、浜岡は杏華の携帯に連絡してから、やって来るのが普通だった。こんな形で、杏華の目の前に現れたことなど一度もない。

杏華の頭の中で、先ほどまで聞こえていた足音が再現されるのを感じた。あの足音の主は浜岡だったのではないか。そして、途中から先回りして、この門柱の前で杏華を待ち構えていたとしたら。

それは杏華にとって、あまりにも不気味な想定だった。あくまでも合理的な浜岡がそんな行動を取る理由が分からなかったのだ。

「どうしたんですか？　今日は、携帯に連絡をくれなかったでしょ」

杏華は努めて明るい声で言った。動揺を気取られたくなかった。浜岡の前では、不思議にそんな見栄が働くのだ。

「ああ、連絡はしなかったよ。今日は仕事の話じゃない。急に君を抱きたくなったんだ」

浜岡はごく普通の、落ち着いた声で言った。杏華は唖然として、浜岡の顔を見つめた。その表情はいつも通り、冷静そのものに見えた。同時に、杏華の拒否などまったく想定していない、自信に溢れた視線を感じた。

実際、杏華には、この浜岡の唐突な申し出を拒否できる自信はなかった。左乳房の下に入れられているタトゥーがまるで浜岡に施術されたかのように、全身を締め付けてくるのを杏華は微妙に感じ取っていた。

4

無紋はその夜、「テソーロ」で中山となたねに会っていた。ボックス席で例の件に関するなたねの報告を受けていたのだ。中山を通してなたねに依頼した以上、中山にも来てもらうのは当然だった。

無紋の指示で、なたねと「デート」した日の様子を、中山が詳しく語ったわけではない。「彼女、気持ちよく引き受けてくれましたよ」と言っただけで、それ以上の説明はほとんどなかった。

二時間程度で署のほうに戻って来たから、実際、それほど長話をしたわけではないのだろう。中山は勤務中だったため、それもやむを得なかった。実際、中山が戻ってきたとき、葛切が例によって「君、どこをほっつき歩いていたんだ」と気色ばみ、無紋が「私の指示に従って、捜査活動をしていただけです」と、取りなしたぐらいなのだ。

「私の調査では、彼女のパパ活のことを知っているゼミ生や学生は少数ながらいたのですが、恋人らしい人物がいたという話は出ませんでした。ただ、気になる話があるんです」

なたねははきはきとしゃべっていた。手元には、ピーチ系カクテルのグラスが置かれているが、ほとんど口を付けていない。いくらプライベートな場とはいえ、上司に対する報告が終わるまでは、アルコール類を口にしてはいけないという、警察官らしい生真面目さが現れていた。

無紋と中山が、その「気になる話」を聞こうとして身を乗り出していたとき、店内で異変が起こった。それまでかかっていたロックが止んだあと、突然、坂本冬美《さかもとふゆみ》の「夜桜お七」が流れ始めたのだ。

客の間から、大声の笑い声が起こっていた。その反応も当然だろう。なにしろここは、六〇年代と七〇年代のロックをかけることを売りにしている店なのだ。

「これどうなってるの？　何で、突然、演歌なの？」

中山が、たまたま目の前を通りかかった顔見知りの男性従業員に声を掛けた。

「すみません。オーナーが代わって、そのオーナーが昭和歌謡のファンで、ロックだけじゃなくて、昭和歌謡もかけろって言うんです。それで、俺たちも多少の抵抗を示す必要があるんで、間《あいだ》を取って、まずこの曲を流したんです。これ昭和じゃなくて、平成六年の曲ですから。それに演歌といっても、ちょっとロック調も入っているでしょ」

その説明を聞いて、中山となたねが声を揃えて笑った。無紋は苦笑しただけだった。内心では、昭和歌謡も嫌いではなかったから、その変更は無紋にとって、必ずしも好ましからざるものとは言えなかった。

「ごめん。話の腰を折っちゃったね。それで、気になる話っていうのは？」

中山が、促すように訊いた。なたねも真剣な表情に戻って、再び、話し出した。

「最初は、あるゼミ生の女の子から聞いたのですが、沢地教授の研究会に出席していた寺原という、四十代くらいの出版社の社員と、依織さんはかなり親しかったみたいです。でも、そのゼミ生の話では、恋人同士というよりは前からの知り合いみたいで、依織さんのほうがその人をとても頼っていて、いろんなことを相談しているみたいだったたっていうんです」

「そうすると、寺原というのは、恋人候補というより、頼りがいのある、人のいい中年のおっさんというイメージなんだね」

中山が若干茶化すような口調で言った。無紋は、逆に、寺原の名前が出た途端、心が重くなるのを感じていた。

「いえ、そうでもないみたいなんです。私、寺原さんという人のことは他のゼミ生の女の子にも訊いてみたんですが、みんな一律に好印象を持っているんです。優しくって、さわやかで、はっきりとイケメンって言ってる子もいました。ゼミ生は全部で十一人ですが、そのうち九人が女の子で男子学生は二人しかいないんです。もともと文学部は女子率が高いから、そういうことも珍しくないみたいです。それはともかく、私が他のゼミ生から聞いた印象では、むしろ、依織さんのほうが寺原さんに恋心を持っていた可能性もあると思うんです」

「恋心」という若干古めかしい言葉を口にしたとき、無紋には心なしか、なたねの顔が赤らんだように見えた。無論、中山は寺原より遥かに若く、三十歳だったが、年上の人間に好意を寄せるという意味では、状況は似ていなくもないのだ。

「寺原の下の名前は何て言うのか、ゼミ生たちは知っていたのかな」

ここで、無紋がようやく質問した。なたねは少し首をかしげた。その質問の意図が分からなかったのだろう。

「いえ、私も係長に報告するとき、フルネームで報告したほうがいいと思って、フルネームを訊いたのですが、誰も知らないみたいでした。その人は自己紹介のとき、寺原と名乗って、出版社に勤めているとは言ったらしいのですが、名刺をみんなに渡したわけでもなく、あくまでもオブザーバーとして研究会にときおり顔を出す程度だったらしいです。だから、誰も下の名前のことなど気にしていなかったようです」

なたねの話を聞いているうちに、無紋の心を暗幕のようなものが覆い始めていた。やはり、悪い予測が当たっているように思えた。

寺原は意識的に襦音という名前を、他のゼミ生に伝えなかったのではないか。それは依織の左乳房下にあるJというタトゥーが、後に問題となることを見越した上での用心にも思えるのだ。

「それで係長、あるゼミ生の話では、寺原さんの下の名前は、沢地教授なら知っているというのですが、私がそれを沢地教授に直接聴きに行っていいものかどうか迷っているんです」

無紋はなたねの聡明さに感心していた。この調査結果から見ると、なたねは行動力だけではなく、的確な判断力も備え持っているように思えた。確かに、なたねがそんなことを直接、沢地に聴きに行くことは好ましくないだろう。なたねの調査は、ここまでで十分だった。なたねも、この調査が生活安全課という立場では筋違いであることを分かりながら、協力してくれているのだ。これ以上、なたねの好意に甘えるべきではないだろう。

無紋はなたねに、それに中山にも、寺原について正直なことを話そうと決意していた。

「いや、その必要はないよ。実は、寺原というのは、俺の大学時代の友人なんだ」

なたねが驚いたように無紋の顔を見つめた。なたねの側に座る中山も、表情を曇らせながらも、何度か小さくうなずいていた。中山は、寺原の名前がなたねの口から出たときから、無紋の反応に何か違和感を覚えていたようだったから、今の無紋の説明で納得したのかも知れない。

バックグラウンドミュージックは「夜桜お七」が終わり、再び、無紋が曲名を知らないロックが始まっていた。

無紋はもう一度、沢地を訪問した。この訪問については、徳松には教えていない。無紋独自の判断で、沢地に会い、寺原との関係を聞きだそうと考えたのだ。

ただ、無紋は沢地が事件と直接関係があるとはまったく考えていなかった。前回、徳松と一緒に沢地を訪ねたときの、沢地の自然な態度を考えると、そんな想定は論外に思えた。

沢地と依織の関係は、単にゼミの教授と学生というだけで、特に親しかったわけではないという沢地の説明も本当だろう。ただ、むしろ、分からないのは沢地と寺原の関係のほうだった。

二人は社会共進党の支持者ということから、結びついたのか、それとも出版社の社員と大学教授の関係のほうが先だったのか、そのあたりが無紋にとって、妙に気になる点なのだ。

「どうもお昼休みの短い時間を頂戴いたしまして、まことに申し訳ありません」

無紋はまず、こんな風に恐縮してみせた。実際、午後一時過ぎで、一時半から午後の講義が始まるというから、無紋が質問できる時間は、三十分ほどしかない。

窓際にある沢地のデスクには、空のサンドイッチ用フードパックとレジ袋、それにコーヒーを僅かに残した紙コップが置かれていて、沢地がいかにも慌ただしく昼食を摂ったことを窺わせた。

「いや、二時間目は十二時三十分に終了しますから、昼休みは六十分あり、都内の大学ではまだいいほうなんですよ。それで、今日はどんなことがお知りになりたいんでしょうか？」

無紋は前回の訪問のときに、沢地からもらった名刺に書かれていた研究室の固定電話に電話を入れ、その日の面会を取り付けていた。

「先生、本題に入る前に雑談で申し訳ないんですが、寺原君はどういう経緯で、先生の研究会に入ることになったのでしょうか？　いえ、こんなことは寺原君に訊けば済むことだったんですが、この前、あんまり久しぶりで会ったせいか、余計なことばかり話し込んでしまって、これを訊きそびれたものですから」

無紋は、笑いながら言った。かなりきわどい詐術を使っていることは自覚していた。実は、この雑談を装った質問が無紋にとっては本題で、あとから本題を装ってする質問は、カムフラージュに過ぎなかったのだ。

前回の訪問で、ドライサーとスタインベックの作品を言い当てた無紋に対して、沢地がある種の親近感を抱いていて、沢地がリラックスして、寺原について自然な情報提供を行ってくれることを期待していた。

実際、沢地は無紋の質問を聞いて、満更でもない表情で話し出した。

「実は、寺原君と私を仲介してくれたのも、谷島さんなんです」

「ほおっ、そうなんですか」

沢地の話によれば、依織はもともと寺原の勤める「ササノ書房」で原稿の整理などのアルバイトをしていたという。これは沢地のゼミに参加していた寺原と依織が、「前からの知り合いみたい」だったという、なたねの報告とも符合している。

「ササノ書房」で寺原と知り合った依織は、寺原がアメリカ文学の専門書を書いてくれる教授を探していることを知り、寺原を沢地に紹介したらしい。

「私にとって、渡りに船だったんです。近頃は、研究者が本を出そうとしても、出版社はなかなか乗ってくれませんからね。この出版不況の折、やはり、商業ベースにない本の出版は難しいです。ところが、寺原君の話を聞いて、驚きましたよ。私の本を、商業出版してくれるというんですから。『社会主義とアメリカ文学』というあまり売れそうもないタイトルの本なんですがね」

「それは先生が、その分野では一流の学者と評価されているからじゃないですか」

無紋はごますりと取られるのは覚悟の上で、こう言った。

「とんでもありません。私の学者としての業績などたかが知れていますよ。研究論文を専門誌にちまちまと書いているだけで、まとまった研究書など一冊もありません」

沢地は笑いながら言った。特にへりくだっているようにも見えず、かと言って皮肉を言っているわけでもない自然な態度に見えた。無紋は、この正直な態度にも、好感を持った。

「ただね、あなたが寺原君の大学時代の友人だから言うんじゃありませんが、寺原君もあの『ササノ書房』という出版社も、実に立派な姿勢でしてね。専門書が一部の研究者にしか売れないのは当たり前で、経済的負担を研究者個人に求めるべきではないという考え方なんです。実際、経済力がないと本が出せないということになれば、良質な研究書が世に出る機会は奪われ、決定的な文化の衰退に繫がるわけですからね。だから、私の経済的負担は一切要らないと言ってくれています。実は、私の自宅や研究室に中小の出版社から、専門書の自費出版を勧める手紙や葉書が届くことがあるのですが、費用は百万円以上、いや、二百万近いものもありますからね。たまに、商業出版を銘打《めいう》っているものがあっても、その内容をよく読めば、自分で買い取らなければならない部数がやたらに多く、実質的には自費出版と同じなんです。もっとも、大手出版社と違って、そういう中小の出版社はそんなことでもしなければ、生き残っていけないのでしょうが」

沢地は思わぬほど饒舌になっていた。やはり、研究者が相当な経済的負担をしなければ、本を出せないという日本の文化状況を嘆く気持ちが強いのだろう。無紋は、その真摯な意見をけっして否定するものではなかったが、同時に頭の中は疑問符だらけになっていた。

それは沢地の言葉の信憑性の問題ではなく、「ササノ書房」という出版社に関する不可解さに起因するものであるように思われた。

「『ササノ書房』というのは、専門書以外にも、旅行ガイドや料理本などの実用書を出している出版社のようですね」

無紋は遠回しに、「ササノ書房」の経済的基盤に関する質問をしたつもりだった。ただ、あくまでも本題の前の雑談という位置づけなのだから、話が深刻になり過ぎるのは避けなければならなかった。

「ええ、そうみたいですね。私もよくは知らないんですが、寺原君の話では、実用書というのは、案外売れるものらしいですよ」

だから、専門書の商業出版の依頼が可能なのだと、沢地は言いたげだった。だが、無紋の疑問はまったく解消されていなかった。

体力のある大手出版社なら、他の刊行物の収益で専門書の刊行の経済的マイナスを補塡《ほてん》することは可能かも知れない。だが、中小の出版社にそんな余裕があるとは思えなかった。そして、「ササノ書房」は無紋自身が、その名前を知らなかったのだから、やはり中小の出版社と言う外なかった。

言葉は悪いが、寺原がそんな好条件での専門書の商業出版を餌に沢地に近づいたのは、間違いないように思えた。問題は、その目的だった。

普通に考えられるのは、「慈考学院大学を浄化する会」まで立ち上げて、学内で黛批判の急先鋒《きゅうせんぽう》として活動している沢地に近づけば、入試漏洩問題などについての学内情報を手に入れることができ、社会共進党のために黛を追及することが一層容易になるというものだった。

しかし、一見、もっともらしく見えるこの考え方には、どうにも腑に落ちない点があるのだ。沢地も寺原も、社会共進党の支持者であれば、そんな複雑なプロセスを経る必要もなく、依織から沢地を紹介された時点で、寺原が沢地の運動への協力を申し出れば、沢地は喜んで寺原を受け容れたことだろう。

いや、実際にそういうことだったのかも知れないのだが、無紋はやはり、専門書の商業出版を寺原が沢地に持ちかけたことにこだわっていた。寺原らしくない媚びのようなものが感じられ、かえって寺原と沢地の距離感を際立たせ、寺原が沢地を必ずしも味方とはみなしていなかったことを示唆しているように思われるのだ。

「ところで、本題のほうはどういうことでしょうか？」

沢地が腕時計を見ながら訊いた。無紋も慌てて、腕時計を見た。すでに十三時十五分を過ぎている。午後の授業開始まで、あと十五分もない。

してもしなくても、どうでもいい質問だった。だが、無紋は今の話を沢地に雑談と思いこませておくためには、その質問をせざるを得なかった。

「谷島さんは、成績のほうはどうだったんでしょうか？　ゼミの成績だけでなく、他の科目の成績も含めまして、もし先生がそれを把握されておられるなら、教えていただきたいんです。もちろん、具体的な成績は個人情報の保護という観点から難しいのであれば、全般的なコメントでも構わないのですが。こういう事件が起こると、警察は一応、そういうこともお訊きして、総合的な判断の一要素とするのが普通なものですから」

これでも、無紋としては考え抜いた質問だった。条件としては、沢地にしか答えられない質問で、警察が当然に聴くと思われる、それでいて捜査に決定的な影響を及ぼすことのない質問が、この場合、いちばんいい質問なのだ。

「具体的な成績は申しあげられません。というか、今、手元にデータがないので、分からないと言ったほうが正確ですが、私の印象と事務の話を総合しても、彼女の成績はけっして悪くなかったと思いますよ。もっとも、四年生になると、ほとんど単位を取り終わっている学生も多く、直近の成績というよりは、一年生から三年生の頃の成績ということになりますが」

徳松から聞いた捜査本部の情報では、依織の父親の会社が倒産したのは、依織が四年生になった春頃らしいから、成績への影響はそれほどなかったのかも知れない。ただ、二期に分けて納入することのできる授業料の春学期分は未納になっており、卒業するためには二期分をまとめて払う必要があったため、依織も相当に焦っていたのだろう。

「そうですか。私たちの聞き込み捜査でも、基本的にはまじめな学生だったことは分かっているんです。従って、実家の倒産が原因で、パパ活に走ったとなると、確かに本人だけを責められないかも知れませんね」

沢地は無紋の発言に大きくうなずいていた。ただ、ここでも無紋は微妙なズレのような感覚を覚えていた。実は、徳松から聞いた捜査本部情報では依織は父親の会社が倒産する前から、つまり彼女が三年生の頃から「トレド」に勤めているのだ。

もちろん、これも実家が倒産しないまでも経済的に苦しい状況にあったためとも解釈できなくはないから、この事実が「実家の倒産が原因で、パパ活に走った」ということと、大きく矛盾するわけではない。しかし、無紋はやはり得体の知れない不安を拭い切ることができなかった。

依織がパパ活に走ったのが、はたして実家の経済的困窮が原因だったのか分からなくなり始めていたのだ。無紋は、因果関係の逆転という言葉を思い浮かべた。

依織がパパ活を行っていることを知った何者かが、依織を田所に接近させることを思いついたのではなく、依織を田所に接近させる方法として、依織にパパ活をさせることを思いついたのではないか。そう考えるほうが、父親の会社が倒産する前に、依織が「トレド」に勤めていたことを合理的に説明できるように思われたのだ。

6

その日、母親の郁乃から杏華のスマホに電話が入ったのは、午後三時過ぎだった。杏華は六階の警備課のデスクでその電話を受けた。

「困ったことになったちゃったの。今、屋根の修理屋さんに屋根を見てもらったら、修理に五十万円以上の費用が掛かるっていうの」

郁乃の上ずった声を聞きながら、杏華にはピンと来るものがあった。

「その修理屋さん、お母さんが呼んだの？」

「そうじゃないのよ。近所の屋根の修理にたまたま来ていた職人さんが、昨日の強風のために屋根から鉄骨が剝き出しになっているのに気づき、放っておくと危ないって、親切に知らせに来てくれたのよ。それで無料で点検してくれると言うんで、お願いしたら、思った以上にひどく破損していて、修理するにはお金が掛かるって言うの」

「それで五十万？」

「そうなの。少し高すぎるから、それであなたに相談しようと思って」

「何言ってるの、お母さん！　それ今流行ってる典型的な指摘商法じゃないの。知らないの？　国民生活センターが注意喚起している悪質商法なのよ！」

杏華は思わず立ち上がって、大声を上げた。隣席の警備課の課長代理が驚いたように、杏華のほうに視線を投げた。他の課員の何人かも、杏華のほうを見ているようだった。

郁乃の返事はなかった。その職人の男が近くにいて話せないのかも知れないと、杏華は咄嗟に判断した。

「お母さん、よく聞いて。私の言うことに、『はい』と『いいえ』だけで答えて。その職人さん、まだ家にいるの？」

「はい」という郁乃のか細い声が聞こえた。リビングに上がり込まれ、郁乃は隣の畳部屋の固定電話から、杏華に電話を掛けているのだろう。その至近距離では、母親が自由にしゃべることができないのは当然だった。

「五十万の料金を支払うという契約書にサインさせられようとしているんでしょ」

郁乃の返事はやはり「はい」だった。おそらく、母親も相手の言うことに完全に騙されていたわけではなく、少なくとも杏華に電話した時点では、多少の疑念を抱いていたはずなのだ。しかし、そういう商法の特徴は、契約書サインの直前の段階では、柔らかな物腰を放棄し、一気に脅迫的な言動に切り替えてくることなのだ。

「じゃあ、この電話にその人を出して。私が話すから。私が警察の人間だなんて絶対に言っちゃダメよ。娘が修理の内容を確認したいと言ってると伝えて。娘が納得したら、契約書にサインすると言えばいいの」

「分かったわ」

郁乃は幾分落ち着きを取り戻した声で言った。課長代理が相変わらず、心配そうに杏華のほうを見つめている。しばらくして、いかにも愛想のいい若い男の声が聞こえた。

「ああ、娘さんですか。お手数をお掛けして申し訳ありません。実はですね、私、今日、たまたまご近所の屋根の修理に来ていたら、お母様の家の屋根が目に入ってしまって――」

「屋根の鉄骨が突き出ているとか、瓦が飛んでいるのに気づいたと言うんでしょ」

杏華は相手の言葉を遮り、あえて皮肉に満ちた口調で話し始めた。

「もう少し、表現を変えたらどうですか。それじゃ、まるで国民生活センターが注意喚起している文言と同じじゃないですか。そういうのって、少し前までは点検商法って呼ばれていたけど、今は指摘商法とも呼ぶらしいですね。台風とか荒れ模様の天気の翌日に、そういう商法が横行するらしいです。そう言えば、昨日は風が強かったですからね。たまたま通りかかって気づいたとか、近所の家に仕事に来ていて気づいたとか、絶対にわざわざその家を訪ねてきたとは言わないのね。でもね、そういうのって、もうその時点で特商法の違反なんですよ」

杏華はここまで一気に早口でまくし立て、突然、言葉を切った。こういう場合は、いきなり先制攻撃を仕掛けたほうがいいのだ。

金が目当ての詐欺商法の場合、口で脅すことは日常茶飯事に行っているが、直接的な暴力を行使することはほとんどないのは、統計的に実証済みだった。こんなことを言ったために、母親の身体的安全が脅かされることはないと、杏華は判断していた。

「おい、わけの分からないこと言ってんじゃねえよ。俺はもう屋根に上がって、きちんと調べてるんだぜ。証拠の写真だってある。手間賃を払ってもらわないと、俺も引っ込みがつかねえんだよ」

不意の豹変《ひょうへん》に杏華は思わず苦笑した。言葉遣いといい、口調といい、何もかもが、想定内の茶番だった。

「五十万の手間賃？　随分高いのね。でもね、契約書なんて書かせたって、すぐにクーリングオフできるから意味ないの。諦めなさいよ」

「てめえ、いい加減にしろよ。今から、お前の所に行って、手間賃を払ってもらってもいいんだぞ」

「どうぞいらしてください。じっくりと話しましょうよ」

「じゃあ、住所を教えろよ」

「弁天代警察署の警備課よ。住所は自分で調べて。桐谷って言えば、分かるから」

相手の反応が、一瞬、停止したように思えた。そのとき、偶然、「本部より、各局――」という通信指令センターの無線が、室内に流れ始めていたのだ。

その音声が、杏華のスマホを通して、相手の耳に聞こえた可能性が高い。実際、そのあと、若干、驚いたような男の声が聞こえた。

「本当に警察官なのか。どうりで落ち着いていると思ったぜ」

「そうよ。だから早く引き上げなさいよ。これはあなたのために言ってるの。あなたにとって、そういうやりかたは仕事を手に入れるための一つの方法に過ぎないのかも知れないけど、あなたも知ってるでしょ。今はアポ電強盗や闇バイトの強盗が横行していて、どこの警察署もピリピリしてるから、個人の家にそんな風に押しかけていく悪質商法も徹底的に取り締まられているのよ。だから、そうなる前に――」

突然、電話が切れ、話中音に変わった。杏華は強引な手法が功を奏したのを感じた。だが、不安は残った。

「管理官、どうかされたんですか？」

やはり、課長代理が心配そうに訊いてきた。このとき、杏華はようやく、立ったままスマホで話し続けていたことを自覚した。

この課長代理は、裏表《うらおもて》のない、人柄のいい中年男だった。ただ、杏華と隣席になって、どう扱っていいか若干困惑しているようにも見えた。

「いや、たいしたことじゃありません。実家の母親が、屋根の修理の悪質商法に引っかかりそうになっていたんで、相手と話し合っていたんです。だいぶ厳しく言ってやりましたから、大丈夫だと思います」

杏華はゆっくりと座りながら、依然として、スマホを手に持ったままで、強気に答えた。

「屋根の修理というと、風の強かった日の翌日なんかに、たまたまお宅の家の前を通りかかったら、壊れているのに気づいたなんて言って、訪ねてくるやつでしょ。一週間前にうちにも来たって、女房が言ってましたよ。女房は『親戚が工務店だから、そっちで見てもらいます』って、適当な嘘を吐いて、追っ払ったらしいですが」

「それが一番賢いやり方です」

杏華はにっこりと微笑みながら言った。実際、杏華自身も、普通ならそういう方法を取っていたかも知れない。だが、本来の任務に関連することで苛ついていて、そのイライラを悪質商法の男にぶつけたような感覚さえあった。

「でも、ご心配だったら、セイアンの無紋係長にご相談されたらいかがですか。彼なら、該当署のセイアンカに連絡して、捜査員をご実家に派遣するように要請することもできますから」

どうやら、この課長代理も、杏華が無紋とよく交流していることを知っているようだった。杏華は複雑でマイナスな気分に駆られた。そのとき、再び、杏華のスマホが鳴った。郁乃からだ。

「お母さん、大丈夫だった?」

「さんざん悪態を吐いて帰って行ったわ。お前の娘のあの態度はなんだみたいなこと言って」

「若い男なんでしょ」

「そうよ。茶髪で見るからに品のない子。最初は無理をして、丁寧な言葉を使っていたけど」

茶髪という言葉に、杏華は過敏に反応した。だが、さすがに「目が吊り上がっていなかった?」とは訊かなかった。

いくら何でも、父の命日の夜にやってきた若い男と、今回の指摘商法の男を結びつけるのは無理があるように思えた。茶髪の男など、世の中に溢れかえっているのだ。

「ダメよ。そういう人をすぐに家の中に入れちゃあ」

「だって、しょうがなかったのよ。いきなりやって来て、いかにも親切そうに言うんだもの」

「お母さん、今仕事中だから、長くは話せないの。とにかく、今夜はそっちに帰るから、戸締まりをしっかりして待ってて」

　杏華の言葉に安心したのか、郁乃もあっさりと電話を切った。杏華は軽いため息を吐きながら、課長代理に向かって言った。

「大丈夫だったみたいです。相手は諦めて、帰ったようです」

「それはよかった。それにしても困った世の中になったものです。警察官の家にも詐欺商法の連中がやって来るんだから。そのうち、警察官がアポ電強盗や闇バイト強盗の被害に遭う時代が来るかも知れませんね」

　課長代理の言葉を聞き流しながら、杏華はすでにそういう時代になっているのだと、心の中でつぶやいていた。それも、杏華の場合、詐欺や強盗ではなく、殺人の被害に遭う可能性が高いように思えるのだ。

　杏華の背中に貼り付く執拗な視線は、未だに消えていなかった。

7

「ササノ書房」は、JR中野《なかの》駅から徒歩五分くらいの場所にあった。寺原からもらった名刺には、副編集長という肩書きと寺原糯音という氏名、それに勤務先の住所と電話番号しか書かれていなかった。

無紋は電話を掛けて寺原を呼び出そうとしたが、若い女性の声が出て、「寺原は本日出勤しておりません」という返事が返ってきた。出勤する日を尋ねても、寺原の出勤は不定期らしく、いっこうに要領を得ない。

といって、電話に応答した女性に怪しげな点があるわけでもなく、ただ会社の内部事情にあまり通じていないという印象なのだ。依織と同じようなアルバイト社員かも知れないと無紋は思った。

無紋は違う曜日にも、何回か電話してみた。応答するのはいつも同じ声だったが、いずれの場合も寺原は留守だった。無紋は、寺原は非常勤社員のような立場の人間かも知れないと思い始めた。

それにしては、副編集長という肩書きは、やはり奇妙だった。非常勤社員が副編集長であるというのも考えにくい。ただ、それは会社の規模にもよるから、とにかく現場に行ってみようと思ったのだ。

無紋は比較的小さな商店が櫛比《しっぴ》する商店街を北の外れまで歩いた。「ササノ書房」は、商店街が切れ、国道と接する交差点近くの五階建てビルの三階にあった。無紋はエレベーターを使って三階に上がり、「ササノ書房」と書かれた扉をノックした。

「どうぞ」と促す女性の声が聞こえ、無紋は扉を押し開けた。二十平方メートルを若干超える程度のこぢんまりとした部屋だった。中央に事務デスクが五台置かれ、窓際に、くすんだ色彩のブラウンの応接セットがある。

無紋は一瞬、奇妙な感覚に襲われた。通常の企業に自然と備わっている室内の活気のようなものが、その部屋の中には根本的に欠如しているように思われたのだ。

無紋の目に映った社員は三名だけだった。かなり間隔を空けて、若い女性社員が正面玄関のほうに顔を向けて、座っていた。奥の一番離れた壁際のデスクには、二十代半ばに見える、黒いスーツ姿の痩せた男がどこか警戒心を滲ませた目で無紋のほうを見ていた。

デスクの数から推測すると、勤務しているのは六人で、そのうち、寺原を含める三人は出払っていることになる。

一番手前に座っていた黒縁の眼鏡を掛けた若い女性が、無紋のほうに近づいてきて、一礼した。

「すみません、私、無紋と申しますが、副編集長の寺原さんにお会いしたいのですが」

「あのう……寺原は、本日出社しておりませんが」

その返事で、以前に電話で聞いた声を思い出した。あのとき応対した人物と、同一人物であるのは間違いない。この女性も、何となく無紋が何度か電話を掛けてきたことを覚えているようだった。

「前にもお電話したものですが、寺原さんはそのときもいらっしゃいませんでした。これは彼が普段は出社されていないということでしょうか？」

女性は当惑の表情を浮かべた。

「いえ、そんなことはないのですが、出勤日をあらかじめ分かっていないことが多いので――」

やはり、電話のときと同じで、何かを隠しているというよりは、本当に事情が分かっていないようだった。

「では、寺原さんの携帯番号などの連絡先を教えていただけないでしょうか？」

無紋は思い切って言った。この雰囲気だと、そもそもこの女性が寺原の携帯番号を把握しているとも思えなかったが、とりあえず聞いてみたのだ。

そのとき、壁際のデスクに座っていた男が立ち上がり、無紋のほうに歩いてくるのが見えた。男が女性の背中の後ろに立って、話しかけてきた。

「あの——うちの寺原とは仕事上のご関係でしょうか？」

言葉遣いは丁寧だが、目つきの鋭い男だ。眼鏡は掛けていない。

「いえ、そうではありません。寺原君とは大学時代の友人です。無紋と申します。同窓会のことで、寺原君と連絡を取りたいのですが、連絡が取れなくて困っているんです」

咄嗟に吐いた嘘だった。だが、男は無紋の説明を無視するように言った。

「申し訳ないですが、個人の携帯番号は教えられないというのが、会社のルールなんですよ。ご存じのように、個人情報の管理にうるさい時代ですからね。ただ、寺原はまったく出勤していないわけじゃありませんから、何度か会社にお電話を頂ければ、必ず連絡が取れると思いますよ。うちは出版社ですので、中心となる社員はほとんど毎日出版依頼や打ち合わせで外を飛び回っていて、会社に残っているのはアルバイトの事務員と私くらいなんです。ああ、申し遅れましたが、私、こういう者です」

男は不意にワイシャツの胸ポケットから一枚の名刺を取り出し、無紋に差し出した。その手際の良さは、まるでそれをあらかじめ用意していたかのようだった。

名刺には、「編集長　友永英二《ともながえいじ》」とある。少し違和感があった。寺原より、遥かに若いと思われるのに、この男が編集長で寺原が副編集長なのだ。それに出版社の場合、編集作業というデスクワークもあるはずなのに、中心となる社員がすべて出払っているのも解せなかった。それとも、テレワークも活用しているのか。

ただ、無紋は警察にしか勤めたことがなく、出版社も含め、一般の企業の実態を知らなかったので、こういうことがどれほど特異なことかは分からなかった。

「すみません。私、今日はオフなもので、名刺を持っていないんですが」

これも、もちろん、嘘だった。名刺は持っていたが、まさかそれを相手に渡すこともできなかった。公安の刑事なら、当然、ニセ名刺くらい用意しているだろうが、無紋はそんなものを持ったことがなかった。

「構いません。とにかく、あなたがここにいらしたことは、彼に伝えておきます」

確かに、この伝言が寺原に伝わり、寺原が無紋に電話してくれれば、それでとりあえず問題は解決するのだ。

だが、無紋にはそんなに簡単にことが運ぶとはとうてい思えなかった。何故か、寺原はもう永遠に無紋の前に姿を現さないような気がしていたのだ。

エレベーターで一階に降り、建物の外に出ると、真夏の直射日光が激しく降り注いだ。その日も恐ろしく暑い一日だった。

無紋は深いため息を吐いた。しかし、それが暑さのためではないことを、無紋自身が一番よく知っていた。とにかく、あの会社はおかしいことだらけだったのだ。

だが無紋は、そのおかしさの原因を未だに突き詰めて考えていないことを自覚していた。

8

　恐ろしい幻影が無紋に付き纏い始めていた。それはいわば思考の幻影で、寺原が実在の人物かさえ、疑い始めていたのだ。

　無紋は寺原の身元確認のために、免許証のデータベースを利用した。これは警察が誰かの身元確認を行う際に、通常、取る方法だった。もちろん、該当人物が、免許証を持っていなければ別だが、免許を所持している人間の氏名と生年月日が分かっている場合、普通はデータベースで検索すれば、その人物の現住所と本籍にたどり着けるのだ。

　無紋は遠い記憶を掘り起こし、寺原が大学一年生の夏休みに、免許を取ったと話していたのを思い出していた。生年月日については、寺原がアメリカの独立記念日に生まれたと言っていたのを、妙に鮮明に記憶していた。だとすれば、無紋より一歳年下の寺原は、一九七八年七月四日生まれのはずである。

　ところが、その二つの条件を入れて、データベースで検索しても、寺原の免許証にヒットしなかった。ただ無紋は、この段階で特に動揺を覚えたわけではない。

実は、こういうことは調査対象に何の問題もない場合でも、コンピューターのちょっとした不具合で、たまに起こることがあるのだ。そういう場合、次の手続きは決まっていて、警視庁交通部運転免許本部に直接電話して、照会を求めるのが普通だった。

無紋もこのルーティーンに従い、ともかくも世田谷区にある寺原の現住所と本籍にたどり着いていた。にも拘わらず、このあと思わぬ展開が無紋を待ち受けていたのである。

おそらく、普通の警察官であれば、身元調査はこの段階で終了させたことだろう。日本においては、運転免許証に対する信頼は絶大であり、そこから割り出された住所や本籍に間違いがあるはずがない。

だが、ここでもこだわり無紋が本領を発揮したことにより、かえって無紋自身が奇っ怪な状況に直面することになったのだ。

無紋はさらに世田谷区役所に出向き、警察官の職権を使い、寺原の住民票と戸籍の記録の開示を求めた。無紋はそのときの区役所職員とのやり取りを、しばらくの間、忘れることができなかった。

「申し訳ないのですが、寺原繻音という方の住民票の記録も戸籍の記録も、一切残っていません」

「どういう意味でしょうか？　免許証の記録から、この人物の現住所は世田谷区にあり、本籍も世田谷になっているのは間違いないんですが。引っ越した場合でも、記録は残るはずでしょ」

「もちろんです。転居届を出さなかったとしても、住んでいたという記録は残ります」

「では、どういうことでしょうか。ご存じのように、免許取得の折には本籍地記載の住民票の提出が義務づけられているわけですから、この人物が世田谷区役所で住民票を交付してもらったことは間違いないんです。そうでなければ、免許証が発行されるはずはないんです。それが記録さえ残っていないというのは、まったく理解できません」

無紋の口調が、まるでこの職員を非難しているように聞こえたのだろう。その職員は当惑顔で答えた。

「そう仰られても、住民票と戸籍に記録が一切残っていないということは、そういう書類を免許取得のとき、提出できたはずはないのですが――」

「ということは、そのとき提出された本籍地記載の住民票は偽造だった可能性があるという意味ですか？」

無紋は思わず口にしてしまった自分の言葉を撤回したいような気分に駆られながら、頭頂部の若干禿げ上がった、いかにも律儀そうな区役所職員の顔を見つめた。内心では、偽造の住民票が免許取得の際に通るはずがないと思っていたのだ。

「それは、私どもには何とも申しあげられないのですが」

区役所職員はますます当惑の表情を濃くしながら、右手で掛けていた黒縁の眼鏡を軽く押し上げた。

「私どもには何とも申しあげられないのですが」無紋は昼間会った、あの職員の言葉を反芻しながら、生活安全課のデスクに向かって、考え込んでいた。それはそうだろう。あの職員にとって、そうとしか答えようがなかったに違いない。

夜の八時過ぎで、所轄の独自無線がかなり頻繁に室内で流れ、管内の交番に出す指令も増え始めている。いつ出動要請が来てもおかしくなかった。

偽造の住民票が提出され、それが今の今まで気づかれることなく、免許証が交付状態にあることなど普通には考えられなかった。無紋はこの点を確認するために、もう一度警視庁交通部運転免許本部に電話をして、「寺原襦音が免許証を交付されたとき、提出された本籍地記載の住民票の現物を確認できるでしょうか？」と尋ねた。だが、相手の反応は奇妙と言うしかなかった。

何人かの係にたらい回しにされたあげく、最後に出たかなり高い地位にあると思われる男が、強い口調で言い放ったのだ。

「偽造の住民票が通ってしまうことなどあり得ません。それに、そういう調査はうちのほうではできませんから、これ以上、あなたの質問にお答えする立場にはありません」

「いや、私が訊いているのは、提出された住民票の現物を私が確認することができるかどうかというだけなのですが」

無紋はなおも食い下がった。それを見せてもらうことができれば、自分で調べるという意味で、言ったつもりだった。

「それもできません」

「理由は何ですか？」

「特にありませんよ。ただ、強いて申しあげれば、うちはあくまでも運転免許に関わる部署でして、事件捜査に関わるところではないということです」

無紋はあっけにとられた。相手の言葉には、ほとんど敵意さえ込められているように思われたのだ。

「無紋君、明後日《あさって》の中京記念《ちゅうきょうきねん》は何が勝つと思う？」

不意に聞こえてきた葛切の能天気な声で、無紋ははっと我に返った。

「さあ、どうでしょう。このところ、忙しくて、競馬はほとんど調べていないんです」

「忙しいねえ、いいい。君の場合、いろいろな事件に手を出すから、忙しくなるのも当然なんだね。まあ、うちの課の事件もよろしく頼みますよ。何と言っても、君はうちの課のエースなんだから」

葛切が無紋に注意するにしても、せいぜいこの程度だった。葛切も、噂話としては、無紋が捜査本部事件に首を突っ込んでいるということは聞いているのだろう。

ただ、普段から無紋を頼っており、いざとなったら責任さえ引き受けてくれるように思われる無紋に対しては、葛切は基本的に甘い態度に終始しているのだ。それは、まさに中山に対する態度と正反対だった。

そのとき、警視庁の通信指令センターの無線が流れ始めた。

「本部より各局、荒川《あらかわ》区弁天代五丁目六の三十八番居住の、山上涼子《やまがみりょうこ》という女性から入電、夫より激しい暴行を受け、顔面から出血していると訴えている。夫は今も大声で通報者を威嚇している模様で――」

中山らの、無紋のシマの刑事たちが一斉に立ち上がる。「人身安全関連事案」と囁く声が聞こえた。こういう配偶者からの暴力事案では、署内の独自無線の出動要請を待たずして、生活安全課の担当部署の刑事が現場に駆けつける決まりになっているのだ。

なたねも、真っ先に立ち上がっていた。夫婦喧嘩の場合、暴行を受けた妻から事情を聴くのは、たいてい女性警察官だった。

それでも、無紋は座ったまま、考え続けていた。ほぼある結論に達していた。だが、もう一度それを頭の中で精査しない限り、その途方もない事実を認める気持ちにはなれなかったのだ。

第五章　秩序

1

　無紋は深夜、自宅の書斎のデスクに座って、もはや動かしがたくなったように思える結論をもう一度頭の中で精査しようとしていた。やはり、決定的なのは、寺原の免許証に記載されていた住所の住民票記録が、世田谷区役所に一切残っていないことだった。

　寺原が本籍地記載の住民票を偽造して提出し、警察もそれを見逃してしまったと考えるのは、あまりにも荒唐無稽《こうとうむけい》だろう。

　むしろ、寺原は本籍地記載の住民票提出の義務を初めから免除されていたと考えるしかなかった。それが意味していることは明らかだ。寺原は、そういう特権を与えられた、公安部の秘密捜査員ではないのか。そうだとすれば、これまでの事件の構図がまったく転倒したものに見えてくるのは当然だった。

無紋はまず、一九九一年に開設された警察庁警備局警備企画課のことを思い浮かべた。警備企画課とはよく言ったものだ。

その名の下に公安の偽装フロント企業が作られ、国内外の治安や政治・思想動静の調査に当たっているというのは、警察官同士の噂話のレベルではよく聞いている話だった。近頃は、陸上自衛隊に「別班」と呼ばれる海外の諜報活動を行う専門機関ができたため、警備企画課は現在では、国内に特化した諜報活動を行っているという説もある。

杏華から聞いている浜岡という公安部総務課長が、その警備企画課の中心人物であるのはもはや疑いの余地がないことに思えた。そして、寺原も杏華と同様に、浜岡の指示を受けて動いている公安警察官の一人である可能性が決定的に高まってきたのだ。

「ササノ書房」はおそらく、警備企画課のフロント企業の一つなのだろう。出版社の名前が使われているのは、少し意外な気がしたが、沢地の話を聞いて、世間の政治・思想動静を探り出すには、専門書の出版社という偽装は、むしろ、無紋には格好の隠れ蓑に思えてきた。

大学という場所は、一般の企業とは異なり、あらゆる政治思想の人間が集まるアマルガムのような場所だった。特に、社会主義的な左翼思想を信奉する教員は大学内には必ず一定数存在するもので、専門書の出版を持ちかけ、その教員の関心を買って、大学内の思想動向を聞きだすという手法は、公安警察にとって確かに有効に思えた。特に、慈考学院大学の場合、黛のスキャンダルを抱えており、公安警察は沢地に接近することによって、学内の反対勢力の動向を探り出すことができると判断したはずである。それによって、黛が今後どの程度の窮地に陥るかも、推測することができると考えていたのかも知れない。

そういう任務を与えられたのが、寺原だった。おそらく、沢地のほうは、寺原を社会共進党の支持者と信じ込んでおり、寺原がまさかそんな意図を持って専門書の商業出版を持ちかけてきたとは思ってもいないだろう。寺原は、沢地から学内の政治動静、特に黛に対する糾弾の動きを探り出しながら、一方では依織を田所に接近させ、まったく逆の側の情報を聞きだしていたに違いない。

警備企画課によるこういう政治・思想動向の調査は、慈考学院大学に限ったことではないのかも知れない。他の大学にもこういう出版社の偽装社員を潜《もぐ》り込ませ、さまざまな出版物の話を持ちかけては、その政治・思想動静を調査していることは十分に考えられる。

無紋は警備企画課が膨大な秘密予算を持っているという噂話もよく聞いていた。潤沢な予算を与えられているのであれば、「ササノ書房」は商業出版の話をただの口約束には終わらせず、実際に出版するだろうと無紋は考えていた。

持続的にそういう活動を行い、日本の大学内に根を下ろすためには、浜岡らの、頭の切れる公安部の幹部が口約束だけで終わらせるような、底の浅いことをするはずがないと思っていたのだ。

橋詰は単に元左翼過激派というだけでなく、公安警察の協力者だったのではないかと、無紋は考えていた。つまり、寺原を通して、公安警察と繋がっていた可能性が高い。

寺原は、橋詰に対して、かなり高額な金銭的見返りを約束して、依織の頸筋の索溝に修正を加えさせたのだろう。この部分が、寺原個人の意思であったのか、公安部全体の意思であったかは、確かに微妙だった。

ただ、警備企画課の潤沢な予算を考えれば、寺原がそういう支払いを行うことは可能だったはずだ。しかし、寺原はどういうわけか、その支払いをずるずると引き延ばしていたため、橋詰はあのような形で、無紋と中山に情報を一部リークして、脅しを掛けたのだろう。

それにしても、未だに納得できないのが、あの優しい寺原のイメージと、これまでの無紋の具体的な実証とそれに基づいた論理的推理によって導き出された結論が、あまりにも乖離《かいり》していることだった。

それはあたかも、依織の肌に刻まれたJのタトゥーが、寺原に対する愛と忠誠の証として入れられたという発想が、寺原のイメージからはどうにも突飛なものに思われるのと同じだった。

問題は、左翼だった寺原が保守に転向した可能性だが、人間はどんな変化も可能だというのが、無紋の基本的な考え方だった。特に、極端なものの考え方は、左右のどちらに転んでもおかしくないのだ。

無紋はここにきて、無紋が大学を休学していた空白の二年間に、寺原に何らかの思想的な変化があったのではないかと思い始めていた。寺原の学力があれば、国家公務員のI種試験に合格して、警察庁に入庁することはそれほど難しくはなかったことだろう。

彼が社会共進党の支持者であったという前歴も、転向をはっきりと宣言すれば、不問に付された可能性がある。いや、警察庁の幹部は、むしろ、そういう左翼の動向に通じている人間こそを求めていたかも知れないのだ。

それにしても、今や無紋にとっては、寺原は住居も戸籍もない人間だった。だとすれば、寺原が他人《ひと》を殺したとしても、自殺したとしても、けっして記録に残ることはないのだ。

そんな不気味な思考が、執拗に無紋の脳裏に貼り付いて、離れなかった。無紋は窓から、深夜の闇にそっと視線を向けた。寺原の優しげな表情を思い浮かべようとしたが、無紋の目には闇の深淵しか映っていない。

遠くで悲しげな犬の遠吠えが聞こえている。

2

無紋はその日、新宿の「セレナーデ」で杏華に会う約束をしていた。「セレナーデ」で会うのはそれで二度目だが、さすがに前回のように酒を飲みながらできるような話にならないことは、無紋も覚悟していた。

午後八時に、二人は地階の一番奥の角《すみ》の席に座って話し始めた。平日で、案外空いており、隣席は空席だった。それでも、用心深く小声で話す無紋の声は聞き取りにくいらしく、杏華は何度か聞き返していた。

室内には、無紋の知らないクラシック曲の静かな旋律が流れている。

話し始めてほぼ三十分が経過していた。無紋がかなり一方的に話し、杏華のほうは聞き手に徹していた。無紋はもっぱら寺原のことを話したのだが、用心深く、まだ肝心な部分については触れていなかった。

沢地の研究室で偶然再会した寺原の、学生時代の印象については話していた。その寺原が依織の事件に関与している可能性についてもすでに言及していた。だが無紋は、寺原襦音という氏名を出したときの、杏華の反応を注意深く観察した。だが、特別変わった様子もなく、まったく初めて聞くような反応だった。しかし、そのことにたいして意味があるとも思えない。寺原が公安警察の世界でも、寺原襦音というかつての氏名を使っているという保証はなかった。

それに、浜岡という総務課長が今回の事件の指揮を執っていて、杏華と寺原を自分の手足として動かしているのだとしても、杏華と寺原は互いにまったく知らない可能性だってあるのだ。

警備企画課というのは鵺《ぬえ》のような存在で、具体的な在籍メンバーも指揮系統も不明と言う外はなく、横の連携を封じたまま、ごく一部の人間だけが全体を把握していると考えるべきなのかも知れない。

「殺された田所ではなく、その寺原さんという人が谷島依織の本当の恋人だった可能性が高いというのですね。そして、その寺原さんという人は、社会共進党の支持者だったわけだから、パパ活を口実に谷島を田所に接近させて、社会共進党のために情報を聞きださせていたということになるのでしょ」

杏華はこれまでの無紋の話を整理するように言った。実際、無紋は未だにそれ以上のことを話してはいなかった。寺原が公安警察の人間であるのはほぼ確信していたが、それについてもまだ杏華には話していない。そこから導き出される結論が、あまりにも異様で、無紋自身がすぐには信じる気持ちにはなれなかったからである。

無紋は田所の殺害については、結局、依織の犯行だろうと考えていた。肉体関係を迫られて、護身用に持っていたナイフを振り回して、偶発的に殺害してしまったという考え方は、それなりの整合性を持っているように思える。

しかし、直接か間接かはともかく、寺原が口封じのために依織や橋詰の殺害に関与したとなると、警視庁の公安部全体が二つの殺人に関与したことになり、果たしてそんなことがあり得るのかという疑念が湧き起こってくるのだ。

杏華の話から合理的で冷徹な印象を受ける浜岡が全体の統括者だとしたら、黛への忖度のため、そんな殺人まで実行させるとはとうてい思えなかった。

無紋はもっといやな疑念に取り憑かれていた。これは寺原個人の犯罪ではないかと思い始めたのだ。寺原が公安警察官として、公安部の指示を受けて活動していたのは確かだろうが、寺原はいつの間にかその指示の範囲を大きく逸脱してしまったのではないか。

寺原に与えられた公安警察官としての任務は、ただ、沢地や田所から黛に関する情報を聞きだして、警視庁公安部に報告することだけだった。寺原は依織と男女の関係を結ぶことによって、その指示を実行した。そこまでは明確なのだ。

そのあと、依織が田所を殺害したのは、計算外だった。それに焦った寺原は、公安部からの指示もないのに、自己保身のために依織を自殺と見せかけて殺害したのではないか。

ただ、無紋はそういう説明だけではあまりにも形式的で、事件の本質を捉えているようには思われなかった。やはり、Jというタトゥーの、肉体的刻印としての意味をもっと考えなければならないのだ。寺原と依織の間に成立していた支配と被支配の関係は、多分に性的なものを含んでいたのは間違いないだろう。

タトゥーという刻印を通して、依織を肉体的にも精神的にも支配していた寺原は、依織を田所に接近させながら、同時に自分に忠誠を誓う依織に対して、ますますサディスティックな感情を募らせていったのではないか。そういう変態的な欲望と口封じという現実的な方便が混沌として溶け合い、まるで自分の肉体の一部を抹消するように、寺原が依織を殺害したような気さえしていた。

あの優しい寺原のイメージが、いつの間にか無紋の頭の中で、そんな化け物じみた凶悪な姿に変貌を遂げていたのだ。無紋はそう考えたとき、サイコパスという言葉を思い浮かべていた。

だが、無紋は妄想にも近い自分の内面を杏華に見せる気はなかった。やはり、杏華には判明した客観的事実をぶつけ、その反応を見るしかなかった。

「ただ、寺原については、彼が社会共進党の支持者だとすると、説明できない不思議なことがあるんです。彼の免許証から、世田谷区にある彼の住所と本籍地を突き止めたのですが、世田谷区役所には一切の記録が残されていませんでした。彼は本籍地記載の住民票を提出することなく、免許証を取得していると考えるしかありません。こんなことができるのは、透明人間か、そうでなければ――」

ここで無紋は言葉を止めて、じっと杏華の顔を見つめた。

「公安警察官ですか。それも極秘の任務に就いている――」

杏華はつぶやくように答えた。事態の深刻さは分かっているのだろう。もし寺原が公安警察官だとしたら、組織ぐるみの犯罪だともみなされかねないのだ。

無紋には杏華が公安警察のために、殺人まで肯定する人間にはとても見えなかった。従って、その点はあくまでも杏華の良心に訴えるつもりだった。

「ですから、桐谷管理官――」

ここで無紋は初めて、杏華の役職で呼びかけて、さらに強く杏華の心に訴えかけようとした。

「ここに至っては、本当のことを教えて欲しいんです。あなたは、やはり、警視庁公安部、具体的には浜岡総務課長の指示を受けて、捜査本部の捜査動向を探り、浜岡さんに報告していたんですね。それをまず、お認め願えないでしょうか？」

無紋は杏華の目をじっと見つめ、肯定の返事を待った。だが、杏華の返事は、無紋を失望させた。

「いえ、何度聞かれても私の返事は変わりません。私が弁天代署に派遣されてきたのは、あくまでも今年から始まった新人事制度に基づくものです」

やはり、これがエリートのキャリア警察官の限界なのか。無紋は心の中でつぶやいていた。

「では、公安警察官の中で、寺原という男はご存じありませんか？」

無紋は軽くため息を吐いたあと、気を取り直すように訊いた。

「知りません。それは本当です。浜岡さんからも、寺原という名前など聞いたことがありません」

杏華の言葉は、少なくとも真摯に響いた。無紋は思わず微笑んだ。杏華の良心が僅かに覗いた答えのように思えたのだ。

確かに、杏華は寺原のことなど知らないのだろう。ただ、その一つ前の質問に対する答えが、必ずしも本当のことを言っていないことを自ら認めたとも解釈できる言葉だった。

「とにかく、無紋さん、この問題についてはもう少し考えさせてください。自分でも調べてみたいことがあります」

杏華は、これまで一度も見せたことがないような、せっぱ詰まった表情で言った。杏華が公安警察官としての使命感と人間的良心の狭間で苦しんでいるのは明らかだった。

だとしたら、ここは無理押しすべきではないと無紋は判断していた。無紋は大きくうなずくと、目の前のコーヒーカップを口に運んだ。

無紋は、理由は分からないものの、この難解な事件の先に、少しだけ光が見えたような気がしていた。事件の解明には、絶対に杏華の協力が必要なのだ。依織の死を無駄にしたくはなかった。

不意に、無紋の脳裏に依織の死体写真の顔が浮かんだ。その顔はだまし絵のように、〈タ・ス・ケ・テ〉という口形を伝える死んだ姉の顔に変化した。

3

かびの臭いが室内に充満していた。夜の八時過ぎの弁天代警察署七階の倉庫だ。

そこに、無紋と中山、それに徳松が集まっていた。無紋の判断で、なたねは外した。まだ若く、将来のあるなたねをこれ以上、この深刻な事件に巻き込みたくなかった。

年齢的には中山も若いが、これまでの無紋との関係で言えば、今更、中山を外しても意味がないほど、すでに深入りさせてしまっている。

「やばい事件だぜ。もう俺たちの力の限界を超えてるんじゃねえの」

徳松が、辺りを憚《はばか》ることなく、大声で言い放った。そんな時間帯には、三人の他には誰もいるはずがなかった。倉庫という場所は、昼間でも署員が入って来ることはきわめて希な場所なのだ。

微弱な蛍光灯の光がぼんやりと映しだしているものは、壁際の棚の上に並べられた機動隊員用の楯や防護服やヘルメット、それに番号や記号を貼付された、書類の詰まった段ボール箱くらいである。その割に空間的には広いから、妙にガランとした印象を受ける。

依然として蒸し暑い夜だったが、冷房はなく、天井の大型扇風機が回る中での立ち話だった。

無紋はついに寺原について、ほとんどすべてのことを話していた。むろん、一部には無紋の推測も含まれていたが、それは非常に蓋然性の高い推測に思われた。

「でも、徳松さんの口から無紋さんの情報が伝われば、捜査本部は寺原を本格的に追い、居所《いどころ》を突き止めることができるでしょ。記録上、存在しない男だって言ったたって、透明人間じゃないんですよ。無紋さんは現に会っている、いや、無紋さんの大学時代の友人なんですから、寺原は間違いなく実在する男なんです」

　中山が突っ込むように言った。無紋は腕組みしたまま、しばらくの間、黙り込んでいた。

「ところが、そう単純じゃあねえんだよ」

　徳松が苦虫をかみつぶしたような表情で、再び、話し出した。

「刑事部と公安部の対立と言っても、事態がここまで深刻になると、警視庁や警察庁の幹部は対立を捨て、保身に走るものさ。確かに、さっき無紋さんが言ったように、これが公安部全体の絡んだ組織ぐるみの犯罪か、それとも寺原という公安警察官個人の犯罪かは微妙だろう。だがな、考えてもみろよ。実際、これが寺原個人の犯罪だったということが、俺たちの捜査で明らかになったとしても、そんなこと世間の誰が信じる？　公安部、いやそれどころか、警察全体がグルだったと世間は思うにちげえねえ。一人のいけ好かないジジイの政治家を守るために、警察が束になって、たった一人の可哀想な女子学生を葬り去ったと世間は騒ぎ立てるだろう。そうなったら、警察庁長官や警視総監が辞任したって、追いつかねえよ。もちろん、そんなお偉方が辞任したって、俺の知ったこっちゃねえが、警視庁の幹部たちは違う。何しろ、やつらの出世が掛かってるからな。だから、よほど確かな客観的な証拠がない限り、今日の無紋さんの話を捜査会議で持ち出すわけにはいかねえよ」

「証拠なら、あるじゃないですか。無紋さんが調べたように、寺原は本籍地記載の住民票を提出することなく、免許証を取得してるんですよ。捜査本部が強制捜査を決断して、運転免許本部のガサ入れをすれば、その証拠は摑めますよ」

中山はなおも言い募った。無紋の気持ちを代弁しているつもりなのだろう。

「そんなことをして何になる？　その程度のことは、公安の刑事《でか》なら誰でもやってるぜ。ニセ名刺どころか、ニセ会社、それに公的記録の改竄《かいざん》だってやりかねない。しかしな、人殺しは別だ。それが証明されたからって、寺原が間違いなく、依織と橋詰の殺害に関与した証拠には、まったくならねえんだぜ。彼の犯罪を裏づける内部告発が、公安内部から出れば話は別だが、例の女管理官にそれを期待するのも無理だろ」

「いや、彼女も事件の全容を摑んでいるわけじゃない。寺原のことを知らないというのは、本当だと思う。彼女の上司の浜岡は確実に寺原のことを知っていると思うが」

ここでようやく、無紋が口を再び開いた。それは無紋がつい最近会った杏華の発言から、無紋が受け止めた正直な印象だった。

「それが連中のやり口よ。それぞれの公安警察官をこき使いながら、横の連携は取らせねえんだよ」

「じゃあ、結局、徳松さんは、この件にどう対処するつもりなんですか？」

中山が業を煮やしたように訊いた。相変わらず、苛立ちの籠もった口調だった。

「今のところ、静観するしかないな。そして、結局、『国会議員秘書殺人事件』が、最初の想定通り、パパ活関係のもつれによる犯行で、被疑者が自殺したという決着になってもそれはそれで仕方がないだろ。それで八方丸く収まるんだ。黛も、安泰、安泰ってわけだよ」

「そんな馬鹿な！　無紋さん、それでいいんですか？」

中山が無紋の顔を覗き込むようにして訊いた。中山が、それほど正義感を剝き出しにすることも珍しかった。

「いや、中山君、徳松さんにも立場というものがあるから、この話はここまでにしよう」

無紋は落ち着いた口調で言った。

「諦めるって意味ですか？　無紋さんが、せっかくこんなに調査したのに」

中山がさらに気色ばんで言った。その顔は、幾分紅潮している。

「いや、そうは言ってないよ。ただ、徳松さんは何と言っても捜査本部要員なんだから、そのへんは我々も考慮しなくっちゃいけないって意味だよ」

中山はなおも不満の様子だったが、それ以上は口を閉ざした。

「無紋さん、――」

徳松がさすがに元気のない口調で言った。その沈んだ表情を蛍光灯の光が照らし、顔の輪郭に隈《くま》のような微妙な陰影を作り出している。無紋も中山も、そんな落ち込んだ様子の徳松を見たことがなかった。

「あんたにはいろいろな協力をしてもらったのに、すまねえ。でもなあ、俺には女房以外にも、婚活中の娘が二人いるんだ。まだ警察を辞めるわけにはいかねえんだよ」

徳松は、そう言い捨てると、無紋の返事を待たずに、出入り口の方向に歩き出した。無紋も中山も、その悄然《しょうぜん》とした背中を見送るだけで、特に声を掛けなかった。やがて、徳松の足音は倉庫の外に消えた。

「何だ、徳松のオヤジも案外だらしないですね。普段の大言壮語《たいげんそうご》はどうしたんですか。所詮、刑事部と公安部は違うんだから、捜査本部が寺原を逮捕することは可能でしょう」

徳松の姿が消えた途端、中山が言った。まるでまだ見えている徳松の背中に向かって、怒りをぶつけているような口調だった。

「それはそうだが、なかなか理屈通りにはいかないよ。事態があまりにも深刻であることに気づけば、刑事部の上層部だって、ある程度の政治的判断を下すだろうからね。それに、徳松さんが言ったように、証拠は皆無だ。彼が不正な手続きで免許を取得したとしても、それは谷島や橋詰の殺害を何ら立証していない」

「でも、橋詰を殺害した若い男というのがいるでしょう。こいつを捕まえれば、また道が開けるでしょ」

「その通りだ。だが、おそらく、そいつもそんなに簡単に捕まるとは思えない。むしろ、俺はもう一度、寺原に個人的に会おうと思ってるんだ」

「会えるんですか？」

「分からない。今のところ、『ササノ書房』の編集長と称する男に頼んでおいた、俺の伝言が寺原に伝わっているかどうかも分からない。少なくとも、寺原からの連絡は来ていない。しかし、頭のいい寺原が、俺から逃げ回ることはないと思う。彼は俺が谷島や橋詰の事件について、彼の関与を示す何の客観的な証拠も摑んでいないことは分かっているはずだ。だから、俺から逃げ回る必要はないし、逃げ回れば、かえって関与を認めることにもなりかねないだろう。どこかで偶然にでも会えば、彼は親しげに俺に話しかけてくるに違いない」

「でも、無紋さんが一人で会うのは、危ないな。谷島や橋詰が口封じで消されたとしたら、寺原から見たら、もう二人くらい消さなきゃいけないヤツがいるでしょ。一人は、橋詰殺しの実行犯ですよ。そして、もう一人は――」

「俺だろ」

無紋が合いの手を入れるように言った。中山の言うことは、論理的には理解できた。しかし、実感はまったく湧かなかった。寺原のさわやかで優しげな顔のイメージは、まるで時間が停止しているかのように無紋の頭に留まり続けているのだ。

「それで君は、俺のボディーガードでもやってくれるというのかい?」

「もちろん、やりますよ。無紋さんが望むなら」

「いや、望まないよ。そんなことをしたら、俺が寺原に会う機会はますます失われちゃうよ」

無紋と中山は、出入り口まで歩き、中山が鍵で、戸を施錠した。外に出ると、そこは吹きさらしの屋上になっていて、さすがに夜になると、若干暑さが緩み、涼しげな風が吹き抜けていた。

無紋は何気なく空を見あげた。上弦の月が見えた。

「今日は、どことなく月の形が寂しいねえ」

「さすが無紋さん、言うことが文学的ですね」

中山もようやくいつもの調子に戻っていた。

「そうかい。俺の言うことが文学的じゃないんだ。どんな言葉も、文学的に響く状況ってもんがあるんじゃないの」

無紋は言いながら、死んだ依織のことを考えていた。依織が本当に寺原に殺害されたとしたら、あまりにも哀れだった。

中山は特にコメントは加えなかった。二人はエレベーターのある反対側の階段の方向に歩いた。

4

無紋は三日間連続で、夕方の六時から九時近くまで、「ササノ書房」の入っているビルの目の前にあるコンビニ横のビルの陰で張り込んでいた。この時間帯は、無紋が統括するシマの指揮は、主任の中山にほぼ全面的に任せていた。

こんな状況の中では、さすがに葛切も、不安そうに無紋を見つめることが多くなっていた。完全に事情を呑み込んでいるわけではないが、無紋のシマの異変には多少なりとも気づいているのだろう。ただ、そうであっても、一目置いている無紋に向かって、直接注意することができない、気の小さな性格なのだ。

無紋も、本来の仕事をまったく無視しようと思っていたわけではない。張り込みを夕方から始めるのも、そのほうが寺原の姿を捉える可能性が高いと思ったというより、日中の監視は時間が長く、本来の仕事をまったく無視しない限り、実質的に不可能だと思ったからである。

たまたま会社に姿を現した寺原が帰るときに、声を掛けようと考えていた。ただ、何時まで張り込めばいいのか、時間的に決めていたわけではない。室内の明かりは、外からも確かめられたので、明かりが消えて、最後の一人が外に出てきたとき、張り込みを終了しようと決めていた。

そのビルには、他の会社も入っていたが、建物の出入り口は一ヵ所だったので、見逃す可能性は低い。その代わり、他の会社の人間もその出入り口を使うため、「ササノ書房」の社員かどうかの判断は難しかった。何しろ、無紋が顔を知っているのは、寺原を除けば、友永という編集長と、二名の女性社員だけなのだ。

ただ、三日間とも明かりが消えてから、最後に建物の出入り口の外に出てきたのは友永一人だった。その時間帯には、他の会社はすべて終業しているようだった。そして、友永が出て行ったあと、決まってビル管理会社の警備員と思われる男の姿が、扉のガラス越しに映り、施錠しているのが分かった。

無紋は、この時点では友永は寺原の部下に当たる公安部の刑事だろうと判断していた。編集長と副編集長を、世間の年齢的常識と入れ替えているのも、ある種の偽装で、そうすることによって、寺原が自由に動けるようにしているのかも知れない。実際、寺原はほとんど会社に顔を出さず、自由な立ち位置を確保しているように見えた。

張り込みは四日目に入っていた。八月二十九日だったが、残暑は厳しく、最高気温三十五度の猛暑日となっていた。夕方から夜にかけてもかなりの蒸し暑さで、無紋はペットボトルの水を絶えず体に補給しながら、これまでに経験したことのない忍耐の時間を過ごしていた。自分が、何のためにこんなことをしているのか、分からなくなり始めていた。

　仮に寺原に会えて、会話ができたとしても、突破口を見つけるのは困難に思えた。もちろん、無紋としてはこうなった以上、彼が公安の警察官ではないかという疑問を直接寺原にぶつけるつもりだった。

　だが、寺原がそれを素直に認めることなどあり得ないだろう。いや、仮にそれを認めたとしても、依織や橋詰の殺害への関与を認めさせるためには、数え切れないほど多くのハードルがあるのだ。

　だが、それは僥倖のように突然起こった。夜の七時過ぎ、「ササノ書房」の明かりが消える前に、建物の出入り口から、突然、寺原が姿を現したのだ。

　そんな絶望感に襲われているときに、ふと目の前に寺原が現れたため、無紋にはその姿はまるで砂漠の蜃気楼のように映っていた。だが、必死で正気を取り戻し、寺原に近づこうとした瞬間、寺原の着ていた半袖のワイシャツの胸ポケットの携帯が鳴った。無紋は思わず、左手に嵌めた腕時計を見つめた。午後七時十二分。

　無紋はそのあと、慌てて後ずさりし、コンビニ横のビルの陰に再び隠れた。本能的な動作だった。寺原との距離は、ざっと十メートルほどだ。うまくいけば、声も聞き取れる位置関係かも知れない。

寺原は、左肩に黒のショルダーバッグを掛けたまま、携帯を右手で取り出して応答した。未だに視力のいい無紋は、耳だけでなく、目も凝らした。音声を聞き取れなかった場合、読唇術の能力を生かすチャンスだった。

「ああ、ニシ――」

一瞬、車のクラクションが聞こえたため、音声としては聞き取れなかった。だが、唇の動きで、そこまで読み取ったと思った瞬間、通行人が無紋の前を横切り、無紋の視界が遮られた。

再び、寺原の姿が見えた。しかし、今度は読唇術を使う必要がなかった。はっきりと寺原の声が聞こえてきたのだ。

「今、路上だから、話せないんです。あとで折り返します」

ひどく早口だったから、唇の動きだけでは、とうてい解読できなかっただろう。

寺原はすぐに電話を切ると、足早に国道の方向に歩いた。無紋の反応が遅れた。そのまま寺原に話しかけるべきか、予想外な迷いが生じていたのだ。しかし、その迷いの原因は無紋にも分明ではなかった。

寺原が右手方向に向かって、手を挙げているのが見える。タクシーが止まった。素早い動作でタクシーに乗り込むと、タクシーはすぐに走り去った。あっという間の出来事だった。

無紋は底の知れぬ自己嫌悪に駆られた。何のための時間を掛けた張り込みだったのだ。なぜ寺原に話しかけることを躊躇したのか。

次の瞬間、無紋ははっと思い当たった。やはり、その躊躇は読唇術と無関係ではなかった。寺原の短い応答は、音声部分を聞き取れたおかげで、ほとんど分かっていた。

「ああ、ニシ――、今、路上だから、話せないんです。あとで折り返します」

読唇術で読み取った部分は、ほんの僅かだった。「ああ」と「ニシ――」だけである。「ニシ――」の部分は、明らかに人名だった。従って、寺原は電話に出たとき、最初に「ああ、ニシ――君ですか」あるいは「ニシ――さんですか」と言ったのではないか。

「君」だったか「さん」だったかは、たいした問題ではない。仮に、それが分かっていたとしても、男女の性別を特定するのは困難に思えた。どちらの場合も、相手の年齢や上下関係で「君付け」も「さん付け」もあり得るだろう。

しかし、寺原に電話を掛けてきた人物が、頭に「西」という漢字の付く、苗字の人物である可能性が高いように思われた。

苗字ではなく、名前の可能性もゼロとは言えないが、そのあとに続く丁寧語などから考えると、名前で呼ぶような相手ではないというのが、無紋の直感だった。

この人物が特定できれば、寺原の周縁からもう一度客観的に事実関係に迫ることができ、寺原との直接対峙よりは、好ましいのではないかという判断が、無紋の脳裏を過ぎったのだ。

あくまでも正攻法で実証的に物事を解決しようとする、無紋らしい考え方だった。それが、あの一瞬の躊躇に繋がったのかも知れない。

だが、冷静に考えてみると、仮にそれが寺原と同じ仕事に就いている公安警察官からの連絡だったとしても、頭に「西」の付く苗字というだけでは、その人物を特定するのは、きわめて難しいだろう。西野。西山。西川。西寺。西岡。西口。西谷。西峯。

無紋は思いつくだけの苗字を口に出してつぶやき、諦めたように空を見上げた。思った以上に様々な苗字があることに愕然としたのだ。

やはり、あの一瞬、寺原に話しかけるべきだったのか。

無紋はその言葉を声に出してつぶやき、肩を落とすと、力のない足取りで、ＪＲ中野駅方面に向かって歩き出した。

5

無紋は自宅に帰ると、「食事とお風呂のどっちにする？」と訊く里美を生返事でやり過ごし、二階の書斎に直行した。デスクの椅子に座り、正面の書棚の上に置いてあった『全国警察幹部職員録』をデスクの上に広げた。

公安部の幹部の氏名を調べるつもりだった。一度浜岡の氏名を確認するのに使っていたが、改めて見ると、公安部に限って記載されている氏名が少ないのに驚かされた。

トップの公安部長と、浜岡などの九名の課長、それに公安機動捜査隊長の氏名が載っているだけなのだ。これは部長、課長だけでなく、多くの理事官・管理官などの氏名がずらりと並んでいる刑事部や生活安全部に比べて、いかにも対照的だった。

やはり、氏名を秘匿すべき役職に就いている者が、公安部には多いのだろう。それはともかく、この職員録に載っている十一名の公安部幹部の中には、「西」という漢字を含む苗字の者は一人もいなかった。

無紋としては、一応、寺原に掛かってきた電話が、公安部の上司からという想定で調べていた。しかし、こうなると、部下からの電話であった可能性も出てくるのだ。

実際、丁寧語で話していたが、寺原の本来の性格から考えると、部下に対してもああいう口の利き方をしてもまったくおかしくないだろう。特別丁寧な口調というより、寺原にとってはごく普通のしゃべり方だったような気がするのだ。

だが、そうだとすれば、調べようがないことに今更のように気づいた。この職員録には、公安部の場合、管理官レベルでさえも載っていないのだ。無紋は暗澹《あんたん》たる気持ちになって、深いため息を吐いた。

そのとき、階段を上がって来る足音が聞こえた。扉を開けっ放しにしてあった部屋の外の廊下に顔を出したのは、娘の志保だった。

「パパ、ご飯できたって、ママが言ってるよ」

どうやら、無紋は先に食事をするという意思表示をしたらしいが、まったく覚えていなかった。

「分かった」

無紋はぶっきらぼうに答えた。

「それと、パパ、ちょっと訊いていい？」

それどころではないと思ったが、無紋は黙ったままだった。訊いてよくない理由を説明するのも、面倒だったのだ。

「今日、大学で仲のいい女の子にパパの読唇術のことを話したら、その子、すごく興味を持っちゃって、いろいろと訊いてきたんだけど、私、嘘を教えちゃったのかも知れないの。ほら、あれ何だったかしら？　同口形異音《どうこうけいいおん》と言うんだったかな。口の形は同じだけど、音が違うグループ」

「『キ・シ・ジ・チ・ニ・リ』のことだろ」

無紋は不機嫌そうに答えた。

「そうそう。ねえ、それ何かに書いて。明日、その子にちゃんと正しいことを教えてあげたいの」

志保は父親の不機嫌など、まったく意に介していないようだった。おそらく、そんな反応に慣れっこになっているのだろう。

無紋は、デスクの左上に置かれていたメモ用紙を一枚破り、そこに鉛筆で、「キ・シ・ジ・チ・ニ・リ」と書き付けた。その瞬間、不意に、奇妙な感覚に襲われた。その六つのカタカナの中に、「ニ」「シ」「キ」「リ」が含まれており、人間の苗字に使われる、いかにもありそうな苗字としては、「西」の付くもの以外にも、「岸」と「桐」も有力であることに気づいたのだ。いや、実を言うと同口形異音は他にもあるのだが、頻度という観点から、これらの六音が特に強調されるのだ。

無紋はしばらくの間、忘我状態でそのメモ用紙を凝視した。要するに、「西」も「岸」も「桐」も口形では区別できないことを意味している。

無紋は、目の前に開かれたままになっていた『全国警察幹部職員録』のページに、もう一度視線を戻した。そこには、「岸」および「桐」という漢字も見当たらない。

不意に、ある思いが無紋の胸奥を閃光《せんこう》のように走り抜けた。ひょっとしたら、寺原は「ああ、桐谷君ですか」もしくは、「ああ、桐谷さんですか」と言ったのではないか。考えてみれば、「ああ」という発語は、上司に対するものとしては、いささか非礼に響くだろう。もちろん、寺原が公安警察官だとしても、その役職や階級は分からない。ただ、杏華と学歴は同じだから、年齢が上の寺原が上司である可能性のほうが高いはずだ。

それに、無紋は実際には寺原が「キリ」と言ったのに、それを「ニシ」と読み違えたとしたら、その原因は分からなくもなかった。無紋は、読唇術が文脈的な推測に大きく依存している能力であることを改めて思い知らされていた。

あの電話が掛かってきた状況では、寺原が相手の苗字を口にすることが予想され、その場合、頻度という意味では漢字の「西」が付く苗字が、あの短い咄嗟の判断の中では、一番思いつきやすかったとは言えるだろう。「西」と「岸」では、大差はないが、無紋はたまたま「西」という漢字を思い浮かべてしまったとしか、言いようがないのかも知れない。

逆に言うと、「桐」という漢字を思い浮かべなかった理由を説明するのは難しくなかった。二つの漢字に比べれば、「桐」を含む苗字は頻度が低いだけでなく、桐谷という苗字を持つ杏華から寺原に電話が掛かることなど、無紋が想像していなかったからだろう。

杏華は、寺原という名前など知らないと断言していた。そして、その時点では、無紋は杏華が嘘を吐いていないと判断していた。ところが、無紋のこの推測が正しいとすれば、杏華は寺原と連絡を取り合う関係だったことになるのだ。無紋は、杏華に対する、最低限の信頼さえ、音を立てて崩れていくのを感じていた。

「パパ、これもらっていくよ」

志保の手が伸び、メモ用紙が無紋の視界から消えた。無紋はようやく我に返った。

志保が階段を下りる音が聞こえてくる。その足音に被るように、志保の声が続いた。

「パパ、早く下りてきてね。ママがイライラしてるよ」

それでも、無紋は返事をしなかった。事態は、無紋にとって、あまりにも不透明になり過ぎていたのだ。

6

無紋は翌日の午後三時過ぎ、「セレナーデ」で杏華に会った。無紋も杏華も、弁天代署で勤務中だったが、無紋は杏華の携帯に電話を掛け、強引に面会を申し込んだのである。二人とも、署内では自由に動けるという意味では同じで、何かの仕事にかこつければ、そんな時間帯に外に出ることは不可能ではなかった。

二人が、「セレナーデ」で会うのは、これで三度目だった。無紋は時間的な効率から言って、弁天代署近くの喫茶店も考えないではなかった。だが、やはり、他の署員に見られる可能性があり、かなり離れている新宿のほうが安全だった。

「それで、重要なお話って何ですか？」

従業員がコーヒーとレモンティーを置いて、立ち去ると、杏華は間髪を容れず訊いた。その口調に、もはや以前のような余裕は感じられなかった。表情も、若干、憔悴《しょうすい》しているようにさえ見える。

前回顔を合わせてから、四日ほど経過していたが、その間、杏華が何を考え、どんな行動を取っていたのか、無紋にもはっきりとは分からなかった。

ただ、杏華ほどの聡明な頭脳の持ち主であれば、これまでの状況から言って、寺原なる公安の人物が、捜査本部事件、特に依織と橋詰の殺害に深く関わっていることを分からないはずはないだろう。しかし、杏華はその寺原のことをまったく知らない人物だと言い張っているのだ。無紋はもはや杏華が嘘を吐いていることを確信していた。

　奇をてらった質問をする気はなかった。正攻法にその部分から攻め、やはり、人間としての杏華の良心に訴えるしかない。

「もちろん、寺原君のことです。あなたが、彼の知り合いだということが判明したんです」

　無紋はずばり言い切った。無紋らしくない、はったりを多少とも含んだ言い方だったかも知れない。だが、それもやむを得ないだろう。これは杏華との、のるかそるかの大勝負なのだと、無紋は自分自身に言い聞かせた。

「おかしなことを仰いますね。何度も申しあげていますように、私、寺原という人など本当に知らないんです！」

　杏華はほとんどヒステリックに叫ぶように言った。無紋のしつこさに辟易しているような口調でもあった。

　平日の午後三時という時間帯だったので、店内は空いていたものの、下手をすると、他の客に聞こえてもおかしくないような声だった。だが、室内には比較的音量の大きい昔の映画音楽が流れていたため、無紋たちのほうに視線を投げる者もいないようだった。

杏華が取り乱しているのは明らかに思えた。無紋は、杏華を落ち着かせるように柔らかな口調に戻って、言葉を繋いだ。

「そうかも知れません。でも、寺原君は公安部の中では別の苗字を遣っている可能性があります。ですから、寺原でなくても、それらしい人物で思い当たるような人はいないでしょうか?」

「ですから、そんな人もいません。私だって、私の周辺にそういう人がいれば、当然、気づくはずです」

無紋は、軽くため息を吐いた。判断が難しかった。やはり、改めて問い質してみると、杏華が嘘を吐いているようには思われなくなってくるのだ。ただ、そういう甘い判断が命取りになると、無紋は自分自身に言い聞かせた。

「では、すみません。もう一つだけお訊きしてよろしいでしょうか? 非常に具体的な質問です」

無紋は杏華の目をまっすぐに見つめて言った。杏華が否定したときの次のステップとして、あらかじめ考えていた作戦だった。杏華も挑むような真剣な眼差しで、小さくうなずいた。

「昨日の夜の七時十二分頃、どなたかに電話を掛けませんでしたか？」

　杏華は一瞬、拍子抜けしたような表情をした。確かに具体的な質問だったが、その質問の意図が分からなかったのだろう。

「昨日の夜の七時十二分頃ですか」

　杏華も冷静さを取り戻したような口調で、無紋の言葉を繰り返すと、右手でデニムパンツの後ろポケットからピンク色のスマホを取り出して、ディスプレイを見つめた。そのとき、無紋は、杏華の右手首にかなり大きな打撲痕のようなものがあることに気づいた。

「ああ、十九時十一分、つまり、午後七時十一分に浜岡さんに掛けていますね。私が浜岡さんに連絡することなんか、一日に何度もありますから、いちいち何時に掛けたなんか、覚えていませんでしたけど」

　杏華はごく普通の口調でそう言うと、そのスマホを無紋の目の前に突きだした。疑い深い無紋を納得させるためには、本来、秘密のはずの携帯の送受信記録を見せるしかないと思ったのかも知れない。

　無紋は自分自身の不規則な心臓の鼓動を聞きながら、反射的にスマホを受け取り、ディスプレイを凝視した。

　左側に浜岡という苗字と携帯番号。右側には「発信」という漢字と、08/29という昨日の日付、それに19:11という発信時刻が表示されている。

無紋の全身を、得体の知れない悪寒のような衝撃が走り抜けた。一分違いの誤差は許容の範囲で、無視していい。いったい、この符合はどういうことなのだ。不意の舞台の暗転のように、すべての文脈が失われたように思われた。

だが、暗闇の中で点された蠟燭《ろうそく》の光が、徐々に周囲の事物を照らし出すように、途方もない事実の輪郭が、無紋の虚ろな目に映り始めた。あり得ない。無紋は心の中でつぶやきながら、同時にその事実を受け容れなければどうにも説明の付かない状況であることは理解していた。

「とんでもないことになりましたね」

無紋はスマホを返しながら、上ずった声で言った。

「どういう意味ですか?」

杏華も無紋のただならぬ様子に、動揺を隠せない表情だった。だが、一体何が起こっているのか、まったく理解していないようでもあった。

「あなたは、昨日、その時刻に確かに寺原君に電話していたんです。つまり、浜岡さん、んと寺原君は同一人物なんです」

啞然とする杏華の表情は、無紋の目には磨りガラスの向こうに映る亡霊のようにしか見えなかった。こんな大きな詐術があるだろうか。無紋は、心の中でこの言葉をつぶやき続けた。

「どういうことですか？　そんな馬鹿なことがあるはずないでしょ。ちゃんと説明してください」

無紋は、杏華の怒ったような強い口調の言葉を聞いて、はっと我に返った。それはそうだった。無紋の次の仕事は、杏華に昨日の出来事を説明し、杏華を全面的に納得させることだったのだ。

7

「そうだったんですか。まったく分かっていませんでした」

杏華は、無紋の話を聞き終わると、呆然とした表情でつぶやくように言った。杏華にとって、無紋の話はあまりにも具体的で、他の解釈の余地のないものだったのだろう。

浜岡は普段、仕事の話では「桐谷さん」と呼びかけ、基本的には丁寧語で話したというから、やはり、あの応答は、「ああ、桐谷さんですか。今、路上だから、話せないんです。あとで折り返します」が正解だったのだ。

ただ、無紋は杏華が「仕事の話では」という前置きを付けたとき、杏華と浜岡の間には、もっと深い関係があったのではないかという想像を巡らせていた。寺原が肉体関係を結んで、依織を籠絡《ろうらく》したように、浜岡が杏華を自由に使嗾する方法として、男女の関係になることを選んでも、まったくおかしくないように思われたのだ。浜岡と寺原は同一人物なのだから、そういう想像が働くのは、当然だろう。

だが、無紋はもちろん、そんなことを杏華に訊くつもりはなかった。

「桐谷さん、これを見ていただけませんか」

無紋は右脇に置いていた黒いバッグから、ブルーのクリアファイルを取り出し、その中から一葉の写真を抜いて、杏華に差し出した。昔撮った、教養ゼミの集合写真が自宅に残っていたのだ。ラウンドテーブルの中央に、ゼミの教授が写り、学生たちが左右に並んで座っている。一番左端に寺原がいて、その横にいるのが無紋だ。

「一番、左端に座っているのが、浜岡さんじゃありませんか？」

杏華はしばらくの間、目を凝らして見ているようだった。それから、低い声で言った。

「浜岡総務課長は普段は黒縁の太いつるの眼鏡を掛けていて、こんな穏やかな顔ではなく、もっと研《と》ぎ澄まされた印象です。ただ、たまにオーバル型の銀縁の眼鏡を掛けることがあり、その眼鏡を掛けた顔の印象は、この写真に似ています。いえ、年齢の変化を織り込めば、非常によく似ていると言っていいかも知れません」

無紋はもちろん、浜岡と寺原が同一人物であることを立証するために、こんな写真を用意していたのではない。寺原が公安部の中では、別の苗字を名乗っている可能性も考えて、その写真の中の寺原を見せて、思い当たる人物がいないか杏華に確認するつもりだった。ところが、あまりにも思いがけないことに、それが寺原と浜岡が同一人物であることを証明する証拠写真のようになってしまったのだ。

無紋は改めて目の前に座る杏華を見つめた。幾分上気したその顔は、いまだに呆然としていた。無紋は、しばらくの間黙り、杏華が落ち着くのを待った。

杏華は突然、テーブルの上に顔を伏せたまま、しばらくの間、顔を上げようとはしなかった。無紋がそんな杏華の姿を見るのは、もちろん初めてだった。だが、杏華はやがて顔を上げ、思ったより落ち着いた口調で話し始めた。

「でも、私もこの前無紋さんにお会いしてから、何もせずに手をこまねいていたわけではないんですよ。浜岡さんの話では、『3・8同盟』は『フェミニティー』という美容会社を作っていて、ピアスやタトゥーの施術で、金を儲け、それを活動の資金源にしているとのことでしたので、私もその点のことを独自に調べました。六年前になくなった私の父は警察庁のOBで、父と親しかった部下の人が、まだ警察庁に残っているんです。その人自身は、もう公安捜査の現場からは離れているので、何人かの現場の最前線にいる公安警察官を紹介してもらって、いろいろと話を聞くことができました。もちろん、『フェミニティー』のことを調べていると言っただけで、それ以上のことは何も言いませんでしたので、彼らも同じ公安警察官として、私にかなり詳細な情報を提供してくれました。でも、彼らの見解では、『フェミニティー』は橋詰などの『3・8同盟』の生き残りによって運営されているものの、政治目的はすでに失われ、単なる営利団体になっているって言うんです。その証拠に、『フェミニティー』は一部の保守党の政治家にまで、政治献金をしているらしいです。驚いたことに、そのうちの一人が、黛衆議院議員でした」

冷静さを取り戻して、理路整然と話す杏華を見て、無紋は若干安堵すると同時に、杏華のもたらす、その情報に少なからず驚いていた。『フェミニティー』までが、裏で黛と繫がっているとしたら、無紋にとって浜岡の意思がますます分からなくなってきたのだ。

「寺原君、いや、浜岡さんはそういう情報を知っていたのでしょうか?」

「もちろん、知っていたと思います。公安のそういう情報はすべて、浜岡さんの耳にも入りますから。でも、黛さんのことを浜岡さんが、どう考えていたかは分かりません。これまで、浜岡さんが私に対して、黛さんに言及することは一切ありませんでしたから」

「でも、あれほど話題の人物について、浜岡さんが一言も言わないのは、不自然だと思いませんか？」

「さあ、それは私には分かりません。でも、これも先ほどの公安筋の情報ですが、慈考学院大学の入試漏洩は、予想以上にやばい内容だったみたいです。黛は入試漏洩疑惑を理由に私学助成金の減額をしようとしていた文部科学省に圧力を掛け、平常通りの助成金を支給させ、その見返りとして、慈考学院大学から不正経理による高額の裏金を受け取っていたようなんです。その一件には、首相も絡んでいて、文部科学省の事務次官に『慈考学院大学の件、お手柔らかに頼むよ』と声を掛けたという噂もあり、発覚すれば、一大政治スキャンダルに発展する可能性があったようなんです。黛の秘書として、そんな秘密を握る田所はいつ消されてもおかしくない状況にあったのかも知れません」

これもかなり重要な新しい情報が含まれている発言だった。杏華は田所の殺害さえ、依織以外の人間によって実行された可能性があるという口吻《くちぶり》だったが、無紋はその点については、この時点でも依織による偶発的な殺人の可能性のほうが高いと考えていた。

だが、無紋はここで杏華と議論する気はなかった。他に、もっと聞きたいことがあったのだ。

「ところで、浜岡さんがあなたを私に近づかせ、私を捜査に関わらせるように仕組んだと私は感じているんですが――」

本音を言えば、このあとに、「もうそろそろ本当のことを教えてもらってもいいんじゃないでしょうか」と付け加えたかった。だが、過剰に皮肉に聞こえるのを恐れて、無紋はその言葉を呑み込んでいた。

「ええ、正直に言います。私が無紋さんに近づいたのは、彼の指示です」

杏華はきっぱりと言い切った。その言葉によって、無紋はようやく杏華との心理的距離が縮まったように思えた。

「弁天代署の生活安全課に非常に頭が切れ、しかも執拗な捜査活動をする無紋という刑事がいるから、その男を動かして、橋詰関連の捜査を進展させろというのが、浜岡さんの指示内容でした。でも、無紋さんと彼が大学で先輩と後輩の関係だったとは言いませんでしたから、私は浜岡さんが公安部の情報に基づいて、そう言っているだけだと思っていました」

「私が競馬をするということも、彼から聞いたのですか？」

無紋は笑いながら訊いた。たいした問題ではなかったが、大学時代は競馬などやったことがなかったので、それを浜岡がどうやって知ったのかと思ったのだ。無紋は、やはり細かいプロセスにこだわっていた。それに、そろそろコミック・リリーフが必要なタイミングにも思われたのである。

「いえ、あれは私が自分で調べたんです。それとあなたの学歴も」

「学歴はともかく、競馬の勉強は大変じゃなかったんですか。興味のないことを覚えるのは、誰にとっても辛いものです」

「違いますよ！　私がウマ女なのは本当です！」

杏華は強い口調で言い返した。ようやくいつもの調子に戻ったようだった。無紋は思わず微笑んだ。だが、すぐに真剣な表情になって訊いた。

「橋詰がまだ生きている頃、私を使ってその方面の捜査を進めるように浜岡さんがあなたに指示したのは、何故なんでしょうか？　普通に考えると、浜岡さんが黛衆議院議員に忖度するのであれば、その指示は逆のような気がするのです。そのまま放っておけば、田所の殺害事件は、パパ活関係のもつれによる谷島依織の犯行ということで、決着したかも知れないわけでしょ。私には、浜岡さんがそういう決着を望まなかったとしか思えない。実際、私と中山君が橋詰のスタジオに行ったことから、話は大きく展開し、橋詰が殺害されるという事態に至ったのですから」

「浜岡さんが『国会議員秘書殺害事件』をパパ活関係のもつれによる殺人として、決着させたくなかったのは確かです。浜岡さんは、頭がいいだけに、とても手の込んだことをする人だと思うんです。無紋さんが仰るように、橋詰に被害者の頸筋にライナーを使って、細工させたのは間違いないでしょうが、その偽装がいずれ見破られることは織り込み済みだったのではないでしょうか。でも、ご存じのように、私はその頃捜査本部の刑事たちと接して、情報を聞きだしていたので分かるのですが、谷島の自殺に関しては、疑う捜査員もいたけど、どちらかと言うと、自殺とする意見のほうが主流だったんです。私は、そのことを浜岡さんに報告していましたので、浜岡さんはそれでは事件が終わってしまうと判断して、無紋さんと接触して、動かすように私に指示したんだと思います」

杏華は、ここで一呼吸置いた。無紋は聞きながら、論理の流れとしては、杏華の説明に納得していた。しかし、依然として、浜岡が何故そんな行動を取ったのか、特に黛との関係では分からなかった。ただ、無紋は言葉を挟むことなく、杏華の話を聞き続けた。

「でも、何故浜岡さんが谷島の自殺で決着させたくなかったのかは、私にも分からないんです。浜岡さんという人は、具体的な指示を出すだけで、その目的についてはほとんど説明しませんから。いつも自分で考えろという態度なんです。でも、大物国会議員に忖度するような人間には、まったく見えないんです。ただ、秩序の維持に異常にこだわることは確かです。その秩序がいいものか、悪いものかなんて、まったく考える必要がないとも言っています。今、そこに客観的に存在する秩序を守ることこそが公安警察官の最大の仕事だと考えているようです。逆に言うと、秩序の決定的な案乱者に対しては、絶対に許さないような雰囲気があるんです」

そう言うと、杏華は深いため息を吐いて黙り込んだ。やはり、精神状態は完全には、回復していないようだ。不意にあまりにも予想外な事態を突きつけられたのだから、それも当然だろう。

しかし、無紋にも杏華の精神状態を配慮できるほどの余裕はなかった。実際、事態はあらゆる意味で切迫しているのだ。無紋は言葉を選びながらも、毅然とした口調でしゃべり始めた。

「私は少なくとも谷島と橋詰の殺害に対しては、寺原こと浜岡が関与していることを確信しています。谷島は、浜岡自らが殺害したか、あるいは他の誰かに指示して殺害させたのでしょう。橋詰の場合は、客観的状況から考えて、他の誰か、つまり、報道されている茶髪の若い男に殺害させた可能性が高い。問題はその二つの殺人に関して、どの範囲の、どの程度の数の公安警察官が関与しているのかということなんです。それがある程度推測できる人間は、私の交友範囲ではあなた以外にはいないんです。その点はどうお考えでしょうか？」

無紋はそう訊くと、杏華の目をじっと見つめた。杏華にとって、酷な質問なのは分かっている。しかし、今後の無紋たちの取るべき行動を決定する上で、避けては通れない質問だった。

杏華は覚悟を決めたように話し出した。その表情には壮絶な決意の色さえ滲んでいるように見える。

「仰るように浜岡さんの犯罪はもはや明らかです。しかし、これが公安全体の犯罪かと言われると、私にはそうは思えない。もちろん、浜岡さんだけの単独の犯罪ということもあり得ないでしょう。浜岡さんと何人かの公安の刑事が同じ意図を持って行った犯罪であることは確かですが、どれくらいの広がりがあるのか、その実態は私にも分かりません。公安警察官の横の連携は公安の中にいるかなりのベテランの警察官にもよく分からないらしいですから、ましてや公安の世界に入りたての私なんかに分かるはずがないんです」

無紋は杏華の言うことに対して、大きくうなずいた。それは無紋の想像とそれほど異なるものではなかった。無紋は、重ねて質問した。

「ただ、唯一の突破口は、橋詰を殺害したと思われる、茶髪の、目の吊り上がった若い男のことだと思うんです。浜岡さんの周辺にいるこんな人物は、ご存じないですか？」

「それが分からないんです。ただ、その人物については、無紋さんに是非聞いてもらいたいことがあるんです」

ここで杏華は父の命日に、実家にやって来た茶髪の、目の吊り上がった若い男のことをしゃべった。その男が薄いストッキングを着けていた可能性についても、言及した。

「すると、その男は橋詰殺害の実行犯とも似ているわけですね。そのことをあなたは浜岡さんとも相談したのですね」

「ええ、しました。最初は橋詰などの過激派セクトの誰かが、無紋さんたちを橋詰のスタジオに行くように促した公安警察官の私を牽制しているのだろうという話でしたが、今はそんなことは信じていません。私は、あの男も公安警察官だったと思っています」

「誰か心当たりはないんですか。浜岡さんと親しくしている若い公安警察官の男というのは——」

「それがないんです」

「では、『ササノ書房』で編集長をしている友永英二という男はご存じないですか？彼は見たところ、二十代半ばくらいの感じで、若いという範疇に入ると思うのですが」

「私、さっき無紋さんから教えてもらった『ササノ書房』についても、まったく知らなかったんです。ですから、その友永という男のことも——」

無紋自身、友永については、的確な判断を下せていなかった。「ササノ書房」が思想調査という名目で、警備企画課から予算を受け取っていたとしても、浜岡と友永が同じ目的で連携しているとは限らない。友永は、単に出版社を偽装して、大学の思想的動向を調べているとしか思っていない可能性もあるだろう。

「でも、男が着けていたかも知れないストッキングに私が言及したとき、浜岡さんは、特別な意味という言葉を遣ったんです。それが何故だかひどく気になるんです」

「特別な意味？　単に顔を隠すという意味じゃなくて？」

「ええ。帽子・マスク・サングラスや目出し帽に比べて、ストッキングは顔を隠すという意味では効果が薄いという意味のことを私が言ったとき、彼がその言葉を遣ったんです。そして、私は直感的に彼がその特別な意味を知っているのじゃないかとも感じたんです」

「顔を隠す目的以外だと、普通はあなたを怖がらせるためとか」

「いえ、その話も二人の間で出ていましたが、浜岡さんが言ったのは、そういう意味ではないと思います。でも、私には未だにその意味が分からないんです」

無紋にも分からなかった。ただ、杏華の言っていることは、考えるヒントにはなった。ストッキングを被ることによって生じる現象は、目が吊り上がり、口や鼻が押しつぶされ、ひしゃげた印象の顔になることだろう。それは、もちろん、人の恐怖心を煽る効果はあるのだが、浜岡が言及したのは、別の効果のことだろう。

やはり、すぐには思いつかなかった。無紋は話題を変えるように、もっとも重要な質問に踏み切った。

「今後のことは、どうお考えですか？」

若干、遠回しに訊いたつもりだったが、実質的には浜岡を告発する意思があるのかと訊いているのと同じだった。

「私が捜査本部に浜岡さんのことを話す意思があるのか、というご質問ですね。別に話すことを恐れているわけではありませんが、それをしても逆効果だと思います。彼の犯罪を知っている者は、公安部の中で限られており、それが誰かも分かりません。それに、客観的な証拠もありません。彼が寺原と名乗って公安活動を秘密裏にやっていたことが暴露されたとしても、名前を変えて捜査活動することなど公安警察官なら誰でもやることですから、彼が仮にそれを認めてもどうと言うことはありません」

無紋は「名前を変えて捜査活動する」という杏華の発言を聞いたとき、それは逆だと感じていた。無紋は大学時代から知っているのだから、浜岡がもともと寺原という苗字だったことは間違いないのだ。公安警察官になったどこかの時点で、浜岡と改名したのかも知れない。戸籍の変更を伴う改名だった可能性もある。

だが、そんなことを今更追及しても、それも決定打にならないのは確かだった。無紋は、杏華の話を中断することは避けた。

「逆に、私が彼を捜査本部に告発すれば、彼は秘密漏示罪《ろうじ》で私を逮捕する可能性があります。それに捜査本部の幹部だって、ことの深刻さに政治的判断を下して、積極的に捜査することは控えるかもしれません」

無紋は聞きながら、徳松の顔を思い浮かべていた。徳松の発言からしても、杏華の言うことには説得力があった。

「今のところ、打つ手なしですか？」

無紋はため息を吐きながら、ようやく口を開いた。

「いえ、一つだけ方法があります。私が囮《おとり》になって、彼が橋詰殺害のときに使った男を逮捕することです。彼らが、私を消しに掛かっているのは間違いありません」

「それは、危険すぎる！」

無紋は思わず大声で言った。それから、すぐに声を抑えて、付け加えた。

「それに、浜岡さんがあなたを消しに掛かるとは限らないでしょ」

「いえ、彼はすでに私の命を狙い、失敗しているんです」

「何ですって！」

無紋はまたもや声を高め、それから杏華の右手首の打撲痕を見つめた。その打撲痕とその「失敗」が何か関係があるように思えたのだ。

「三日前の夜の十一時頃、私、自分のマンションに入る門柱の前で、乗用車に轢かれそうになりました。必死で門柱の陰に倒れ込んで、かろうじて難を逃れましたけど。そのとき、右手首を打撲して、こんな風に……。でも、今にして思えば、その時間帯に私が帰宅することを知っていたのは、浜岡さんだけです。その直前に彼と携帯で話していて、今から家に帰ると話していましたから。もちろん、彼自身が車を運転していたわけではなく、誰かを、ひょっとしたら例の茶髪の若い男を使ったのかも知れません。私のマンション前の道路は、夜になると都心部の割に交通量が少ないので、轢き逃げには絶好の場所なんです」

「浜岡さんは、あなたのマンションの前の道路がそういう状態であることを知っていたのでしょうか？」

「ええ、もちろん、知っていました。私のマンションに何度も来ていますから」

そのとき、無紋と杏華の目が合った。無紋には、杏華が浜岡との男女関係を認めたようにも感じた。

「でも、一度失敗しているのに、もう一度狙って来るでしょうか？」

「ええ、狙って来ると思います。私、そのあと何度も車に轢かれそうになったことを浜岡さんと電話で相談しているんです。昨日の夜の七時過ぎに掛けた電話も、そのことに関連して、このところ、何度も掛けている電話の一つなんです。だから、浜岡さんは私が浜岡さんを頼り切っていると思っていて、私が彼を疑っていることには気づいていません。というか、私は今日の今日まで彼を実際に疑っていなかったのですから。それに彼が一番恐れているのは、無紋さんのような公安部の外の人間からの告発ではなく、公安部内部からの告発だと思います。それも彼の一番近くにいる人間からの。それが私なんです」

確かに、杏華の言う通りだと、無紋は思った。冷静に考えれば、無紋のような外部の人間の告発より、杏華のような身近な人間の告発のほうが、浜岡にとって脅威に違いない。だから、消される確率は、無紋より杏華のほうが遥かに高いことは否定できないのだ。

「だから、私、決めたんです。私の殺害を狙った犯人を現行犯逮捕して、その人物に浜岡さんの指示があったことをしゃべらせるしか、浜岡さんを弾劾《だんがい》する方法はないと思います。そのためには、無紋さんの協力がどうしても必要なんです」

杏華の言葉に、無紋が心を打たれていたのは間違いない。だが、同時に途方もないことになったとも感じていた。無紋の協力とは、おそらく杏華の身辺警護を密かに行い、杏華を襲ってくるはずの人物を現行犯逮捕することなのだろう。

そうであれば、無紋一人ではとても無理で、中山のような屈強な男の協力が必要だった。あるいは同性のメリットを考えれば、なたねの力も借りたいところだ。さらには、徳松の顔も浮かぶが、徳松の場合は、どういう反応をするのか、無紋自身、予測が難しかった。

だが、無紋はこういう複雑な感情のすべてを抑え込むように、きっぱりと答えた。

「もちろんです。私はどんな協力でもするつもりです」

杏華の顔に赤みが差したように思えた。目に薄らと涙が浮かび、僅かに微笑んでいるようにも見える。

映画音楽に代わって、モーツァルトの交響曲第二十五番の冒頭の旋律が流れ始めた。その不穏な旋律を聴きながら、無紋は全身の筋肉が激しく張り詰めてくるのを感じていた。

8

その日、杏華は里穂と夕食を一緒に食べることになっていた。三日前に、里穂から電話が掛かってきて、誘われたのだ。だが、杏華は返事をいったん保留した。この保留は、当初、杏華の頭の中では、断ったのも同然だった。

こんな緊急のときに、のんきな里穂の相手をしていられる暇などない。それに、いつ襲われるか分からない身の上なのに、まったく事情を知らない里穂と行動を共にして、危険に巻き込むことは避けたかった。

特に、里穂は公安部に属していると言っても、実践的な捜査などとは無関係な部署の人間で、何か緊急事態が起こったときに適切に対応できるとは思えなかった。

しかし、とりあえず電話で無紋と相談したとき、無紋の返事は意外だった。浜岡の監視の目は、あらゆるところに行き渡っている可能性があるので、そういう場合は警戒心を見せず、一見、無防備を装ったほうがいいというのだ。従って、誰の誘いであれ、その誘いは受けるべきだというのが無紋の意見だった。

杏華は改めて里穂に電話を掛け、神宮外苑《じんぐうがいえん》を抜けた先にあるイタリア料理店を予約したことを告げた。無紋の意見を重んじたというだけでなく、里穂と会うことによって生じる癒やしの効果も期待していた。実際、杏華の精神状態は、ギリギリのところで、かろうじて均衡を保っているように見えた。

里穂とはJR千駄《せんだ》ケ谷《や》駅改札で午後七時に待ち合わせた。神宮外苑を通り抜け、そのイタリア料理店に到着したとき、里穂が驚いたように言った。

「杏華さん、随分、高そうな店ですね。お金大丈夫ですか？　私、今日、あまりたくさん持ってないんです」

「大丈夫よ。私がカードで払うから。里穂ちゃんは、今日は接待だと思って」

杏華は笑いながら言った。普段は、二人が一緒に飲食をするとき、杏華が料金の三分の二程度を払い、残りを里穂が払うのが普通だった。確かに店は、外から見る限りでも、照明の抑えられたシックな雰囲気で、いかにも高級店らしい佇まいだった。

「ダメですよ。そんなことしてもらったら、もう私のほうから誘えなくなっちゃうじゃないですか」

「いいのよ、そんなこと気にしなくても。これからも、何度でも誘ってね」

杏華はそう言うと、里穂の背中を押すように店の中に入った。できるだけ、自分の警戒心を里穂に気取られることなく、明るく振る舞うつもりだった。

店内はそれほど広くはなかったが、テーブル間の距離にはゆとりがあり、くつろぐことができた。杏華たち以外に、一組の客が入っていた。横のテーブルは空《あ》いていて、その隣に夫婦らしい中年の男女、一番角《かど》のテーブルに若い男女のカップルがいるだけだ。怪しげな人物などいそうもなかった。

それでも、杏華はとりあえず、店内に入った途端、せわしない視線を他の客席に注ぎ、警戒を怠らなかった。明るく振る舞うことと、警戒心は矛盾するものではない。

その日はすでに九月に入っていて、最初の月曜日だった。杏華はいつもよりフォーマルな黒のパンツスーツに白いブラウスという服装である。

高級イタリア料理店を意識したというより、身体防御上の理由のほうが大きかったのかも知れない。

ジャケットの左内ポケットには、護身用の短い警棒を忍ばせていた。いざとなったら、そんな物が役に立つとも思えなかったが、気休め程度にはなるのだ。

「本当に今日が月曜日だと思うといやになっちゃいますよ。あと四日間も連続であの鬱陶しい人たちの顔を見なくちゃいけないんですよ」

赤のワンピースを着た里穂が若干、酔い加減の口調で言った。前菜から魚料理までの間に、杏華と里穂は白ワイン一本をほぼ空けていた。ただ、考えてみると、普段は半分ずつ分け合うように飲むのに、その日に限って、その大半を里穂が飲んでいた。

その理由は明らかだった。杏華には、帰宅時に誰かに襲われたとき、酔っているのは危険だという意識が働き、なるべく里穂に飲ませるようにしていたのである。従業員がそれぞれのワイングラスに注いだのは、最初の一杯目だけだったから、あとは里穂のグラスが空く度に、杏華が意識的に注ぎ足していた。

「でも、里穂ちゃんのところは平和でしょ。それが何よりなのよ」

杏華は自分でも思わず本音が出たなと思った。どんなに退屈で、鬱陶しかろうが、平和であることが一番であることをこの数ヵ月で思い知らされていた。近頃は、警視庁公安部第四課で里穂と一緒にデスクワークをしていた頃が、妙に懐かしくさえ感じられるのだ。

「それもそうですよね。でも、刺激がなさ過ぎるのも、やっぱり悲しいです。近頃は、私の唯一の楽しみも、なくなっちゃったんです」

「唯一の楽しみって、何だったかしら?」

「いやだ、杏華さん、もう忘れちゃったんですか。格好いい浜岡さんを見ることですよ! この頃、どういうわけか浜岡さんと階段ですれ違うことも、まったくないんです」

それはある意味では、杏華にとって、非常に重要な情報だった。杏華はここ一週間でも、一日一回は、必ず電話で浜岡と連絡を取っていた。相変わらず、浜岡を信用していて、頼っていることを装うためだ。

だが、浜岡がすでに杏華の本心を見抜いている気がしないでもなかった。特に、浜岡が杏華と電話で話すだけで、会おうとしないことがやはり不安材料だった。

「浜岡さん、忙しそうだものね」

そう答えながら、浜岡は近頃では、警視庁に出勤さえしていないのではないかと杏華は思い始めていた。公安部のほとんどの課は十三階にあり、浜岡の総務課長室は十四階にある。一階程度の移動は階段を使うから、浜岡と里穂のような公安部の課員が階段ですれ違うことなど普通に起こることなのだ。

ところが、以前は時たま浜岡とすれ違っていた里穂が、最近ではまったくすれ違わなくなったということは、浜岡が出勤していない可能性を示唆しているように思われた。おそらく、浜岡自身、現在の状況を危機的に捉えていて、打開策を一部の公安警察官と相談しているのだろう。

そんな思いを巡らせているとき、肉料理の仔牛のカツレツが運ばれてきた。白ワインがほとんどなくなっていることに気づいた男性従業員が訊いた。

「赤ワインでもお持ちしましょうか？」

杏華が断ろうと思った矢先、里穂が明るい声で答えた。

「そうですね。お願いします。でも、一番安いボトルでお願いします」

里穂の言葉に、その男性従業員はにっこりと微笑み、「かしこまりました」と丁重に言った。杏華は呆れながらも、心が和《なご》むのを覚えた。

里穂の言動には、無邪気と気遣いが混沌として溶け合っているように杏華には思えた。この時点では、その日の支払いは、杏華がするだろうことは、里穂も分かっているはずだ。

それにも拘わらず、さらに赤ワインを注文し、しかもその値段に条件を付けるところが、いかにも里穂らしい。

杏華と里穂がデザートを食べ終わって、会計を終えたとき、すでに午後の十時半を過ぎていた。約束通り、料金は杏華がすべて一人で支払った。

「本当にいいんですか？　そんなことされたら、もう二度と誘えなくなっちゃうじゃないですか」

里穂は呂律の回らなくなった口調で、何度も同じ台詞《せりふ》を繰り返していた。

「大丈夫よ。気にしなくていいのよ」

そう答えながらも、杏華自身が、かなり酔っていることを自覚していた。赤ワインは、さすがにすべてを里穂に飲ませるわけにはいかず、杏華も相当量飲んでいた。酩酊というほどでもなかったが、俊敏な動きには多少の影響が出る程度の酔い加減ではあるだろう。

帰りは夜の神宮外苑を抜けて、千駄ケ谷駅に戻るのが一番便利だった。里穂も総武線沿線の千葉《ちば》方面に住んでいると聞いていたから、その帰り方が一番便利なはずだ。ただ、里穂は予想以上に酔っているようだったので、状況次第では、里穂の家の近くまで送っていったほうがいいかも知れないと杏華は考えていた。

店の外に出ると、小雨《こさめ》が杏華の体に降りかかった。傘を差すほどの雨ではないし、アルコールでほてった体には、かえって心地良かった。

「杏華さん、本当にごちそうさまでした。私、今日、少し酔っちゃったみたいで、申し訳ないです」

里穂の口調は、ますます呂律が怪しくなっているように思えた。小雨が降っていることにも気づいていないようだった。

「大丈夫よ。今日は里穂ちゃんとお話ができて、本当に楽しかった」

杏華は、里穂に調子を合わせるように、酔った口調で答えた。だが、口調に影響が出るほどの酔い方でないのは分かっていた。

「私も楽しかったです！　じゃあ、甘えついでにお願いがあるんです。私、酔っちゃって、一人で歩けるか自信がないです。杏華さん、腕を組んでいいですか？」

言い終わらないうちに、里穂は自分の左腕を杏華の右脇腹に差し込んできた。里穂の体臭らしい甘い香りがした。杏華は思わず苦笑した。だが、それほど動揺したわけではない。

高校や大学の頃、女友達の中に、杏華と腕を組みたがる者もいないわけではなかったので、酔った里穂がそんな行為に出ても、それほど特別なこととは思っていなかった。

「いいわよ。その代わり、しっかり、しっかり歩いてね」

「は～い。しっかり、歩きます」

里穂は歌うように言った。二人は腕を組んだ状態で、小雨の中を神宮外苑の入り口方向に歩き出した。

外苑内に入ると、左右に銀杏《いちょう》並木の広がる道を、まっすぐ歩いた。銀杏は秋が見頃だから、夏の夜にわざわざここに来る者は少ない。

かと言って、完全に人通りが絶えていたわけでもなかった。三々五々駅方面に向かって、歩く人々の姿が認められた。所々に街路灯も設置されていて、人々の姿をぼんやりと視認できる程度の明るさはある。

里穂は杏華にぴったりと体を寄せ、歩いているときもしゃべり続けていた。ただ、思ったより、足取りはしっかりしていた。杏華の右脇腹に左腕を差し込み、右肩にはショルダーバッグを掛けていて傍目には窮屈そうに見えるが、酔っている本人はまったく気にしている風でもない。

だが、杏華は緊張を解いてはいなかった。後方に足音を感じていたが、そういう現象はもはや日常的になっていて、それが尾行の足音なのか、単なる通行人の足音なのか、考える気力も湧いて来なかった。とにかく、いつも体を緊張させて、襲い来るかも知れない危機に備えていなければならないのだ。

銀杏並木が終わり、神宮球場方面に左折する分かれ道に来たとき、杏華はふといやな予感を覚えた。何故か、後方の足音が一斉にぴたっと止まったように感じたのだ。思わず、後方に振り返る。いつの間にか一切の人影は消えていた。

「どうしたんですか、杏華さん？　こっちですよ」

里穂に腕を引っ張られるようにして左に曲がり、少し歩いてもう一度立ち止まった。

街路灯の光の死角に入っているような、妙に暗い場所で、道の左隅には大きな切り株がある。その脇道の奥の闇では、様々な樹木が風にそよぎ、まるで息を潜めて呼吸している人間の顔のようにぼんやりとした輪郭を描き出している。

前方には、暗闇の中、明かりの消えた神宮球場の建物がぼんやりと浮かんでいるが、その日は試合がなかったのか、観客と思われる人影もなかった。杏華には、何故かすべてが夢の中の光景のように思えていた。

「杏華さん、ちょっと聞いてもらいたいことがあるんです」

里穂の言葉に、杏華はふっと我に返った。里穂は一層、杏華に体をぴったりと寄せ、左手で杏華の利き腕である右手を強く押さえていた。

「何なの？　改まって」

杏華は微妙に不安の籠もった声で訊いた。里穂がどこかいつもと違うように感じたのだ。

「大丈夫ですよ。愛の告白なんかしませんから」

杏華と里穂の目が合った。里穂の細い目には、これまで杏華が見たことがない、薄気味の悪い笑みが浮かんでいる。

「でも杏華さん、今、ここにいる私が、本当は里穂じゃなくて、ぜんぜん知らない人だったらどうします？」

ぞっとした。杏華の体内で、何かが音を立てて崩れるのを感じた。里穂の顔にストッキングを被せれば、吊り上がった目と扁平《へんぺい》にひしゃげた鼻と歪んだ口の画像がモザイク画のように現れるように思われたのだ。

「あなた、一体誰なの？」

杏華は痰の絡んだような声で言い、里穂に抱え込まれている右手を振りほどこうとした。しかし、想像以上に強い力で、押さえつけられ、手を抜くことができない。右手を封じられているため、左内ポケットの警棒があまりにも遠く感じられた。左手で左内ポケットから警棒を抜き出すことは、意外に難しいのだ。

「いやだな、杏華さん、冗談に決まってるじゃないですか。もちろん、私は正真正銘の三村里穂ですよ」

里穂は笑い声を上げながら答えた。だが、その目は笑っていない。確かに、そこにいるのは里穂だった。

それにも拘わらず、途方もない欺瞞が働いているのは明らかだった。杏華の頭の中で、すべての事柄が氷解した。

「そうね、あなたは確かに里穂ちゃんね。でも、私が実家で扉越しに見た人もあなたでしょ」

杏華は、冷静さを取り戻し、毅然として言い放った。

「やっと分かりました？　あのときは、ストッキングを被っていたから、苦しかったですよ」

里穂はまるで普通の会話のように話した。呂律はしっかりと回っている。酔ったふりをしているだけだったのか。

それにしても、相当量のワインを飲んだことは確かなのだから、アルコールに元々強い体質なのかも知れない。これまでの杏華との付き合いで、里穂はアルコールに強いことを一度も見せたことがなかった。

人間はせっぱ詰まると、どうでもいいことを考えるものだと、杏華はつくづく思った。本当はどうやってこの場を逃れるか考えるべきなのだ。それなのに、頭がほとんど回転せず、こんなどうでもいいことを考えてしまう。

里穂がさらに力を込めて体を寄せてきた。杏華は腹部を金属のようなもので圧迫されるのを感じた。薄闇の中で、黒い小型の拳銃がベルトの上付近に突きつけられているのが見える。

おそらく、右肩にかけていたバッグから右手で取り出したのだろう。杏華の右手は動かそうとしても、相変わらず里穂の左手の強い力で押さえられて、びくともしない。

「どうしてなの？　里穂ちゃん」

杏華は迫ってきた死の影を意識しながら、半ば裏返った声で訊いた。

「ごめんなさい。杏華さん、何も訊かないで、浜岡さんと私のために、自殺してください。ここで撃ちたくないから、あそこの木の陰に入ってください」

杏華はそのままずるずる押されるように後退し、小さな脇道に押し込まれた。それから、銀杏の木の下まで歩かされた。

「本当は首を吊って欲しいんだけど、それも無理だし、手っ取り早くいきます」

里穂は拳銃を杏華のこめかみに当てた。

杏華は激しい心臓の鼓動を聞きながら、死というものがこんな風にあっけなく訪れることに驚愕していた。視界に黒い膜が広がり始めた。杏華は目を閉じた。過去の記憶が走馬燈のように断片的な画像を刻んでいく。

次の瞬間、すべての画像がブラック・アウトした。その直後、不意に、怒号に似た複数の叫び声が聞こえ、誰かの靴が鋭い刃物の切っ先のように、黒い拳銃を空中に跳ね上げるのが見えた。

強く体を押され、草むらに仰向けに突き倒された。杏華の体の上に、別の誰かの体がのし掛かっている。若い女のようだが、里穂とは違う。

その女と目が合った。必死の形相で杏華の体の上に覆い被さり、杏華を守ろうとしていた。思い出した。生活安全課にいる若い女性警察官だ。

薄闇の中、仰向けになった里穂を、立て膝で押さえつける中山と、その横に立って、携帯で話す無紋の姿が見えた。無紋の落ち着いた声が聞こえてくる。

「徳松さん、桐谷管理官殺人未遂容疑の女を捕まえたよ。そうだ、女だ。男じゃない。すぐに来てくれ」

その言葉を聞いた途端、ようやく杏華は助かったことを自覚した。杏華たちを尾行していたのは、敵ではなく、無紋たちだったのだ。

一気に全身が弛緩し、意味不明な涙が杏華の頰を伝った。

9

杏華は一週間後、本庁の刑事部長室で事情聴取を受けていた。すでにあの殺人未遂の直後、弁天代署で無紋の立ち会いのもとに徳松と一部の捜査員に詳細を話し、それが捜査本部にも伝わっていたはずだが、本庁の上層部から改めて事情を聴かれるのは、これが初めてだった。

室内の長いソファに座って、杏華から事情を聴いていたのは、刑事部長の三好《みよし》以外に、捜査一課長の家永《やなが》と管理官の水野《みずの》だけである。

ことはあまりにも深刻で、極秘を要することだったから、聴き取りを行う人間も本当の意味での捜査本部の上層部のみに限ったのだろう。里穂は取り調べの二日目、検察庁への送致の直前に、浜岡から杏華殺害の指示があり、拳銃も浜岡から渡されたことを認めたため、浜岡は逮捕されていた。

依織を一日だけ自宅マンションに匿《かくま》っていたのも、里穂の役割だった。ただ、浜岡に引き渡したあとのことは知らないと供述していた。

マスコミは、当然のことながら騒然としていた。浜岡や里穂の逮捕が、田所の殺人事件に関連するのではないかと疑っており、公安警察の犯罪を匂わせる様々な憶測記事を書きたてていた。

だが、おそらくどこのマスコミも真相を摑んではいないだろう。いや、逮捕された浜岡が完全黙秘を続けているため、捜査本部でさえ、未だに本当のことは分かっていないのだ。

杏華が話し始めてから、およそ一時間が経過していた。その間《かん》、捜査一課長の家永と管理官の水野はしきりにメモを取っていたが、刑事部長の三好はたまにうなずく程度だった。だが、杏華自身が被害者となった殺人未遂事件の顚末《てんまつ》を語った直後、最初に口を開いたのは、三好である。

「それにしても、君は弁天代署の生活安全課の無紋君のおかげで、何とか窮地を救われたわけだね。それとも、これは考え方にもよるが、無紋君のせいで、君は命の危険に晒されたと言うべきかも知れないな」

「いえ、ああいう決着の仕方は、私が強く望んだことで、無紋さんはむしろ、しぶしぶ応じてくださったというのが、正しい言い方です」

杏華は刑事部長の言葉に、毅然として反論した。

「なるほど、そういうことですか。いや、私も無紋君の洞察力にはつくづく感嘆しているんだよ。特に、あのストッキングがどういう視覚的効果があるかを考察し、若い男だと思われていた刺青《いれずみ》の彫師殺害犯が実は女性で、それは君の実家にやって来た若い男とも同一人物だと見抜いたのは、まさに慧眼《けいがん》と言うしかないね」

刑事部長の大げさな口調に嫌気が差しながらも、杏華はその発言自体には大きくうなずかざるを得なかった。

里穂が警察車両で連行されたあと、杏華が最初に無紋に訊いたのが、まさにその点だったのだ。これに対して無紋はまず、里穂が杏華を襲う可能性があることを予想しながら、食事会を実行させたことを謝罪した。

ただ、無紋にしてみれば、その情報をあらかじめ杏華に教えてしまえば、里穂に対する杏華の対応にぎこちなさが出て、里穂が犯行を中止することを恐れたのだという。それよりは、杏華には何も知らせず食事会を実施させ、中山となたねの協力を請うて、杏華たちを尾行することを選んだ。そして、間一髪のところで杏華の救出に成功したのだ。

しかし、杏華にとって今となってはそんなことはどうでもよく、本当に知りたいのは、無紋がどうして里穂の正体を見抜けたかだった。無紋は、里穂との食事会のことを聞いたとき、念のため、里穂の身辺調査を行ったらしい。

その身辺調査で、里穂は女性としては身長がかなり高く、杏華とほぼ同じ一六九センチで、宝塚のファンであることを知ったのだ。この宝塚のファンだということに、無紋は例のごとく、ひどくこだわったという。

一方で、ストッキングについては、『造型の心理学』という翻訳本を読んで、「犯罪者がストッキングを着けて犯行に及ぶ際、目が吊り上がった印象を与えるため、性別の区別が難しくなる」と書かれていることに注目していた。その本の著者は、十九世紀にスコットランドの銀行で起こった強盗事件を具体例として挙げていた。

その事件では、行員たちの目撃証言から、ストッキングを被っていた犯人は男性であると思われていたため、最初は無実の男性が誤認逮捕されていた。だが、後に逮捕された真犯人は女性であることが判明したのだ。

里穂の身長は女性としては明らかに大柄だが、男性だという前提に立てば、ごく平均的な身長ということになる。杏華は、実家の玄関の扉から、若い茶髪の男を見たとき、一瞬、ほぼ自分と同じ身長だと感じていたのだが、今から思えば、あのときが相手の正体に気づく唯一のチャンスだったのかも知れない。

それにしても、里穂が高度の訓練を積んだ公安警察官だったのは、間違いなかった。神宮外苑で杏華の利き腕である右手を、抱え込んで離さなかった力の強さが、今でも杏華の記憶に研ぎ澄まされた恐怖として残っているのだ。

「桐谷君、無紋君みたいな優秀な刑事を所轄のセイアンカに残しておくのは、もったいないと思わないかい？」

三好が笑いながら訊いた。警察官僚というより、やり手の政治家のような雰囲気のある男だった。事態の深刻さが分かっているので、こんな事件と直接関係のない話をときおり挿入して、融和的な雰囲気を演出しているのだろう。

実際、杏華は警視庁にとって、要注意人物で、腫れ物に触るような取り扱いになっているのは、否定できなかった。

「さあ、それは私には、何とも言えませんが」

杏華はぶっきらぼうに答えた。

三好に代わって、今度は家永が口を開いた。一見、温厚そうな中年男だが、その眼光はやはり鋭い。

「ところが、無紋というのも変わった男ですよ。この前、電話で話す機会があったので、本庁の捜査一課に来ないかと誘ったら、即答で断られました。まあ、東大出身なのに、ノンキャリの道を選ぶところから、もともと出世欲のない人間であるのはよく分かりますが」

「おいおい、君、そんなこと言ったら、私や桐谷君がまるで出世欲の塊みたいに聞こえるじゃないか」

三好がもう一度笑いながら言った。家永も水野も、当惑顔ながら曖昧な笑みを浮かべている。確かに、四人の中でキャリアは杏華と三好で、他の二人はノンキャリアだった。

しかし、そんな話は今の杏華にとって、ただくだらない話でしかなく、冗談のネタにもならなかった。そのあと、水野が真剣な表情に戻って、話し始めた。

杏華は、水野とは弁天代署の捜査本部で、何度か口を利いたことがあり、刑事部長や捜査一課長のように初対面ではなかった。金縁の眼鏡を掛けた、神経質そうな四十代後半に見える男だ。

「ところで、桐谷管理官、今日の午後三時から予定されている浜岡の取り調べで、例の浜岡の申し出を受けて頂けるのでしょうか。捜査本部としては、とりあえず実施してみたいと考えているのですが」

「ええ、そのつもりで参りました」

杏華は即答した。「浜岡の申し出」というのは、あらかじめ徳松から無紋を通して、杏華に伝えられていた。完全黙秘を続ける浜岡は、杏華と一対一で話せるなら、事件について真相を話すと言っているというのだ。

「眼鏡はお持ち頂けたでしょうか?」

「これです」

杏華は右横に置いていたバッグから、黒い眼鏡ケースを取り出して、水野に差し出した。水野がそのケースを開け、中から銀縁の眼鏡を取り出した。何かを確認するように、そのレンズやつるに触れたあと、さらに質問した。

「浜岡はもう一つ眼鏡が必要な理由として、今掛けている眼鏡では、度が強すぎて、近くが見えないから、書類などを読むとき不便だと言っています。信じてよいものでしょうか?」

「ええ、信じていいと思います。すでに老眼が始まっていて、今掛けている眼鏡は、遠くを見るためのものだと普段から言っていましたから」

明らかな嘘を言った。その眼鏡が浜岡にとって、老眼鏡ではないのは分かっていた。だが、杏華の頭の中では、「君が僕と別れる決心をしたときは、この眼鏡を必ず返してくれよ」と言った浜岡の言葉が渦のごとく旋回していた。今まさに、杏華はそれを実行しようとしているのだ。

「それだけでしょうか? 他に何か理由があるのでは」

水野が執拗《しつよう》に訊いた。やはり、浜岡と杏華の関係は、ただの上司と部下の関係ではないと疑っているのだろう。

杏華は浜岡と男女の関係にあったことを絶対に隠したいと思っていたわけではない。いや、むしろ、どうしても話さざるを得ない状況になったら、話すのも仕方がないと覚悟を決めていた。ただ、とりあえず抵抗してみるのも、悪くないと思ったのだ。

「理由があるとしたら、プライベートな話になってしまいます。あまり言いたくないのですが」

「いや、それは言ってもらわなければ困ります。何しろ、浜岡は重要事件の容疑者なのですから」

水野は気色ばんで言った。浜岡の逮捕容疑は、今のところ、杏華に対する殺人未遂容疑だけだったが、いずれ、依織や橋詰の殺人の件でも追及される可能性が高いだろう。

「しかし、説明しても、私と浜岡さんの心理的問題に過ぎませんから、皆さんには意味がないと思います」

「しかし、我々としたら、すべてを掌握した上でないと、責任を持てませんので——」

水野がなおも執拗に言い募ろうとしたとき、一課長の家永が遮るように発言した。

「いや、水野君、その点はプライバシーの問題があるから、そこまででいいよ。我々としては、その眼鏡を渡すことに、危険防止の観点から問題がないかどうかを確認するだけでいい」

杏華は三好の態度にも注意を払っていたが、家永の言うことに大きくうなずいている。少なくとも、刑事部長と一課長の間には、その点についてはある種の了解が成立しているようだった。

杏華と浜岡の関係をしつこく追及して、二人の関係を白日の下に晒してしまえば、事態は一層深刻になるという判断が、警視庁の上層部にはあるのか。従って、その点は曖昧にしたままのほうがよく、杏華の明確な答えを引き出すのは、むしろ、マイナスだと判断しているのかも知れない。水野も、刑事部長と一課長の意思を悟ったのか、そのあと不意に黙り込んでしまった。

「まあ、浜岡は今も眼鏡を掛けているわけだから、別の眼鏡を渡すことによって、特に危険が増すわけではないだろ」

家永が水野の目を覗き込むようにして訊いた。

「それはそうです」

「だったら、この眼鏡を渡しても特に問題ないだろ。彼も裁判に備えて、いろいろな書類に目を通したいんだろうから」

家永がそう言い終わった途端、それまでしばらく黙っていた三好が再び、話し出した。

「じゃあ、桐谷君、本日はよろしく頼みますよ。彼から、できるだけ詳細な供述を引き出してください。それができるのは、君以外にはいないんだよ。それから、これは当然にお分かりになっているのだろうから、念のために言うのだが、今日の面会については、マスコミだけでなく、誰にも、たとえ警察関係者にさえ話さないでください。現在、警視庁に対して、特に公安部に対して、大変厳しい世間の目が注がれている。しかし、今度の件は、浜岡個人とほんの一握りの警視庁内の協力者による犯行である可能性が高い。私は刑事部の人間だが、公安部の組織的な関与はなかったと確信している。このことは、警視総監を通して、警察庁長官にまで伝わっています。こういう状況をよく踏まえた上で、君も行動して欲しい。君はまだ若く、将来のある身だから、これは君のためにも申しあげているんです」

杏華は、この頭頂部の若干禿げ上がった刑事部長の顔を軽蔑の眼差しで見ていたに違いない。いかにもおきまりの発言で、警察の隠蔽体質が言葉の端々に剝き出しになっていた。

それにも拘わらず、小さくうなずいて見せたのは、このあとの浜岡との面会にどのように対峙するかで杏華の頭は一杯になっていて、刑事部長の話などどうでもいいように感じていたからだ。浜岡は、ここにいる俗人たちとはまったく種類の違う人間だった。

しかし、浜岡が途方もない悪の権化であることは、否定できなかった。分からないのは、動機だった。杏華にとって、その正体を暴かない限り、今度の事件が終焉を迎えることは永遠にあり得ないように思われたのだ。

10

浜岡は杏華を見ると、穏やかな笑みを浮かべた。白い長袖のワイシャツ姿だったが、特にやつれたようには見えず、いつものように落ち着いていた。

弁天代署五階の会議室だった。五階にある部屋はすべて会議室で、取り調べ室はない。隣室には、特別捜査本部が設けられていて、普段は常駐していない捜査一課長の家永も、その日は管理官の水野と共に警視庁本庁舎から移動して、そこに詰めていた。

捜査本部内部には、浜岡に対して、取調室でない部屋を使用し、特別扱いすることに反対する声もあったのだが、家永はこの特別扱いを強く指示していた。このまま、浜岡に完黙を決め込まれて、捜査が進展しなくなることを何よりも恐れていたのである。

警視庁の根幹を揺るがすような大事件であるため、何事も異例ずくめで、警視庁の上層部は、早くも東京地検との協議を開始して、あらかじめ法的な問題点を洗い出しているようだった。その詳細は、杏華の耳には届いていなかったが、浜岡を一連の事件の殺人罪で起訴するのは、そう簡単ではないらしい。客観的な物証もさることながら、何としても欲しいのは、浜岡自身の供述だった。

「これをまずお返しします」

杏華はステンレスの長テーブルを挟んで、浜岡の前に対座すると、あらかじめ手に持っていた眼鏡ケースを差し出した。浜岡は無言でそれを受け取ると、ケースから眼鏡を取り出し、そのつるを開いて、しばらくの間見つめていた。それから、再び、ケースにしまい、ワイシャツの胸ポケットに収めた。

「ここでは掛けないんですか？」

杏華は浜岡の目を見つめて訊いた。かつて浜岡と過ごした夜を思い出していた。

「いや、公安警察官が優しそうに見えたらおしまいだよ」

浜岡は、にっこりと笑って言った。いつか聞いた台詞だ。

杏華は僅かに微笑んだ。浜岡との別れの儀式が終わったように感じた。浜岡が杏華に会うのに際して、眼鏡を要求したのは、浜岡自身がこの儀式を必要としていたからではないのか。

杏華はこの部屋のどこかに盗聴器が仕掛けられているのは、当然と考えていた。そんなことは、公安のプロである浜岡も分かっていないはずはない。しかし、誰が今の会話を聞いたとしても、意味が分からず、何かの符丁だと疑われる可能性さえあるだろう。

「浜岡さん、今日は私に事件の真相を話して頂けると、聞いているんですが」

「ああ、そのつもりだ。何でも、訊いてくれ」

会話は思いの外、早いテンポで進んだ。だが、いかにも浜岡らしくもあった。余計な前振りを好まないのも、浜岡の特徴だった。

「では、訊きます。まず、事件の発端となった田所仁の殺害ですが、あれは本当に谷島依織の犯行なんですか?」

「その通りだ。だが、あの事件は私にとって、最初の、そして唯一の誤算だった」

浜岡は確かに社会共進党の熱心な支持者であることを装い、父親の経済的苦境で世の中の不公平さを思い知らされていた依織を思想的に洗脳し、パパ活を口実に「トレド」の常連だった田所に近づかせていたことを認めた。もちろん、黛に関する情報を聞きだすためだ。

浜岡の読みでは、田所が肉体関係を伴わないパパ活関係だけで満足するはずもなく、いずれ依織に肉体関係を求めるだろうと踏んでいた。そこで、依織にはそれに応じるふりをして、黛のスキャンダルに関する重要情報を聞きだすように指示していた。フレンチナイフは、いざというときの護身用に渡していたものだという。

一方で、男はベッドの中では口が軽くなると言って、田所と寝ることについて、それとなく暗示を掛けていた。

「私にしてみれば、依織が田所と肉体関係を持とうが持つまいが、情報という結果が得られる限り、どちらでもよかった。しかし、田所にホテルの中まで連れ込まれてしまって、パニック状態に陥った依織は、重要情報を聞き出せないまま、迫ってくる田所に対して、フレンチナイフを振り回し、田所を殺害してしまったんだ。私もそこまで深刻な結果を想定していなかった。依織から泣き声の電話が掛かってきたとき、私は『心配するな。私がすべてうまく処理するから、私の言う通りにしろ』と言って、逃走をうながした。三村里穂の自宅マンションに一日だけ匿わせ、その後、自殺に見せかけ、ロープで絞殺したのだ。そのあと、彼女の携帯から、ラインを使って、沢地教授に謝罪メッセージを送ったのも私だ」

「本当に浜岡さんが自分の手で彼女を殺したんですか？」

杏華は、浜岡の目をまっすぐに見つめて訊いた。浜岡のような、知性の飛び抜けて高い人間が、殺人のために自らの手を汚すとは未だに信じられなかった。

「その通りだ。それが、私のためにタトゥーまで入れて尽くしてくれた女性に対する礼儀というものだろ。Jは都合のいいイニシャルだった。依織は当然、糯音のJだと思っていただろうが、下世話な世間の人々は仁のJだと思う者も出てくるだろう」

あまりにも非人間的な発言に杏華は唖然としていた。それに、未遂に終わった杏華の殺害には里穂という他者を使ったのだから、自分と依織の間には、愛の深さという意味では大きな隔たりがあったと言われているようにも感じていた。だが、浜岡はそんな杏華の思いを無視するように、淡々と話し続けていく。

「橋詰を使って、依織の頸筋の索溝に細工させたのは、もちろん、自殺に見せかけるためだったが、あれがバレることは始めから織り込み済みだった。ところが、捜査本部のぼんくら刑事どもは、いつまでもぐずぐずして動かない。そこで、しびれを切らした私は、君を使って無紋を動かし、あの索溝の偽装を見破らせ、橋詰に捜査の手が伸びるように仕組んだのだ。私のよく知る無紋なら、つまり、執拗に物事を探求し、しかも、私の大嫌いな倫理観をたっぷりと持っている無紋なら、必ず、私の予想通りに振る舞ってくれると信じていたよ。そして、実際にその通りになったんだ。沢地教授の研究室で、私が無紋に会ったのも偶然ではないよ。私は一時、理由を言わず、総務課の部下に、無紋を尾行してその行動を逐一報告するように命じてあった。その部下から報告があり、その日、彼が捜査本部の刑事と一緒に沢地教授の研究室に入ったことを知ったんだ。偶然、研究会の日だった。研究会には出たり出なかったりだったが、急遽出席することに決めた。無紋は、学生の頃、私が社会共進党のシンパであることを知っており、そこで会えば、彼が私の思想性と、評議員として慈考学院大学と深く繋がっている黛のスキャンダルを結びつけて考えるのは分かっていた。とりあえず、もう少し、事件を動かし、捜査を活発にする必要を感じていたんだ」

「橋詰の殺害動機は、やっぱり口封じだったんですか？」

「ああ、彼の場合は分かりやすい。彼は公安の協力者だったから、私とは日常的によく接していた。依織のタトゥーを入れるとき、私も付いていったが、本当なら私と依織の関係をあの男に知られたくはなかった。しかし、依織が一人では絶対にいやだと言い張った上、いずれ消すのは確実な男だったので、こちらが油断しているように装い、隙をさらけ出したほうがいいという判断もあったんだ。彼が純粋に左翼を貫いていたら、私は彼を殺すことはしなかったかも知れない。だが、堕落した左翼は、私を脅迫してカネを要求してきた。それも一千万単位のカネだ。だが、カネのことが直接的な殺害動機ではない。彼が生きていて、ぺらぺらとしゃべられたのでは、私の書いた筋書きが台無しになってしまう。だから、早めに三村を使って彼を消したんだ」

「でも、私が一番分からないのは、その筋書きなんです。つまり、浜岡さんの本当の狙いなんです。黛衆議院議員に対する忖度の気持ちはあったんですか？」

杏華はせっぱ詰まったように訊いた。浜岡の一つ一つの説明は理路整然として納得のいくものだったが、結局のところ、浜岡が最終的に何を狙っていたのかは、依然として不明なのだ。

「君のような聡明な人間の言葉とも思えないね。私の狙いは、黛を最終的に失脚させることに決まってるじゃないか。いいか、公安の仕事とは何だ？　秩序の維持だろ。そして、秩序には、いいも悪いもない。それはただそこに存在しているだけだ。こんなに公平で透明性の高い存在が、他のどこにあるのか。そこに、善悪の基準を設けようとするのは、思い上がった人間の愚かな試みに過ぎない。しかし、黛は、すでに自堕落になって政治目的を喪失しているとは言え、かつての左翼集団であった『3・8同盟』のフロント企業の『フェミニティー』から政治献金を受け取っている。もちろん、彼だけではなく、保守党の中にもそれを受け取っている者はいくらでもいる。しかし、問題は黛が大物政治家として、首相にまで影響力を行使できる立場の人間ということなんだ。公安の中にも、彼の言う通りに動く人間はいくらでもいるだろう。彼は陰の政治権力を持ち過ぎていた。だが、左右どちらの政治思想も受け容れ、カネだけが目当ての黛は、今や明らかに秩序の紊乱《びんらん》者になりはてたのだ。タトゥーの施術が愚かな裁判官によって、合法化されていくように、愚かな政治家によって、公正極まりない秩序が転覆されるのを、公安警察官として黙って見ているわけにはいかなかったんだ。しかし今では、その目的を果たしたから満足しているよ」

「目的を果たした？」

杏華は思わず聞き咎めた。確かに、田所、依織、橋詰は死んだが、問題の黛はのうのうと生きているのだ。

「まだ、分からないのか。この事件が今後どう報道されるか、君にも想像が付くだろ。マスコミの騒乱は、ますます激しくなるだろうが、ことの真相が明るみに出ることはけっしてない。私が君にこうして、すべて本当のことをしゃべっているにも拘わらず、だ。私の供述は、断片的に切り取られ、都合のいい部分は他の文脈でつなぎ合わされ、結局、公安部全体の組織的関与はなかったという発表を警視庁はするだろう。しかし、こうなった以上、さすがの警視庁も、もはや黛に忖度することはしない。その結果、田所、依織、橋詰、そして君の殺人未遂すら、陰で黛が口封じのために関与したのではないかという疑惑、あるいは噂話が黛には永遠に付き纏うことになるのだ。そのためには、真相ははっきりさせないほうがいい。真相が分からない以上、少なくとも噂は消えることがないからだ。カネに関連する汚職なんか、政治家にとってはどうってことはないのは、君も分かっているだろ。現に、汚職で有罪判決を受けたヤツが、立派に政界に復帰しているじゃないか。しかし、人殺しの疑惑はそうはいかない。それが有罪という客観的な判決ではなく、疑惑という曖昧なものだから、なおさらなのだ。黛は政界から永遠に消えるだろう。そして、一人の老人として、孤独な死を迎えるはずだ。だから、黛に限って言えば、私が肉体的に彼を殺す必要はなかったのだ」

杏華は呆然として、浜岡の言葉を聞いていた。こんな饒舌な浜岡を見たことがなかった。しかも、取り乱してしゃべっているという印象もなく、強い口調ながらも、いつもの冷静さを失っていないように見えた。

杏華は浜岡の話を聞いているうちに、黛は今回の事件に、それほど関与していないのではないかと思い始めていた。浜岡自身が、それを暗に認めているような口調だった。

しかし、その黛が殺人にさえ関与したというイメージを作り上げることが、浜岡の真の狙いだったとしたら、それはそれで途方もなく恐ろしいことに思われたのだ。しかも、浜岡はそれを実現するために、自分の命さえ犠牲にすることを選んだとも言えた。

裁判の行方は予断を許さないとは言え、依織の殺害や橋詰殺害の共謀共同正犯が認められれば、複数殺人であり、当然、死刑判決も考えられるのだ。

杏華は浜岡が絞首刑される姿を想像できなかったし、そんな姿を見たくなかった。

「浜岡さん、私を始めから騙すつもりだったんですか？　私が浜岡さんの狙いを知っていたら、浜岡さんの指示に従ったと思いますか？」

「私は君を騙したことなど一度もないよ。それに、私が君に依頼したのは、合法的な行為ばかりだ。従って、真面目な君はどんな場合でも、私の指示に従ったはずさ」

「でも、里穂には、殺人の指示まで出しているわけですよね。その違いは一体何だったんですか？」

杏華は尖った声で訊いた。突然、杏華の体内に、せっぱ詰まった激情が満ちてきたように思えた。杏華ははしたないと思いつつも、自分と里穂の共通の愛人であった浜岡が、里穂の嫉妬心を巧に利用したのではないかという疑念さえ抱いていたのだ。

「私にとって、君は合法部門の担当者、三村は非合法部門の担当者だった。それだけのことだ」

「本当にそれだけだったんですか？」

杏華は言いながら、浜岡の顔を睨み据えた。浜岡は僅かに苦笑したように見えた。それから、付け加えるように静かに言った。

「強いて言えば、君の真面目さは非合法部門には向かなかった。君のタトゥーは外見だけで、心の中までは達していなかった。一方、三村はタトゥーを入れていなかった。が、考え方は全身タトゥーのような女だった。いずれにせよ、君は合法の岸にかろうじて残ったんだ。明日からは、今までのことはきれいさっぱり忘れて、やり直せる。

君が無紋と組んで私を糾弾し、逮捕させたことによって、警視庁はかろうじて、メンツを保ったんだから」

何という男だろう。「ふざけないでよ!」と杏華は心の中で、何度もつぶやいていた。しかし、まるで舌を奪われた小鳥のように、一切の音声が出てこない。それにしても、浜岡が杏華のタトゥーに言及したのは、これが最初にして、最後だった。

「さあ、私はもうすべてをしゃべった。捜査本部の幹部連中がこの話を信じるか、信じないかはやつらの勝手だ。そして、君とはこれでお別れだ。元気に暮らしてくれ」

浜岡は早口でこう言い終えると、不意に立ち上がった。廊下側の扉が開く音が聞こえ、外で待機していた数名の捜査員が中を覗き込んでいた。浜岡は無言で、扉のほうに歩き出した。

杏華は全身を硬直させて、立ち上がることさえできなかった。浜岡の背中を目で追うこともしなかった。それでいながら、浜岡と過ごした日々の濁った視覚の記憶が、網膜の奥に滞って流れないのを意識していた。

深夜二時過ぎ、杏華は管理官の水野から電話を受けた。まったく眠れず、ソファに座ってぼんやりしていたので、スマホの着信音にすぐに応答した。杏華が聞いたのは、水野の上ずった声だった。

「浜岡が弁天代署の留置場で自殺しました。あの眼鏡には、やはり細工がされていたんです。左右のつるの部分に、一見装飾と思われる黒い金属片が左右対称に被せられていて、それがカミソリの刃だったんです。浜岡は時間を掛けてそれを爪で剝がし、二枚のカミソリの刃を重ねて、自分の頸動脈を搔き切ったようです。午前零時頃の出来事で、すぐに緊急搬送されましたが、零時三十二分、搬送された病院で死亡が確認されました」

水野の声が遠くに聞こえていた。悲しみとも怒りとも驚きとも言い切れない、不思議な感情が湧き起こっていた。ただ、一つだけ確実に言えることは、あまりにも遠大で、用意周到な浜岡の計画性に啞然としていたということである。

浜岡が杏華のマンションの部屋にあの眼鏡を置きっぱなしにしていったときから、この日のための準備をしていたとしか思えなかった。杏華は自分の甘い観測に、いたたまれないような羞恥を覚えた。別れの儀式。浜岡は、そんな感傷の通用する相手ではなかった。

そういう感傷を隠れ蓑に、死出の旅路を容易にする小道具の運び屋として杏華を利用しただけだったのだ。どこまで私をコケにすれば気が済むの。そう思いつつも、不覚にも両目から涙が溢れ出てくるのを杏華は意識していた。水野の言葉は続いていた。

「それで、大変重要な刑事部長からの伝達事項をお伝えします。昨日の、あなたと浜岡の面会はなかった。従って、あの眼鏡が浜岡に渡ることもなかった。浜岡が自殺に使用したのは、元々掛けていた眼鏡のほうで、そのつるを叩き折って、頸動脈に突き刺して死亡した。昨日、浜岡があなたにしゃべったことは、捜査本部の正式な取り調べで、彼が自白したことにする。以上、これが刑事部長からの伝達事項ですので、よろしくお願いいたします」

杏華の体の奥から、憤怒にも似た激情が込み上げた。

「よく分かりました。私は警察のためなら、どんな嘘でも吐きますと、刑事部長にお伝えください」

涙声でそう言い放つと、杏華はすぐにスマホを切った。それから座っていたソファから立ち上がり、窓際に行って、ネオンが僅かに残る暗い夜景を見つめた。

その薄闇の奥に、あの銀縁のオーバル型の眼鏡を掛けた穏やかな浜岡の顔がぼんやりと浮かんでいる。杏華の頰を涙が伝い落ちた。

エピローグ

浜岡の自殺から、一ヵ月後、黛は国会議員を辞職していた。ただ、辞職理由は、捜査本部事件とは直接関係はなく、慈考学院大学の入試漏洩に関連するものだった。それは黛の目の届かないところで、秘書の田所が個人的に行った不正だが、国会議員としての監督責任を認めて政界から身を引くという趣旨の談話を、黛は弁護士を通して、マスコミに発表していた。

すでに田所は死んでおり、死人に口なしだから、入試漏洩については、黛の言い訳をそれ以上、指弾する術《すべ》はないように無紋には思えた。しかし、一連の殺人事件については、週刊誌を中心に、様々な憶測記事が飛び交っていた。かなり露骨に、黛の指示によって、一連の殺人が行われたと匂わせている記事もあり、黛側は訴訟も辞さない構えを見せていた。

しかし、一番現実的な憶測は、黛が国会議員を辞職したのは、捜査当局との取り引きだったという、ある週刊誌の記事だった。この事件が黛の逮捕にまで及べば、警視庁自体が致命的な返り血を浴びることになるというのだ。

実際、直接か、間接かを問わなければ、三村里穂以外にも浜岡の犯罪に荷担していた者が公安部にかなりいたとも考えられ、それが次から次へとあぶり出されれば、警視庁ならびに警察庁はすべての幹部が辞任しなければならないほど、深刻な事態になるというのが、その記事の骨子だった。従って警視庁が黛に議員辞職を促し、その見返りとして逮捕は見送ったのだと、その記事は主張していた。

ただ、警視庁も事態がここに至っては、嘘で塗り固めた発表をしていたわけではない。捜査本部の捜査の結果、杏華に対する殺人未遂、橋詰に対する殺人には、実行犯の里穂だけでなく、自殺した浜岡の関与があった可能性が浮上したと説明し、現在その詳細を捜査中であると発表していた。

浜岡が十年前浜岡孝夫《たかお》という警視庁ＯＢと養子縁組をしており、旧姓が寺原穰音だったことも発表していた。だが、徳松が無紋にこっそりと耳打ちしたところによれば、捜査本部が浜岡の戸籍関係の書類を調べても、寺原が養子として浜岡家に入ったという記録は一切、残されておらず、記録上は最初から浜岡孝夫の子供であったことになっているらしい。

浜岡孝夫もその妻もすでに病死していた。寺原の父親も若くして病死していたが、母親だけが健在で、現在、老人ホームに入っているが、マスコミの取材に応じることは一切ないという。

徳松は公安部による戸籍の改竄の可能性を仄めかしていたが、この筋の捜査は何故か中止になっていた。

しかし一方では、捜査本部は、依織の自殺も浜岡による他殺の可能性があることを認め、再捜査を明言していた。その捜査の帰趨《きすう》次第では、警視庁内部にさらに逮捕者が出る可能性も否定していなかった。

ただ、謝罪はしたものの、これらの事件は極端に過激な思想的背景を持つ、すでに死亡した浜岡とその思想に共感したごく限られた数の部下によって行われたものであり、公安部全体が関わっていたわけではないことを殊更強調していた。

三村里穂逮捕の経緯については、次のように説明していた。公安部の立場から捜査本部事件を捜査中の公安警察官が、自宅マンション近くで轢き逃げされそうになったため、徳松らの捜査本部の刑事が警戒中、その公安警察官を拳銃で襲おうとした女を取り押さえた。その緊急逮捕された女もまた公安警察官であることが判明したというのだ。ところが、無紋や中山、あるいはなたねについてはまったく言及されることはなかった。

その日、無紋は弁天代署の生活安全課のデスクに座って、ぼんやりとしていた。午前十時過ぎで、事件が少ない時間帯だった。警視庁の通信指令センターの無線も、所轄署の独自無線も聞こえてこない。

事件から二ヵ月近くが経過し、季節も移ろい、十一月に入って、外気にはすでに冬の匂いさえ漂い始めていた。

無紋の横には中山、その斜め前にはなたねが座り、十メートル先の課長席では葛切がいつものように居眠りをし、その横の席では課長代理がせわしなく、パソコンで書類を作成している。

事件後、無紋、中山、なたねはそれぞれ別個に警視庁の本庁舎に呼ばれ、警視庁の幹部から極秘の事情聴取を受けていた。逸脱捜査に対する批判・叱責などまったくなく、刑事部長などむしろ、無紋の捜査能力を礼賛している口振りだった。ただ、その恐ろしく長い事情聴取を一回経験しただけで、そのあとは思わぬほど何も起きなかった。

それもそのはずである。警視庁上層部の意向としては、無紋、中山、なたねは事件捜査には一切関わっていないということにしたかったのだ。

無紋はそのことで文句を言う気もなく、むしろそれでいいと思っていた。本筋の真相が解明されれば、その他の政治的判断に口を出す気はなかった。無紋たちの活躍は、いわば事件の裏面史に過ぎないのだ。

弁天代署の中でも、葛切は無論のこと、捜査本部の副本部長を務める署長でさえ、無紋が独自に調査した情報を捜査本部に提供したとは思っていても、無紋ら三人が里穂を直接逮捕したことを知らなかった。里穂を緊急逮捕した際、パトカーを呼ばず、徳松に直接連絡して、捜査本部の警察車両で里穂を連行したことも功を奏していた。

事件の構図として、公安部と刑事部の対立構造があったのは間違いない。だが、まさかその対立とは無関係な生活安全部の、しかも所轄の刑事たちが、事件の解決に大きな役割を果たしたことなど、誰も想像できなかったのだろう。

マスコミの騒乱も、徐々に収まりつつあった。一方、無紋が統括する犯罪抑止のシマでは、ちょっとした困ったことが起こっていた。なたねが中山に自分の気持ちを告白して、ふられたらしい。いや、正確に言えば、ふられたと思いこんでいるのだ。

ある日、無紋はなたねと二人で「テソーロ」に出かけ、ことの顛末をなたねの口から聞き、大泣きされて閉口していた。そのとき、なたねが飲み過ぎて、かなりの酩酊状態にあったのは確かだった。

「中山主任の回し蹴り、本当に格好よかったです。あれを見たとき、私、正直に自分の気持ちを告白しようと決意したんです。実際、そうしたんだけど断られちゃって──つらいです。こんなに好きなのに」

こう言うと、カウンター席で、なたねは人目も憚らず、大粒の涙を落として、おいおいと泣き始めた。折悪しく、「テソーロ」は完全に昭和歌謡の店に変貌していて、ペドロ&カプリシャスの「別れの朝」がかかっている、最悪の環境だった。

回し蹴りというのは、中山が里穂の構えた拳銃を跳ね上げたときのことを言っているのだろう。あとで中山に訊いたところ、正拳《せいけん》突きは相手の正面に体が入るので、撃たれる危険を避けるために、倒れながら技を掛けられる回し蹴りを咄嗟に選んだのだという。

その的確な判断に無紋自身、大いに感心したのだから、なたねの目には、それは途方もなく格好のいい姿に映ったのだろう。

その後、余計なことだと思いつつ、中山になたねの発言の真偽を確かめたところ、「別に、ふったわけじゃありませんよ。同じシマでそういう関係になると、仕事がやりにくくなるから、これまで通りにしようと言ったまでです」という言葉が返ってきた。

「何とかならないかね？」

無紋はため息を吐きながら訊いた。

「何とかって？」

「彼女にああ落ち込まれていると、俺も仕事がやりにくくてしょうがないんだよ。別に、彼女のこと、嫌いなわけじゃないんだろ？」

実際、酔っ払って無紋にそんな話をしてしまったこと自体を後悔しているのか、なたねは職場にいても、傍目にもすぐに分かるくらいしょんぼりしていて、元気がなかった。

「好きか嫌いかと訊かれたら、そりゃ好きですよ」

「じゃあ、決まりだ。せめて、月イチくらいで彼女をデートに誘ってくれよ」

「それ命令ですか？」

「ああ、命令だ」

無紋は苦笑しながら言った。実際、その後、中山はなたねをデートに誘ったらしく、なたねはみるみる元気を回復していた。二人の恋の行方は、無紋には分からなかったが、それほどひどい結末にはならないだろうと楽観していた。

杏華とは浜岡の死の直後に一度だけ会っていたが、それ以降は何の連絡もなかった。風の噂で、警察庁の人身安全・少年課に異動したことは知っていた。

弁天代署の警備課は火が消えたように、活気がなくなったというのが、署内のもっぱらの噂である。警備課とは関係のない葛切までが「残念だね」を連発していたが、何を残念がっているのか、無紋には分明ではなかった。

杏華の受けた心の傷は、そう簡単に癒えるものではないだろう。杏華から浜岡の自殺の真相を聞かされたとき、無紋は絶句した。それから、心の中で寺原の顔を思い浮かべ、「そりゃあ、いくら何でもやり過ぎだろ」とつぶやいていた。

そんな早い段階で、死の準備をしていたとしたら、浜岡は最初から、黛と刺し違える覚悟をしていたとしか思えなかった。

それにしても、浜岡に渡された眼鏡の細工を警視庁の幹部は本当に見破れなかったのかという疑問は残った。正直なところ、警視庁にとって、浜岡が死んでくれたほうが、事後の処理がしやすかったのは確かなのだ。そして、無紋は浜岡自身も警視庁の思惑を知っていたからこそ、ああいう自殺方法を選んだのではないかとさえ疑っていた。

無紋は今後、自分から杏華に連絡をする気はなかった。杏華が完全に精神の健康を回復するには、相当な歳月の経過が必要だろう。だが、杏華なら、自力でそれができると無紋は信じていた。

無紋は遠い昔にこの世を去った姉の佳江のことを考えた。無紋の助けを本当に必要としているのは、佳江のように弱い人間なのだ。しかし、杏華は違う。

それにしても、こんな大事件に関わるのは、もうこりごりだと無紋は真底思っていた。生活安全課の無紋に似合うのは、もっと生活の垢《あか》が滲み出たような、せこい事件なのだ。

ふと課長席に目を向ける。居眠りから覚めた葛切が例によって、スポーツ新聞を広げ、のんきに競馬欄を読み始めている。
この日常こそが大切なのだと、無紋はつくづく思った。

この作品は完全なフィクションであり、ここで描かれている組織・団体は現存するものとは一切関係がありません。また登場人物もすべて架空で、実在するいかなる人物とも関係がありません。

本書は文庫書下ろし作品です。

|著者| 前川 裕　1951年東京都生まれ。一橋大学法学部卒業。東京大学大学院（比較文学比較文化専門課程）修了。スタンフォード大学客員教授、法政大学国際文化学部教授などを経て現在、法政大学名誉教授。2012年『クリーピー』で第15回日本ミステリー文学大賞新人賞を受賞し作家デビュー。同作は'16年黒沢清監督により映画化された。'23年『号泣』が話題に。他の著書に『真犯人の貌《かお》』『完黙の女』などがある。

逸脱刑事《いつだつけいじ》

前川《まえかわ》 裕《ゆたか》

2024年3月15日第1刷発行

発行者――森田浩章
発行所――株式会社　講談社
東京都文京区音羽2-12-21　〒112-8001
電話　出版（03）5395-3510
　　　販売（03）5395-5817
　　　業務（03）5395-3615

Printed in Japan

講談社文庫
定価はカバーに
表示してあります

KODANSHA

デザイン―菊地信義
本文データ制作―講談社デジタル製作
印刷―――株式会社KPSプロダクツ
製本―――株式会社国宝社

ISBN978-4-06-534270-1

講談社文庫刊行の辞

二十一世紀の到来を目睫に望みながら、われわれはいま、人類史上かつて例を見ない巨大な転換期をむかえようとしている。

世界も、日本も、激動の予兆に対する期待とおののきを内に蔵して、未知の時代に歩み入ろうとしている。このときにあたり、創業の人野間清治の「ナショナル・エデュケイター」への志を現代に甦らせようと意図して、われわれはここに古今の文芸作品はいうまでもなく、ひろく人文・社会・自然の諸科学から東西の名著を網羅する、新しい綜合文庫の発刊を決意した。

激動の転換期はまた断絶の時代である。われわれは戦後二十五年間の出版文化のありかたへの深い反省をこめて、この断絶の時代にあえて人間的な持続を求めようとする。いたずらに浮薄な商業主義のあだ花を追い求めることなく、長期にわたって良書に生命をあたえようとつとめるところにしか、今後の出版文化の真の繁栄はあり得ないと信じるからである。

同時にわれわれはこの綜合文庫の刊行を通じて、人文・社会・自然の諸科学が、結局人間の学にほかならないことを立証しようと願っている。かつて知識とは、「汝自身を知る」ことにつきていた。現代社会の瑣末な情報の氾濫のなかから、力強い知識の源泉を掘り起し、技術文明のただなかに、生きた人間の姿を復活させること。それこそわれわれの切なる希求である。

われわれは権威に盲従せず、俗流に媚びることなく、渾然一体となって日本の「草の根」をかたちづくる若く新しい世代の人々に、心をこめてこの新しい綜合文庫をおくり届けたい。それは知識の泉であるとともに感受性のふるさとであり、もっとも有機的に組織され、社会に開かれた万人のための大学をめざしている。大方の支援と協力を衷心より切望してやまない。

一九七一年七月

野間省一

講談社文庫　目録

芥川龍之介　藪の中
有吉佐和子　新装版 和宮様御留
阿刀田　高　ナポレオン狂
阿刀田　高　新装版 ブラック・ジョーク大全
安房直子　春の窓〈安房直子ファンタジー〉
相沢忠洋　「岩宿」の発見〈幻の旧石器を求めて〉
赤川次郎　偶像崇拝殺人事件
赤川次郎　人間消失殺人事件
赤川次郎　三姉妹探偵団
赤川次郎　三姉妹探偵団2〈キャンパス篇〉
赤川次郎　三姉妹探偵団3〈珠美・初恋篇〉
赤川次郎　三姉妹探偵団4〈怪奇篇〉
赤川次郎　三姉妹探偵団5〈復讐篇〉
赤川次郎　三姉妹探偵団6〈危機一髪篇〉
赤川次郎　三姉妹探偵団7〈駈け落ち篇〉
赤川次郎　三姉妹探偵団8〈人質篇〉
赤川次郎　三姉妹探偵団9〈青ひげ篇〉
赤川次郎　三姉妹探偵団10〈父恋し篇〉
赤川次郎　死が小径をやってくる〈三姉妹探偵団11〉

赤川次郎　死神のお気に入り〈三姉妹探偵団12〉
赤川次郎　次女と野獣〈三姉妹探偵団13〉
赤川次郎　心地よい悪夢〈三姉妹探偵団14〉
赤川次郎　ふるえて眠れ、三姉妹〈三姉妹探偵団15〉
赤川次郎　三姉妹、呪いの道行〈三姉妹探偵団16〉
赤川次郎　三姉妹、初めてのおつかい〈三姉妹探偵団17〉
赤川次郎　恋の花咲く三姉妹〈三姉妹探偵団18〉
赤川次郎　月もおぼろに三姉妹〈三姉妹探偵団19〉
赤川次郎　三姉妹、ふしぎな旅日記〈三姉妹探偵団20〉
赤川次郎　三姉妹、清く貧しく美しく〈三姉妹探偵団21〉
赤川次郎　三姉妹と忘れじの面影〈三姉妹探偵団22〉
赤川次郎　三姉妹、舞踏会への招待〈三姉妹探偵団23〉
赤川次郎　三人姉妹殺人事件〈三姉妹探偵団24〉
赤川次郎　三姉妹、さびしい入江の歌〈三姉妹探偵団25〉
赤川次郎　三姉妹、恋と罪の峡谷〈三姉妹探偵団26〉
赤川次郎　静かな町の夕暮に
赤川次郎　キネマの天使〈レンズの奥の殺人者〉
新井素子　グリーン・レクイエム〈新装版〉
安能務 訳　封神演義 全三冊

安西水丸　東京美女散歩
綾辻行人　殺人方程式〈切断された死体の問題〉
綾辻行人　鳴風荘事件 殺人方程式II
綾辻行人　十角館の殺人〈新装改訂版〉
綾辻行人　水車館の殺人〈新装改訂版〉
綾辻行人　迷路館の殺人〈新装改訂版〉
綾辻行人　人形館の殺人〈新装改訂版〉
綾辻行人　時計館の殺人〈新装改訂版〉
綾辻行人　黒猫館の殺人〈新装改訂版〉
綾辻行人　暗黒館の殺人 全四冊
綾辻行人　びっくり館の殺人
綾辻行人　奇面館の殺人(上)(下)
綾辻行人　どんどん橋、落ちた〈新装改訂版〉
綾辻行人　緋色の囁き〈新装改訂版〉
綾辻行人　暗闇の囁き〈新装改訂版〉
綾辻行人　黄昏の囁き〈新装改訂版〉
綾辻行人　人間じゃない〈完全版〉
綾辻行人ほか　7人の名探偵
我孫子武丸　探偵映画

講談社文庫　目録

我孫子武丸　新装版 8 の殺人
我孫子武丸　眠り姫とバンパイア
我孫子武丸　狼と兎のゲーム
我孫子武丸　新装版 殺戮にいたる病
我孫子武丸　修羅の家
有栖川有栖　ロシア紅茶の謎
有栖川有栖　スウェーデン館の謎
有栖川有栖　ブラジル蝶の謎
有栖川有栖　英国庭園の謎
有栖川有栖　ペルシャ猫の謎
有栖川有栖　幻想運河
有栖川有栖　マレー鉄道の謎
有栖川有栖　スイス時計の謎
有栖川有栖　モロッコ水晶の謎
有栖川有栖　インド倶楽部の謎
有栖川有栖　カナダ金貨の謎
有栖川有栖　新装版 マジックミラー
有栖川有栖　新装版 46番目の密室
有栖川有栖　虹果て村の秘密
有栖川有栖　闇の喇《らっ》叭《ぱ》
有栖川有栖　真夜中の探偵
有栖川有栖　論理爆弾
有栖川有栖　名探偵傑作短篇集 火村英生篇
浅田次郎　勇気凜凜ルリの色
浅田次郎　霞町物語
浅田次郎　ひとは情熱がなければ生きていけない〈勇気凜凜ルリの色〉
浅田次郎　シェエラザード (上)(下)
浅田次郎　歩兵の本領
浅田次郎　蒼穹の昴 全四巻
浅田次郎　珍妃の井戸
浅田次郎　中原の虹 全四巻
浅田次郎　マンチュリアン・リポート
浅田次郎　天《てん》子《し》蒙《もう》塵《じん》 全四巻
浅田次郎　天国までの百マイル
浅田次郎　地下鉄《メトロ》に乗って〈新装版〉
浅田次郎　おもかげ
浅田次郎　日輪の遺産〈新装版〉
青木玉　小石川の家
天樹征丸 画・さとうふみや　金田一少年の事件簿 小説版〈オペラ座館・新たなる殺人〉
天樹征丸 画・さとうふみや　金田一少年の事件簿 小説版〈雷祭《いかずちまつり》殺人事件〉
阿部和重　アメリカの夜
阿部和重　グランド・フィナーレ
阿部和重　A B C〈阿部和重初期作品集〉
阿部和重　ミステリアスセッティング
阿部和重　IP/NN 阿部和重傑作集
阿部和重　シンセミア (上)(下)
阿部和重　ピストルズ (上)(下)
阿部和重　アメリカの夜 インディヴィジュアル・プロジェクション〈阿部和重初期代表作Ⅰ〉
阿部和重　無情の世界 ニッポニアニッポン〈阿部和重初期代表作Ⅱ〉
甘糟りり子　産む、産まない、産めない
甘糟りり子　産まなくても、産めなくても
赤井三尋　翳《かげ》りゆく夏
あさのあつこ　NO.6〔ナンバーシックス〕#1
あさのあつこ　NO.6〔ナンバーシックス〕#2
あさのあつこ　NO.6〔ナンバーシックス〕#3
あさのあつこ　NO.6〔ナンバーシックス〕#4
あさのあつこ　NO.6〔ナンバーシックス〕#5

講談社文庫　目録

講談社文庫　目録

麻見和史　蝶の力学〈警視庁殺人分析班〉
麻見和史　雨色の仔羊〈警視庁殺人分析班〉
麻見和史　奈落の偶像〈警視庁殺人分析班〉
麻見和史　鷹《たか》の砦《とりで》〈警視庁殺人分析班〉
麻見和史　凪《なぎ》の残響〈警視庁殺人分析班〉
麻見和史　天空の鏡〈警視庁殺人分析班〉
麻見和史　賢者の棘《とげ》〈警視庁殺人分析班〉
麻見和史　深紅の断片〈警防課救命チーム〉
麻見和史　邪神の天秤〈警視庁公安分析班〉
麻見和史　偽神の審判〈警視庁公安分析班〉
有川　浩　三匹のおっさん
有川　浩　三匹のおっさん　ふたたび
有川　浩　ヒア・カムズ・ザ・サン
有川　浩　旅猫リポート
有川ひろ　アンマーとぼくら
有川ひろ ほか　ニャンニャンにゃんそろじー
荒崎一海　門前仲町〈九頭竜覚山　浮世綴㈠〉
荒崎一海　蓬莱橋雨景〈九頭竜覚山　浮世綴㈡〉
荒崎一海　寺町哀感〈九頭竜覚山　浮世綴㈢〉

荒崎一海　小《お》名《な》木《き》川《がわ》〈九頭竜覚山　浮世綴㈣〉
荒崎一海　一色町雪花〈九頭竜覚山　浮世綴㈤〉
朱野帰《かえる》子《こ》　駅物語
朱野帰子　対岸の家事
東　浩紀　一般意志2・0〈ルソー、フロイト、グーグル〉
朝倉宏景　白球アフロ
朝倉宏景　野球部ひとり
朝倉宏景　つよく結べ、ポニーテール
朝倉宏景　あめつちのうた
朝倉宏景　エール〈夕暮れサウスポー〉
朝倉宏景　風が吹いたり、花が散ったり
朝井リョウ　スペードの3
朝井リョウ　世にも奇妙な君物語
有沢ゆう希　末次由紀 原作　〈小説〉ちはやふる　上の句
有沢ゆう希　末次由紀 原作　〈小説〉ちはやふる　下の句
有沢ゆう希　末次由紀 原作　〈小説〉ちはやふる　結び
有沢ゆう希　小説　パーフェクトワールド〈君といる奇跡〉
有沢ゆう希　原作：金田一蓮十郎　脚本：徳永友一　小説　ライアー×ライアー
秋川滝美　幸《こう》腹《ふく》な百貨店

秋川滝美　幸腹な百貨店〈デパ地下おにぎり騒動〉
秋川滝美　幸腹な百貨店〈催事場で蕎麦屋呑み〉
秋川滝美　マチのお気楽料理教室
秋川滝美　ヒソップ亭〈湯けむり食事処〉
秋川滝美　ヒソップ亭2〈湯けむり食事処〉
赤神　諒　神遊の城
赤神　諒　大友二階崩れ
赤神　諒　大友落月記
赤神　諒　酔象の流儀　朝倉盛衰記
赤神　諒　空《うつせ》貝《がい》〈村上水軍の神《しん》姫《き》〉
赤神　諒　立花三将伝
彩瀬まる　やがて海へと届く
浅生　鴨　伴走者
天野純希　有楽斎の戦
天野純希　雑《さい》賀《か》のいくさ姫《ひめ》
青木祐子　コーチ！〈はげまし屋・立花ことりのクライアントファイル〉
秋《あき》保《う》水《すい》菓《か》　コンビニなしでは生きられない
相沢沙呼　m《メ》e《デ》di《イ》u《ウ》m《ム》　霊媒探偵城《じょう》塚《づか》翡《ひ》翠《すい》
相沢沙呼　i《イ》n《ン》v《ヴ》e《ア》r《ー》t《ト》　城塚翡翠倒叙集

講談社文庫　目録

新井見枝香　本屋の新井
碧野　圭　凛として弓を引く
碧野　圭　凛として弓を引く〈青雲篇〉
赤松利市　東京棄民
五木寛之　ソフィアの秋
五木寛之　狼のブルース
五木寛之　海峡物語
五木寛之　風花のひと
五木寛之　鳥の歌(上)(下)
五木寛之　燃える秋
五木寛之　真夜中の望遠鏡〈流されゆく日々'78〉
五木寛之　ナホトカ青春航路〈流されゆく日々'79〉
五木寛之　旅の幻燈
五木寛之　他力
五木寛之　こころの天気図
五木寛之　新装版 恋歌
五木寛之　百寺巡礼 第一巻 奈良
五木寛之　百寺巡礼 第二巻 北陸
五木寛之　百寺巡礼 第三巻 京都Ⅰ
五木寛之　百寺巡礼 第四巻 滋賀・東海
五木寛之　百寺巡礼 第五巻 関東・信州
五木寛之　百寺巡礼 第六巻 関西
五木寛之　百寺巡礼 第七巻 東北
五木寛之　百寺巡礼 第八巻 山陰・山陽
五木寛之　百寺巡礼 第九巻 京都Ⅱ
五木寛之　百寺巡礼 第十巻 四国・九州
五木寛之　海外版 百寺巡礼 インド1
五木寛之　海外版 百寺巡礼 インド2
五木寛之　海外版 百寺巡礼 朝鮮半島
五木寛之　海外版 百寺巡礼 中国
五木寛之　海外版 百寺巡礼 ブータン
五木寛之　海外版 百寺巡礼 日本・アメリカ
五木寛之　青春の門 第七部 挑戦篇
五木寛之　青春の門 第八部 風雲篇
五木寛之　青春の門 第九部 漂流篇
五木寛之　親鸞 青春篇(上)(下)
五木寛之　親鸞 激動篇(上)(下)
五木寛之　親鸞 完結篇(上)(下)
五木寛之　五木寛之の金沢さんぽ
五木寛之　海を見ていたジョニー 新装版
井上ひさし　モッキンポット師の後始末
井上ひさし　ナ　イ　ン
井上ひさし　四千万歩の男 全五冊
井上ひさし　四千万歩の男 忠敬の生き方
井上ひさし・司馬遼太郎　新装版 国家・宗教・日本人
池波正太郎　私の歳月
池波正太郎　よい匂いのする一夜
池波正太郎　梅安料理ごよみ
池波正太郎　わが家の夕めし
池波正太郎　新装版 緑のオリンピア
池波正太郎　新装版 殺しの四人〈仕掛人藤枝梅安(一)〉
池波正太郎　新装版 梅安蟻地獄〈仕掛人藤枝梅安(二)〉
池波正太郎　新装版 梅安最合傘〈仕掛人藤枝梅安(三)〉
池波正太郎　新装版 梅安針供養〈仕掛人藤枝梅安(四)〉
池波正太郎　新装版 梅安乱れ雲〈仕掛人藤枝梅安(五)〉
池波正太郎　新装版 梅安影法師〈仕掛人藤枝梅安(六)〉
池波正太郎　新装版 梅安冬時雨〈仕掛人藤枝梅安(七)〉

2023年12月15日現在